主编　张永久　曹大明

副主编　冯汉斌　唐普　李虎　赵志满

九码头

社会卷

华中科技大学出版社
http://press.hust.edu.cn
中国·武汉

内 容 简 介

　　《九码头·社会卷》是一部关于地方经济社会发展史的重要文史专著。作者以独特的艺术视角，采用长篇历史文化随笔的形式，叙述了湖北省宜昌市伍家岗区九码头地域近百年的经济社会发展历程，挖掘了九码头近现代的经济社会形态史，以及九码头的雏形与宜昌港的新生史。该书重点记述了国家三线建设、工业黄金时代对伍家岗区崛起产生的影响。同时，它研究了九码头在不同时期经济社会条件下，市民生活产生的变化及其规律。本书旨在拓宽读者的历史视野，探索宜昌九码头区域的经济社会发展史，使读者获得认知及乐趣，从而加深对九码头历史文化印记的理解。

图书在版编目（CIP）数据

九码头 / 张永久，曹大明主编． -- 武汉 ： 华中科技大学出版社，2025.6.
ISBN 978-7-5772-1728-4

Ⅰ．I25

中国国家版本馆 CIP 数据核字第 2025Y9J544 号

九码头
Jiumatou

张永久　　曹大明　　主编

策划编辑：彭中军
责任编辑：狄宝珠
封面设计：孢　子
责任监印：朱　玢
出版发行：华中科技大学出版社（中国·武汉）　　　电话：（027）81321913
　　　　　武汉市东湖新技术开发区华工科技园　　　邮编：430223
录　　排：武汉创易图文工作室
印　　刷：湖北新华印务有限公司
开　　本：710 mm×1000 mm　1/16
印　　张：39.75
字　　数：856 千字
版　　次：2025 年 6 月第 1 版第 1 次印刷
定　　价：333.00 元（共三册）

一千三百年前，身着白衣的青年李白乘坐一条木船，穿越长江三峡的惊涛骇浪，历经千难万险而来。进入西陵峡，过了南津关峡口后，木船便驶入了宜昌城的水域。逶迤的青山逐渐远去，辽阔的平野一望无际，江面上明月高悬，宛如自天边飞来的明镜，云雾与江水之间仿佛幻化出海市蜃楼般的景象。那一刻，人的眼界豁然开朗，心境也随之开阔，木船上的青年李白挥毫泼墨，写下了流传千古的名句："山随平野尽，江入大荒流。"

在人类文明的早期，川江流域的先民们依水而居，利用木筏或其他漂浮物作为渡河的工具，开启了他们的水上生活。随着时间的推移，这些工具逐渐发展成为以独木舟和木船为主的水上通行方式，人们开始在河流两岸选择合适的地方抛锚停泊，并修建了土石结合的堤防以及仓储设施，这些设施初步构成了码头的雏形。

唐宋至明清时期，长江流域的经济活动逐渐增多，川江航运的重要性也日益显著。特别是在清咸丰年间的"川盐济楚"政策下，湖北首先在巴东县万户沱设立了川盐分局，对顺江而下的川盐进行检查并征税，随后又在宜昌设立了湖北川盐总局，这一举措极大地提升了宜昌在经济社会中的地位。

"川盐济楚"政策的实施带来巨额利润，使得财富在整个经济社会中流通起来，长江宛如一条黄金滚滚的河流，成千上万人的欲望在波涛中翻滚碰撞。在这一时期，宜昌码头逐步成型，转运贸易变得异常繁荣。大小船只成群结队，进进出出，连帆接触，首尾相接，络绎不绝。船工、纤夫以及其他依靠码头谋生的人，多时可达一两万人之众。

1876 年宜昌开埠后，宜昌码头逐渐开始向近代港口转型。据武汉出版社 1990年出版的《宜昌港史》记载："宜昌开埠之后，帝国主义仰仗不平等条约，加强了对宜昌港口的控制，纷纷前来兴建码头、货栈、办公楼等设施，以操纵该埠航运业务。"特别是英国商人立德乐，驾驶着他自己定制的"利川"号机动船，成功穿越了凶险的长江三峡，抵达重庆朝天门，从此，"蓝烟囱航线"得以开辟，川江航运以及沿线河岸的码头迈入了一个全新的发展阶段。

至今仍矗立在九码头一带的百年系缆桩，见证了宜昌从封建走向现代、从封闭走向开放、从内陆走向海洋的整段历史。随着"川盐济楚"、宜昌开埠等一系列历史进程的推进,宜昌的木船与轮船水运运输业得到了迅速发展,长江沿岸涌现出众多码头,其中既有客货混运码头,也不乏专业码头,如煤油码头、瓷器码头、水泥码头、石油码头、棉纱码头、麻纺码头等。宜昌港口区域的范围也随之不断扩大,从上游的葛洲坝、西坝沿江而下,一直延伸至镇川门、大公桥,乃至万寿桥江岸,后来又进一步拓展到了白沙垴一带。

中华人民共和国成立后,长航宜昌办事处对码头进行了统一编号。1951年,该办事处将原属招商局的3个码头、原属民生公司的2个码头,以及原属省轮码头、强华公司、华中公司的码头进行了统一登记并重新编号,确定了宜昌港一码头至十四码头等14个码头。在这14个码头中,一码头位于西坝,而一码头至九码头一段由于沙滩宽阔、坡度平缓,不适宜设置趸船,轮船只能停泊在江心,乘客和货物需依赖小木船进行摆渡。相比之下,十码头至十四码头则可以终年停泊轮船,尤其是在夏季洪水季节,这几个码头更是异常繁忙。其中,九码头位于胜利一路西南端的江岸,原本是油脂公司的一个码头,在长航宜昌办事处对码头进行统一编号后被命名为九码头,并主要承担客运业务。每天出入该码头的人流量巨大,南来北往的客人涵盖了政治、经济、文化、体育等多个领域,因此产生了广泛的社会影响。正因如此,久而久之,九码头的名声越来越响亮。狭义而言,九码头指的是位于胜利一路江岸的这个客运码头;广义而言,九码头则泛指宜昌港所辖的所有码头;而从更广义的范畴来说,这套丛书中所提及的九码头,也可以理解为宜昌城长江沿岸水域码头的一个统称。

今日之九码头,已成为宜昌城重要的标志性文化符号,承载着好几代人的荣耀、骄傲、乡愁与梦想。回望往昔的九码头,除了亲切感和温情,还夹杂着一丝惆怅。然而,无论是宜昌本土市民还是外地游客,无论选择何时前来,只要漫步于九码头周边,那份惆怅便会被眼前的美丽景致所替代,心境也会随之豁然开阔。在"共抓大保护,不搞大开发"理念的引领下,古老的长江焕发出勃勃生机。一江碧水,滋养万物,万象更新。九码头,正经历着从沉寂无声到"千灯夜市喧"的华丽转身。每天,游轮载着乘客顺江而下,穿过宜万铁路大桥后折返,沿途游览天然塔、万达商务区、夷陵长江大桥、磨基山森林公园、滨江公园、镇江阁、至喜长江大桥、葛洲坝船闸……如梦如幻的美景令人目不暇接。九码头的夜间经济有效刺激了旅游消费,激活了周边商圈。

鉴于此,伍家岗区政协与区委宣传部适时提出了组织人员撰写并出版《九码头》文史丛书的构想。经过长达近两年的资料查阅、深入采访以及精心撰写等辛勤工作,撰写组的十余名成员终于将这套珍贵的文史丛书呈现给了广大读者。

《九码头》文史丛书共分为三卷——"历史卷""社会卷"和"文艺卷",它们分别从不同角度对九码头区域的多个方面进行了系统梳理,整理并发掘了一批重要的史料,同时以独特的文化视角和优美的文学语言进行了生动叙述。在撰写这套文史丛书的过程中,文史作家们广泛走访,查阅了大量历史档案,搜集了丰富的口述历史资料,并深入访谈了原住地居民,力求全面、真实地展现九码头的历史风貌。笔者期望通过对九码头的研究,能够激发读者对本土文化的热爱与思考,同时也为后人留下一份珍贵的历史记录。可以说,在宜昌市的文史研究领域,这套文史丛书填补了长期以来的一个空白,具有非常重要的意义。

在这片承载着厚重历史与丰富文化的土地上,九码头是一个既真实又充满梦幻色彩的存在。无数风云人物和感人故事在这里交织成篇,共同构筑了其独特而丰富的文化底蕴。它不仅是船舶来往的枢纽,更是经济交流、人文交融、信息汇聚的重要场所。九码头犹如一颗璀璨的明珠,在历史的长河中熠熠生辉。

感谢伍家岗区政协与区委宣传部、三峡大学民族学院的精心组织,也感谢所有参与者的辛勤努力和无私奉献。希望读者在翻阅这套文史丛书时,能深切感受到九码头的独特魅力和深厚的文化底蕴。

愿这套文史丛书成为一座桥梁,连接起过去与未来,让我们共同铭记历史,展望未来。

张永久

目录
Contents

Jiumatou · Shehuijuan

引 言

一

伍家岗区位于湖北省西南部,地处长江上中游接合部,是秦巴山脉和武陵山脉向江汉平原过渡的地带,距离西陵峡口约 10 千米,距三峡水利枢纽约 38 千米。东接猇亭区,西邻西陵区,北界夷陵区,南隔长江与点军区相望。伍家岗区是鄂西川东地区的物资集散地和交通枢纽,被誉为川鄂交通的咽喉,也是进出三峡的必经之路。这里年平均气温为 16.8 ℃,年平均降雨量为 1165.8 毫米,气候特点为春季较长、夏季湿润、秋季较晚、冬季温暖,属于亚热带季风湿润气候区。

伍家岗区的九码头,是宜昌城重要的标志性文化符号,也是宜昌人民的骄傲。人们常说的九码头区域,东起宝塔河,西至一马路,南临长江,北依铁路,与伍家岗区宝塔河街道办事处相接。该区域涵盖大公桥街道、万寿桥街道,总面积 5.32 平方千米,下辖 10 个社区,拥有 34733 户居民,总人口 81974 人(数据来源于网络统计)。区域内交通便利、环境优美、商贸繁荣、人流密集,拥有万达广场、宜昌国际广场等大型商贸综合体,以及市中心人民医院、市图书馆、学校等丰富的医疗、文化、教育资源。此外,三峡游客中心、皇冠假日酒店等旅游配套设施也十分完善。区内还拥有世界和平公园、天然塔和被誉为"宜昌外滩"的滨江公园。

二

1 亿年前的地壳运动,隆起了长江三峡流域的广阔陆地。大约 7000 万年前,宜昌城所在地还是一片湖泊沼泽,而九码头则位于这片古城的边缘。考古工作者在宜昌城周边发掘的古遗址,以及出土的石器、陶器、渔猎工具、兽骨、蚌壳等大量文物表明,至少在 19 万年前,这一区域就已经有人类繁衍生息,而在七八千年前,这里已有人类活动的痕迹。在原始社会,宜昌人主要依靠采集、农耕、渔猎等方式获取生活资料。

清雍正十三年(1735 年),彝陵州升格为宜昌府。这一历史变革的背景是,在雍正皇帝的亲自主持下,边地土司之乱得以平息,改土归流政策取得了重大成功,天下归于一统。随后,大量汉人移民涌入西南边陲。然而,当这一消息通过快马驿站的方式传递到边城宜昌时,城里的官府和市民采取了何种仪式进行庆贺,由于年代久远且缺乏相关记录,如今已无从考证。当代地方文史研究学者刘开美先生认为,当年这座城市被命名为宜昌,并不完全等同于"宜于昌盛"之意,而是皇帝与臣民祈福心理的真实反映。换句话说,那时的宜昌地处边陲,交通闭塞,蛮夷杂居,文明开化程度较低,历来都是犯错官员被贬谪任职的地方。因此,无论是朝廷还是臣民,都希望这座古老的边城能够换个名字,寓意从头开始,迎来新的发展机遇。

在这个过程中,九码头扮演了举足轻重的角色。

三

江水至此变得平缓,称为"夷";高山至此变得低矮,称为"陵"。古称夷陵的宜昌城,位于激流险滩与大江大河交汇之处,也是巍巍群山与辽阔平原的分界之地。在雍正十三年这个历史节点上,它迎来了原始野蛮与现代文明的转折点。一切似乎都在预示着:随着宜昌府的命名,这座城市将翻开新的一页,一个新的九码头也随之开启。

1852 年以后,川盐源源不断地通过宜昌码头远销湖广地区,宜昌因此成为一座重要的商埠码头城市。川盐在运销至湖北境内时,今九码头地区的大公桥、万寿桥一带沿江设立了众多码头和堆货场。宜昌优越的地理位置和优良的港口资源,引起了列强的觊觎。1876 年,中英《烟台条约》签订后,宜昌被辟为通商口岸,洋人纷纷涌入,在此兴建码头、货栈、教堂和小洋楼。九码头区域的大公桥、万寿桥沿江地带逐渐发展成为热闹的街区,成为商贸市场和宜昌主要的水陆交通门户。英国商人在这一区域建造了亚细亚油罐,为鄂西、四川、云南、贵州等地提供油料,客观上促进了宜昌现代航运业的兴起和商业贸易的繁荣。

时光荏苒,岁月如梭。九码头经历了近代商贸的兴衰,见证了宜昌大撤退的惊心动魄,从战争的硝烟中步入社会主义初建时期。当时,杂乱无章的码头布局亟须统一规划。1951 年,长航宜昌办事处对宜昌市码头进行了统一编号,从上起的大南门到下至的杨岔路江段,按顺序编为 1 至 14 码头。其中,在大公路(今一马路至胜利一路的沿江公路)设置了 3 个码头,油脂码头被编为 9 码头;在复兴路(今沿江大道大公桥至港务局一段)设置了 4 个码头,编号为 10、11、12、13 码头。"九码头"的名称由此正式诞生。

一百多年来,九码头所孕育的独特码头文化逐渐丰富,像一道历史印痕,深深地烙印在每个宜昌人的心中,具有举足轻重的非凡意义。就像北京的王府井、上海的十六铺、汉口的江汉关、重庆的朝天门一样,九码头沉淀了宜昌码头文化的诸多特色,极具魅力。

四

至今仍矗立在九码头一带的"百年系缆桩",见证了宜昌从封建走向现代、从内陆走向海洋、从封闭走向开放的全部历程。在社会主义经济建设初期,即 1953 年至 1957 年间,宜昌港共完成了 640.2 万吨的川粮运输任务,其他货运量达 627.5 万吨,旅客运输量达 138 万人次,提前完成了第一个五年计划的任务,创造了历史最高水平。

1970年12月,长江上第一座大型水电站——葛洲坝水利枢纽工程正式开工建设。在此前后,大批三线工业建设项目在伍家岗区启动。随后,宜昌城市向东扩展,推动了伍家岗区的崛起。随着时代的变迁,九码头也在不断发展与转型中。新的码头设施、现代化的交通网络,以及长江两岸的美化工程,使九码头的面貌焕然一新。

1986年伍家岗设区,这是一个重要的历史节点。设区后,伍家岗拥有了更高的行政地位和更完善的政府服务,吸引了更多的企业和投资者进驻,为九码头地区带来了更多的商机和发展机遇,推动了经济的复苏。同时,设区还带来了更好的建设条件,政府加大了对九码头地区基础设施建设的投入,包括道路、桥梁、供水、供电等,以提高该地区的交通便利性和生活品质,从而吸引了更多的人口和企业前来居住和投资。伍家岗区的工业和商业发展进入了黄金时期。至1986年,辖区内驻有部、省、地、市、县属企事业单位495个,其中全市21家骨干工业企业中有11家位于此,集中了众多市级重点企业及大批优良设备、优质产品和优秀人才。1992年地市合并之前,宜昌市70%以上的工业存量和纺织、轻工、冶金、化工等行业的大多骨干企业位于伍家岗区。宜棉、纺机、八一钢厂、猴王、轴承厂、中南橡胶厂等工业企业,曾一度引领时代潮流。金山市场、银海市场、恒昌建材市场是宜昌市较为重要的工业消费品市场,商业繁荣。九码头作为宜昌市的门户和水陆客运中心,是重要的人流和物流集散地。

<h2 style="text-align:center">五</h2>

一座城市的丰盈,不仅在于其建筑的壮丽,更在于商业的繁荣。如果将城市框架比作人体的骨架,那么商业便是填充其中的血肉,赋予城市生命力。进入改革开放的新时代后,九码头地区一幢幢楼宇拔地而起,尤其是那些商务地标性建筑,汇聚了丰富的生产要素和企业资源,成为城市经济发展的晴雨表。这一变化也向整个宜昌市场宣告:九码头地区全新的商务时代已经到来。

一位从海外归来的宜昌企业家,驾车行驶在宜昌市九码头一带的沿江大道上。眼前的自然山水与现实的街景不断交织,宜昌的往事与历史故事在他的脑海中交替浮现,让他一时难以分辨是梦是醒。他仿佛置身于曼哈顿、旧金山的繁华街头,又仿佛回到了自己的少年时光……随行人员告诉他,刚才经过的路段,已有900余家市场主体企业入驻,涵盖了金融、服务、信息技术咨询、建安房地产、教育培训和酒店业等多个领域,这里已成为伍家岗区的金融中心。民生银行信用卡中心、华夏银行宜昌分行、广发银行宜昌分行、太平洋人寿宜昌分公司、平安人寿宜昌分公司、中国人寿宜昌分公司、宜昌担保集团等金融巨头都汇聚于此,每天有数十亿甚至超百亿的资金,如同奔流不息的长江水,在这片区域里涌动。万达广场SOHO的税收达到了1.3亿元,外滩领馆的税收也超过了5000万元。富力皇冠、温德姆至尊酒店等星级酒店也坐落于此,它们不仅是各自行业内的佼佼者,更是引领行业发展的风向标。企业家听后欣然点头,不久后,他旗下的一家企业便落户在了九码头地区。

六

2022年,伍家岗区的地区生产总值达到了410.07亿元,地方财政总收入为24.78亿元,规模以上工业企业的总数达到了56家。第三产业实现了313.33亿元的增加值,占全区生产总值的76.4%。全年社会消费品零售总额达到了238.67亿元。

"峡尽天开朝日出,山平水阔大城浮"。2024年1月25日,国家文化和旅游部正式发布了第三批国家级夜间文化和旅游消费集聚区的名单,宜昌市九码头文商旅综合体荣耀上榜。

直挂云帆济沧海,九码头如同一艘巨轮,在历史与时光的滚滚波涛中破浪前行。

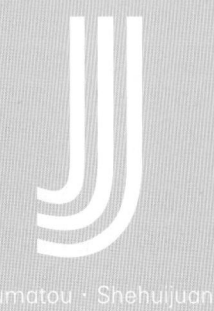

Jiumatou · Shehuijuan

第一章

九码头远古至近现代经济
社会形态

一、区域建署沿革变迁

九码头坐落于长江黄金水道的独特地理位置,上连巴蜀,下通荆襄,南通湘粤,北抵中原,自古以来便是鄂西川东地区的重要物资集散地。这本历史与现实交织的书卷,承载着从古代文明至近现代变迁的丰富记忆,既斑驳厚重,又绚烂多彩。

先秦时期,据史料记载,宜昌城周边已有先民活动,是楚文化的重要发源地之一。《史记》中便有"楚之西境,有夷陵"的记载。可以想象,早在春秋战国时期,夷陵(今宜昌)这座孤城虽置身于沼泽地中央,却已是文明繁衍生息之地。

秦统一六国后,推行郡县制,夷陵县随之设立,隶属于南郡。汉代时,夷陵县仍属荆州南郡。东汉末年,建安十二年(公元 208 年),魏在今伍家岗区临江坪一带设立了临江郡。次年,即建安十四年(公元 209 年),刘备将临江郡更名为宜都郡,下辖宜都(今宜昌)、秭归、枝江、夷道(今宜都)四县。东吴黄武元年(公元 222 年),又改称西陵郡。三国时期,夷陵作为战略要地多次易主,最终归于东吴。

晋太康年间,即公元 280 年至 289 年,夷陵县再次更名为夷陵,而九码头区域则一直是古夷陵(今宜昌)的重要组成部分。隋、唐、元等朝代,夷陵名称多有变更,且分属湖北、河南、湖广等不同管辖区域。明清时期,夷陵县隶属于湖广布政使司荆州府,清代则改属湖北省。清雍正十三年(公元 1735 年),九码头所在区域所属的彝陵州被改为宜昌府东湖县。1876 年,清政府与英国签订《烟台条约》,宜昌被辟为通商口岸,正式对外开放。

民国时期,1912 年,东湖县更名为宜昌县,后设立宜昌市,成为湖北省的重要城市。抗日战争时期,宜昌成为大后方物资运输和人员疏散的重要通道,九码头在战争中发挥了举足轻重的作用。

中华人民共和国成立后,九码头地区划归宜昌市管辖。随着长江三峡工程的建设推进,宜昌的战略地位得到了进一步提升。1986 年 12 月,经国务院批准,伍家岗区作为县级行政区正式成立。

九码头区域,作为长江中游的关键港口,其建置沿革的变迁不仅映射出当地历史的演进轨迹,也见证了中国近现代史上的多次重大变革。九码头的历史根源可追溯至清朝时期,那时它主要作为物资集散地和客运码头存在。随着长江航运的日益发展,九码头凭借其得天独厚的地理位置,逐渐成长为长江中上游地区物资转运的核心节点。进入民国时期,伴随着国家的工业化步伐,九码头的基础设施得到了进一步完善,成为宜昌乃至周边地区经济活动的中心地带。尤其是在抗日战争期间,九码头的重要性愈发凸显,它成为大后方物资运输和人员疏散的关键通道,承载了那段特殊历史的沉重使命。

1949 年中华人民共和国成立后,九码头港口迎来了前所未有的发展机遇。在国家的统一规划下,九码头港口建设被纳入国家经济建设的宏伟蓝图之中,码头设施得到了现代化的全面改造,运输能力实现了质的飞跃,成为长江航运体系中不可或缺的重要枢纽。与此同时,随着城市化进程的加速推进,九码头港口周边区域也迎来了快速发展,从单一的货运码头逐步转型升级为集商业、居住、休闲等多种功能于一体的综合性区域。

改革开放后,九码头及其周边区域步入了快速发展的全新阶段。市场经济的建立和对外开放政策的深入实施,使得九码头港口不仅在物流运输领域发挥着举足轻重的作用,还成为吸引外资、推动区域经济发展的重要窗口。九码头周边相继建立起经济开发区、商业中心、旅游景点等,区域功能日益多元化,经济活力显著增强。

进入 21 世纪,九码头地区在现代化建设的道路上开启了崭新篇章。随着长江经济带发展战略的深入实施,九码头被赋予了新的历史使命,它不仅在物流运输方面继续发挥着重要作用,还成为长江经济带上的关键节点。现代化的码头设施、四通八达的交通网络、长江两岸精心打造的美化工程,共同让九码头及其周边区域焕发出勃勃生机,成为展现宜昌城市现代化风貌的重要名片。

九码头地区的建置沿革,是宜昌城市发展变迁的生动写照,也是中国近现代历史的忠实见证。从清朝的兴起,到民国的风云变幻,再到中华人民共和国成立后的华丽转身,直至改革开放以来的蓬勃发展,九码头地区经历了从单一货运码头到多功能综合区域的华丽蜕变。从昔日"日有千人摇橹,夜有万盏桅灯"的古朴景象,到如今霓虹灯下熠熠生辉的现代化都市,每一次变迁都紧密契合着时代的脉搏,承载着厚重的历史记忆。

二、农耕生产与人口发展

九码头区域坐落于黄陵山地与江汉平原交界的丘陵地带,正处于山区丘陵向平原的过渡区域,长江流经此处时,江面由狭窄逐渐变得开阔。该区域的地貌大致可分为低山、丘陵和岗状平原三种类型,其中低山和丘陵约占总面积的 70%。年平均气温为 16.8 ℃,年平均降雨量为 1165.8 毫米,海拔在 60 至 200 米之间,属于亚热带季风湿润气候区,非常适合农作物和林木的生长。农耕生产与人口发展之间的关系,是九码头地区经济与社会变迁的重要反映。自古以来,农耕生产不仅是九码头地区人民赖以生存的基础,还深刻影响着人口的分布、增长以及结构变化。

在过去,九码头区域的农耕生产呈现出封闭落后的自然经济特征。农产品方面,以稻、麦等粮食作物为主,同时辅以棉花、蔬菜、果品及其他经济作物的生产。此外,九码头区域凭借其独特的水域资源和优越的地理位置,成为当地渔猎养殖业的重要基地。在不同的历史时期,该区域实行着不同的农耕制度。最早的人类在此以渔猎、采集为生,这一点从域内和周边地下大量出土的新石器时期、夏商时期的鱼骨坑、兽骨坑以及渔具等文物中得到了证实。渔猎、养殖、采集、手工业等都是自古以来就沿袭的重要生产方式,当时的社会处于自然经济状态。

九码头区域位于长江沿岸,拥有肥沃的河谷平原,这为农业生产提供了有利条件,吸引了大量人口定居,并促进了人口的自然增长。随着农业技术的不断进步(如灌溉技术的提升、耕作工具的改良以及高产作物的引入等),农业生产效率得到了显著提高,粮食产量的增加为人口增长提供了坚实的物质基础。例如,在明清时期,随着水稻、玉米、甘薯等高产作物的广泛种植,九码头地区的人口数量和密度都出现了显著的增长。

九码头区域的农耕生产与人口发展之间存在着密切而深刻的联系。从封建时代至民国初期,农耕一直是九码头人主要的生产方式之一,这一点已被多种史志资料的记载所证实。例如,《宜昌府志》中提到:"农人,勤于播种。但山田多硗,刀耕火种,牛力难施……惟坪田则否。"而《东湖县志·物产》则记载:"而夷陵山陵之所产,溪石间之所生,亦足以给其人所水,足以备其人之饮食。"北宋时期的欧阳修在《与尹师鲁第一书》中也写道:"夷陵有米、面、鱼;如京洛,又有梨、栗、橘、柚、大笋、茶荈。"民国时期的《宜昌县志》则记载:"清雍正十三年(1735年)后,玉蜀黍(即玉米,俗称苞谷)传入宜昌,于山区、丘陵广为种植。"

历史上,九码头区域内的农民大多为当地土著,但也不乏从外地迁来的其他姓氏的移民。在明代"江西填湖广"的大规模移民潮中,大量移民迁徙至九码头区域并落户,与当地土著共同开拓、创造。例如,共和村杨文楼老人提供的《杨氏宗谱》中记载:"盖闻吾祖应春,始于江西明世,中兴夷陵,奇迹临江(今伍家岗境),捕鱼为生、挽草为业生涯。"

夷陵彭氏宗族于明洪武二年自江西瑞昌迁徙至宜昌,其第九世祖彭仕可携同妻子及子女,从彭家溪塞家铺(鸦鹊岭)搬迁至临江溪,从此开启了他们靠江而居、与水共生的生活篇章。临江溪前是一片辽阔的长江水域,沿江一线则是旱地沙土田,世代居住于此的人们主要以农耕为生。坪田与旱地每年可种植两季作物,春季播种苞谷、花生、红薯,秋季则种植大小麦和蚕豆。尽管他们日晒雨淋、辛勤耕耘,但收成却常常不尽如人意。一个既真实又略显荒诞的原因是,临江溪边的田地所种植的农作物,如苞谷、花生、红薯、蚕豆等,时常被长江上拉纤的纤夫公然取走。

昔日的纤夫皆是生活困苦的底层人民,他们手挽纤绳,沿着河岸艰难求生。人们时常可见这样的场景:河岸边或是悬崖峭壁上,纤夫们弓着身子,背负着沉重的缆绳,步履蹒跚地前行。他们整齐而有力地唱着高亢而略带哀婉的纤夫号子:"嗨,嗨哟嗬,嗨嗬,拖呀,拖拖拖……"这号子声在峡谷间回荡,既是底层劳动者对命运不公的抗争,也饱含了他们对生活艰辛的无奈与感慨。

图 1-1　秭归新滩南岸的纤夫们（凯塞尔 1946 年摄）[1]

绝大多数纤夫在拉纤时并不穿衣，尤其在暮春、夏季和秋季，他们赤身裸体，无惧风雨，即便面对年轻女子也毫不遮掩，反而显得坦然自若。有一次，一群赤身裸体的纤夫拉纤经过临江溪，正在田间劳作的农妇们纷纷躲避，而这些纤夫见状却越发肆无忌惮，将田间已成熟和未成熟的农作物一扫而空，不留一粒。

那天，彭氏族人彭文榜正好在守护田地，见状便上前理论并试图阻止，但纤夫们仅着人多势众，二话不说就将彭文榜捆绑起来，带上木船，吊在桅杆上示众。此时，彭文榜的弟弟彭文登正在练武，一听闻此消息，顿时怒不可遏，迅速赶往临江溪。然而，当他赶到时，木船已经朝上游驶去很远。彭文登一直追到宝塔河，看到哥哥还被吊在木帆船的桅杆上，他一个箭步跳上船头，挥动手中的铁锤，只听"叮当"一声，高高的桅杆就被断成了三截。纤夫和船工们见状，知道大事不妙，纷纷跪在舱板上磕头求情。彭文登大声喝道："请船长上岸，与我讲理！"姓何的船长赶忙上前，双手拱起不停作揖，

<hr />

[1]　来源：消失的三峡：1946 年乌克兰记者镜头下的三峡. http://www.360doc.com/content/23/0215/15/18608619_1067770673.shtml#google_vignette。

道歉说:"恕何某管教不严,冒犯了大侠,请您大人有大量,高抬贵手,放过我们。"

船到宝塔河口时,双方上岸,船主恭敬地请彭文登兄弟到饭馆商议纷争的解决办法。经过协商,双方拟定了以下三条协定:一、凡纤夫从古老背起至杨岔路,一律不得裸体拉纤;二、凡靠近河边的农家作物,一粒也不得损害;三、凡在江边劳作的男女老少,不得出言侮辱。协定拟定后,船长签名确认,并将保证书呈送东湖县衙存档。这件事对江上所有经过的船只以及纤夫都起到了警示作用,达到了惩一儆百的效果。自1830年夏季起,长江古老背至宜昌九码头段,江边一带的农民们得以安心耕作,临江溪一带也恢复了平静安宁。

类似彭氏家族这样的外来移民,在九码头区域内所占的人口比重逐年攀升,最终远远超过了原住民的人数。这些移民大多原本就属于农耕人群,祖祖辈辈都在田地里辛勤劳作。迁徙到九码头区域后,他们与河流、码头建立了紧密的联系,其生产和生活方式也随之发生了诸多变化。在他们的后代中,有相当一部分人从事与航行、码头相关的行业,如领江员、船工、纤夫、渔民、搬运工、装卸工、挑水工、造船工匠、船舶修理工、拉边绳的工人、打起坡的工人等。随着社会生产方式的进步和社会经济条件的变化,九码头区域的人口数量、质量和结构都经历着不断由低级向高级发展的过程。人口发展不仅涉及数量的变化,更包括质量的提升和飞跃。

九码头周边河流纵横,水域资源丰富,为渔猎和养殖业的发展提供了得天独厚的条件。当地原住民大多利用这些水域资源从事渔猎养殖活动,以保障生活所需。在九码头一带,捕鱼和狩猎是当地人民日常生活中的重要组成部分,他们熟练地运用各种渔猎工具,捕捞江河中的各类鱼类和野生动物,并采用各种方式进行烹饪,使得饮食文化变得丰富多彩。在采访宜昌文化人向东老师时,他讲述了一个关于鱼帘的故事,生动地再现了九码头江边人家的生活场景:九码头一带的江鱼肥美,每到春秋季节,居住在江边的人们便将捕捞的江鱼晒成鱼干,然后串成一条条挂在门口或窗户边,形成像屏障一样的"鱼帘",既起到了隔绝室内外的作用,又成为九码头一带的独特风景。

以迁徙至临江溪居住的彭氏家族为例,他们起初以耕读为业,临江而居后开始捕鱼,并逐渐发展到习武经商为生,通过贸易来赡养家庭,生计之道变得更加多元化。他们依江而聚,傍水而落,水域通达,船运便利。得益于水的便利,人来客往频繁,信息通达,资源相融,他们得以接触和吸纳外来优秀文化,为族人所用。彭氏家族只是九码头区域的一个缩影,这种包容意识和更具开放性的人生态度,孕育出了独具魅力的九码头文化。

三、战事对商业通道的影响

宜昌地处三峡咽喉,因其重要的地理位置,自古以来便是兵家必争之地,多次成为重大战事的焦点。这些战事不仅深刻影响了当地社会,也对九码头区域内的商业通道产生了深远影响,在一定程度上甚至塑造了宜昌乃至整个长江流域的经济格局。战事虽然带来了灾难性的破坏,但战后的重建与恢复也推动了经济发展和社会进步。

以下是各个历史时期内宜昌战事及其影响的概览:

公元前 279 年,秦将白起攻打西陵,并焚烧夷陵。在歼灭鄢城(今襄阳宜城)的楚军后,白起西渡沮漳河,攻下西陵(今宜昌西北南津关),扼守长江,切断了郢都与西面巫郡的联系。随后,他沿长江东下 15 里,焚烧了夷陵(今宜昌东楚王宗庙),直逼江陵纪南城的郢都。楚顷襄王匆忙东逃,迁都至陈(今河南淮阳),白起则追至竟陵(今湖北潜江西北)。

公元 33 年,东汉光武帝刘秀虽已稳固政权,但西南方向仍有河西隗嚣与巴蜀公孙述两大割据势力存在,这对新王朝的正统性构成了根本性威胁。光武帝刘秀经过充分准备后,作出了从长江中游的荆州出发,避开汉中通道的层峦叠嶂,溯长江三峡而上,途经宜昌荆门山的战略决策。在这里,爆发了一场楼船与浮桥堡之间的旷世大战。当时,"扫地大将军"田戎割据宜昌,手握数万兵马。田戎在宜昌盘踞多年,对当地的山川形势了如指掌。他巧妙地选择在荆门山和虎牙山之间构筑了一条水陆联防的立体防线:在江面上架设浮桥,以截断长江,连接南北两岸;同时建造斗楼,形成对江面的居高临下之势;水中则暗设密集的柱桩,以封锁水道;两岸山坡上则搭建营垒,部署重兵防守。

公元 35 年春,刘秀派遣六万余水兵和五千多骑兵,陈兵在宜昌荆门山一带,与田戎展开决战。东汉军在军中招募勇士进攻浮桥,先登者将受到重赏。在宜昌春季盛行的东南风和恶浪的助威下,东汉军猛将鲁奇率领战船顺风逆流而上,冒着密集的箭矢直冲浮桥,却被江中的柱钩勾住。鲁奇率众殊死搏斗,不断将火把扔向浮桥。最终,浮桥被点燃,火借风势熊熊燃烧,与浮桥相连的斗楼也被迅速吞噬。在浓烟和火光中,浮桥和斗楼轰然崩塌。东汉大军乘势发起水陆冲锋,船舰遮天蔽日,铁骑轰鸣,一路掩杀。田戎率领的蜀兵惊慌奔逃,数千人落水溺死。荆门山之战,汉军大获全胜,宜昌被纳入刘秀的版图,战场随后转移到四川盆地。不久,刘秀平定四川,实现了国家统一,迎来了"光武中兴"的盛世局面。

公元 221 年 7 月至 222 年 8 月,九码头区域发生了历史上著名的"夷陵之战"。刘备气势汹汹地攻打东吴孙权,孙权求和不成,一面向曹魏称臣,一面任命陆逊为总指挥率军应战。陆逊与蜀汉军相持七八个月后发动火攻,火烧连营七百里,在猇亭一带打败了蜀汉军。夷陵之战是军事史上以弱胜强的经典战例,刘备的惨败使蜀汉在失去荆州后再次实力大损,极大地影响了历史的走向。

公元 272 年起,三国后期的吴国陆抗攻陷西陵,将叛将步阐及其同谋的将吏数十人夷灭三族。这场战役对于安定孙吴政权的贡献，足以与陆逊击败刘备的夷陵之战相媲美。

　　除以上著名战役外，南北朝至唐宋时期，九码头区域多次成为经济中心和军事重镇。作为兵家必争之地，该区域争夺战频仍，如隋陈峡江之战、唐梁峡州之战等。元明清时期，该区域的战略地位进一步凸显，既是长江中上游流域重要的商贸集散地，也是军事进攻与防御的焦点。进入民国后，1911 年宜昌爆发的反清起义成为辛亥革命的重要组成部分。北伐战争期间，该区域是北伐军与北洋军阀交战的前沿阵地。抗日战争期间，宜昌成为国民政府西迁的临时中转站，大量物资和人员经宜昌转运至重庆。该区域既是抗战前线，又是抗战的大后方，对支持全国抗日战争的胜利发挥了重要作用。解放战争期间，宜昌成为国共两军争夺的焦点。1949 年 7 月 16 日，中国人民解放军解放宜昌，标志着宜昌进入一个新的历史时期。

图 1-2　宜昌大撤退全景[1]

　　战事对商业通道的影响主要体现在：战事导致航运中断，长江航运遭受严重破坏，经济秩序陷入紊乱，商业活动因此受到极大影响。为躲避战乱，人民群众不得不中断日常的生产与生活，携家带口，在崎岖不平的山路上日夜奔波逃难。战事结束后，为恢复经济，统治者通常会采取措施，如修缮航道、重建码头等，以恢复长江的航运能力，推动商业通道的重新开放。战乱时期，社会动荡不安，经济活动受到严重抑制。然而，战后的恢复与重建却使得九码头区域的经济社会得以迅速发展，往往能够迅速恢复甚至超越战前水平。此外，尽管战事带来了灾难和伤痛，但客观上它也促进了不同文化、不同社会阶层的交流与融合，对该区域的社会文化背景产生了深远的影响。在历史的长河中，九码头区域逐渐形成了独特的地域文化和社会特征。

---

[1]　来源：抗日战争纪念园官网,中国版"敦刻尔克"：宜昌大撤退.https://www.krzzjn.com/show-917-56273。

Jiumatou · Shehuijuan

第二章

夕阳晚照下的码头经济
与实业兴起

一、川盐济楚

在长达几千年的封建社会中,地处边城的宜昌经济一直处于落后且几乎停滞的状态。正如大文豪欧阳修所感慨的那样:"州居无郭郛,通衢不能容车马,市无百货之列,而鲍鱼之肆不可入。"当欧阳修被贬至夷陵担任县令时,他所目睹的市井生活颇为凄凉。街道狭窄得难以容纳车马通行,百姓的居所多为简陋的木板和茅草搭建,房屋分为两层,一楼养猪,二楼住人。遇到风雨交加的天气,常常是外面大雨倾盆,屋内小雨淅沥。"虽有椒、漆、纸以通商贾,而民俗俭陋……贩夫所售,不过鳙鱼腐鲍(干鱼腌鱼),民所嗜而已,富商大贾皆无为而至。"

宜昌的经济学者和文史专家普遍认为,现代宜昌工商业经济发展的起点可以追溯到 1853 年的"川盐济楚"事件。

"川盐济楚"是中国近代史上的一个重要历史事件。

清咸丰三年(1853 年),十万太平军从广西大山突进,控制了长江中下游地区,导致淮盐无法运往长江中上游。为了应对这一危机,清廷紧急推行了"川盐济楚"政策,主要惠及宜昌府、施南府、鹤峰厅等地。

当时市面上食盐极度匮乏,一盐难求,市场需求量急剧增加,"川盐济楚"政策的颁布犹如一场及时雨。无论是商贾大户还是小商小贩,都紧盯着从四川运来的井盐,希望能从中获利。紧俏稀缺的川盐迅速成为市场上的抢手货,由于高额利润的吸引,越来越多的商家、政客以及各界人士参与其中。这一时期,宜昌市场上的盐交易极其繁荣活跃。

咸丰三年(1853 年),湖北首先在巴东县万户沱设立了川盐分局,对顺江而下的川盐进行检查征税。到了咸丰五年(1855 年),清廷在宜昌设立了湖北川盐总局,这使得宜昌在经济社会中的地位大幅提升,成为川盐运输和分发的主要集散地,其中九码头区域更是成为"川盐济楚"的核心港口。

据宜昌市商业局 1990 年出版的《宜昌商业志》记载,至咸丰七年(1857 年),川盐济楚每月销售量约为 800 万斤,年销量则超过 1 亿 2 千万斤。这一数字使川盐一举超越了川米,成为出川货物中最大的一宗。

历朝历代的统治者对食盐都采取了专卖政策,清廷沿袭明朝制度,对盐实行专商引岸制。通俗地说,就是将全国的食盐销售区域划分为若干个具体区域,产盐之地成为固定的盐销区,食盐不得外流。政府的严格控制往往正是巨额利润的来源。例如,四川的云阳、大宁两县是产盐区,食盐价格仅为每斤 5 文铜钱,而在距离并不算远的秭归和宜昌,价格却被哄抬到每斤 52 文铜钱,整整相差十倍之多。

川盐济楚所带来的巨额利润,使得金钱和财富在整个经济社会中流动起来。它像一条黄金滚滚的河流,携带着成千上万人的欲望,在波涛之间翻滚。这一时期,宜昌的转运贸易变得异常繁荣,特别是九码头,作为宜昌转运港口的核心地段,更是炙手可热。大小盐船成群结队地停靠在九码头区域的沿江码头上,连帆接舻,络绎不绝。船工、航民多时可达一二万人。据《宜昌商业志》记载:"在盐船停靠的大公桥、镇川门、中水门、大南门、小南门一带,各样菜馆、酒肆和船具作坊应时而起,生意兴隆。长盛源、文生同、大生厚等四川各大盐号,先后在宜昌设立分号,主持'济楚盐'的运输和销售。"

川盐运抵宜昌后,那些经由长江三峡返回四川的船只,会在宜昌市场上大量采购棉花、绸缎以及生活日用品等百货,带回四川以图盈利。这导致市场上对这些物资的需求急剧上升,东南各省的客商闻讯而动,纷纷运来货物。于是,宜昌市场呈现出了商旅云集、百货充盈的繁荣景象。

码头犹如江湖,全国各地的民船以及船工、纤夫云集到宜昌九码头区域,逐渐形成了若干个不同的帮派。老宜昌人习惯将这些形形色色的帮派统称为"川楚八帮",具体如下:

秭归帮:拥有船只 300 艘,航线为秭归至宜昌至沙市。

巴东帮:拥有船只 50 艘,航线为巴东至宜昌。

奉大巫帮:拥有船只 30 艘,航线为巫山至奉节至宜昌。

云开帮:拥有船只 100 艘,航线为云阳、开县至宜昌。

万县帮:拥有船只 30 艘,航线为万县至宜昌。

忠丰石帮:拥有船只 25 艘,航线为忠县、丰都至宜昌。

长涪帮:拥有船只 25 艘,航线为长寿、涪陵至宜昌。

大红旗船帮:拥有船只 50 艘,航线为重庆至宜昌。

除了上述"川楚八帮"外,还有湘帮,拥有船只 80 艘,航线为宜昌至岳州、湘阴、长沙;九澧帮,拥有船只 150 艘,航线为宜昌至澧县、常德、安乡;荆沙帮,拥有船只 200 艘,航线为宜昌至沙市、汉口。

在宜昌开埠前,常年经过宜昌的木船数量多达 9000 余艘。当时,九码头区域聚集了众多来自湘、鄂、蜀等地的船只,长期停靠并在此运营的船只共有 1040 艘,年营业额可达百万银圆之巨。

二、宜昌开埠

宜昌是一座码头城市。从前,"四关八码头"的名头十分响亮。所谓"四关",指的是东南西北四个关隘,"八码头"则分别是大东门码头、小东门码头、大南门码头、小南门码头、中水门码头、镇川门码头、大北门码头和小北门码头。这八个码头沿着长江岸边依次排列,每个码头都聚集着许多以此为生的人们。

从前的宜昌老城墙也是沿江而建，与长江边的码头紧密相连，整个城市和码头仿佛融为一体，这种建筑风格极为罕见。老城的街道与码头之间距离不远，行人来来往往十分方便。

开埠前夕，宜昌全埠人口约 13000 人。工商业规模不大，全市仅有棉业、钱业、过载堆栈各 8 家，另有船行 2 家、杂货行 7 家、榨坊 4 家、旅栈 9 家。1876 年，中英签订《烟台条约》，宜昌被列入对外通商口岸城市。次年 4 月，清廷设立宜昌海关，对往来货物征收关税，宜昌因此成为可直接报关出口的港口。这一变化极大地推动了宜昌城的转运贸易业务，使得九码头区域日渐繁荣。

在蜂拥而至的洋人之中，有一位名叫立德乐的英国人对宜昌城产生了较大的影响。宜昌开埠后，他随同第一批洋人抵达宜昌，并在二马路附近开办了一家以自己的名字命名的洋行——立德乐洋行。当年，宜昌城里的"立德乐洋行"规模宏大，不仅经营西洋船来品，还抢先在海关注册进口货物和航运报关业务，同时涉足煤炭营销和货运领域。

立德乐不仅是一位商人，更是一位充满传奇色彩的冒险家。

1883 年，立德乐乘坐一艘小火轮从上海驶往汉口，随后在汉口租借了一条帆船前往宜昌，再从宜昌出发，穿越波涛汹涌的长江三峡，最终抵达重庆，成为少数几个乘帆船穿越三峡的欧洲人之一。这次成功的探险之旅，为他探索英国商人在中国西部开展贸易的可能性开辟了道路。此后，立德乐撰写了一本具有影响力的著作《经过扬子江三峡游记》，几年后，这本书在宜昌公开发行，引起了西方世界对长江三峡的广泛关注。

宜昌开埠之后，长江上游的大城市重庆开埠之事也迫在眉睫。然而，重庆开埠有一个先决条件，那就是宜昌至重庆的水域必须实现通航。众所周知，从前长江三峡滩多浪急，历来被船家们视为鬼门关。

立德乐，一个浑身散发着冒险精神的人，敏锐地察觉到了其中蕴含的无限商机，他的脑海中浮现出一幅幅黄金满地的画面，他决定不惜一切代价去尝试。

宜昌开埠 12 年后的 1888 年 2 月，立德乐花费 1 万英镑在家乡曼彻斯特定制了一艘小火轮，并驶至宜昌港，准备进行入川试航。如果机动轮船能够在长江三峡成功通航，那么木船业将面临灭顶之灾，成千上万的船工、纤夫以及其他依赖木船为生的人们都将失业。他们理所当然地站出来反对。在木船行业协会的强烈抗议下，清政府指派地方官员与立德乐进行磋商，劝其放弃入川计划。然而，立德乐并不愿意妥协，双方陷入了僵局。后经总税务司赫德出面调停，双方商定将这艘轮船以 12 万两白银的高价卖给中国海关，交换条件是立德乐在 10 年内不得再购置机动船入川。

立德乐信守承诺，在 10 年内并未采取任何行动。然而，一旦过了约定的 10 年期限，即在 1898 年 1 月，他再次从家乡曼彻斯特定制了一艘小火轮，并将其命名为"利川"号。他带着自己的英国妻子乘船来到了宜昌城。

　　立德乐亲自担任"利川"号的船长,并配备了轮机长、水手等共 10 人,从宜昌出发逆江而上。农历二月十七日,"利川"号成功抵达重庆朝天门码头,历时 22 天。英、美、日等国的领事邀请了 50 多位洋人在朝天门码头等候,他们张灯结彩,放鞭炮以示庆祝。

　　"利川"轮抵达重庆的消息在全球范围内引起了轰动。随着立德乐成功驾驶机动船首航三峡,川江轮船航运的时代正式拉开序幕。四川省乃至中国西南地区的贸易如同初升的太阳般蓬勃发展,大批外国商人纷纷涌入重庆投资兴业。太古、怡和等外国公司也争相在川江上开办轮船公司。为了纪念"利川"轮首航三峡这一历史性时刻,立德乐还特地印制了一枚邮票。邮票的底色为白色,略显泛黄,上面印有一幅红色图案。图案的上方印有英文和汉语拼音,中间则是层峦叠嶂的山峰和湍急的江水。山峰之巅矗立着一座石塔,江水之中则行驶着一艘轮船。

　　古老的长江三峡大峡谷,千百年来首次迎来了钢铁巨兽的庞大身影,第一次回荡起了机器马达的轰鸣声。工业文明与现代交通的步伐声愈发清晰,如同隆隆雷声携带着雨水由远及近。自古以来仅能供木船航行的长江三峡,即将转变为一条蓝烟囱点缀的航道,标志着这片曾经原始蒙昧的土地上,艰难的近代化进程拉开了序幕。

图 2-1　1906 年宜昌城区长江沿岸（张伯伦 摄）[1]

　　机动船驶入川江是一个具有深远意义的标志性事件。随着这一景象的出现,古老的川江木船文化逐渐走向衰落。与木船相比,轮船在运输方面展现出明显的优势。这一点可以从官方印刷品上的文字和数据中得到佐证。20 世纪 80 年代宜昌市商业局印行的《宜昌市贸易史料选辑》中记载:"自辟为通商口岸后,轮船往来,交通发达,商业趋于繁荣,人口日益增多。前清咸丰、同治年间,宜昌交通运输尚赖木船。辟为商埠、设置海关后,始通轮船。最先由国营招商局派轮往来行驶,嗣后外商如'怡和'、'太古'、'大

---

[1]　来源:微信公众号"巴楚旧影"。

阪'等公司轮船亦相继驶宜,轮船之数日增。"另据《宜昌商业志》记载:"清光绪二十四年(1898年),英商立德乐的'利川'小轮试航重庆成功。清光绪三十三年(1907年),华商川江轮船公司'蜀通'轮往返宜渝之间……1914年以后,几十家航运公司相继成立,在宜昌修建码头、泊位,争揽运输业务。由于轮船吨位不断增加,各公司间竞争日趋激烈,运价猛跌,刺激了川楚之间的物资交流,宜昌转运贸易进入了全盛时期。民国十二年(1923年),进出口货值净数达1700余万海关两,创宜昌进出口净数的最高纪录。"

三、码头的雏形与发展

早在几千年前,当人类文明还处于朦胧混沌的洪荒年代,川江流域的先民们就已经开始利用独木舟进行原始的航行,这标志着川江码头雏形的诞生。那一时期,码头的主要功能是方便人们出行,并为物资交换提供一个便捷的公共场所。为了满足军事运输的需求,大量码头设施被改建,以帮助军事行动克服江河的阻碍,同时还肩负起了紧急且繁重的军事物资转运任务。

唐宋以来,随着中国经济中心的东移南迁,长江流域的经济活动日益频繁,川江航运也迎来了它的繁荣时期。川米、川盐等物资经由川江码头转运至全国各地,有力地促进了区域经济的发展。随着社会经济的持续发展,物资交换的需求日益增长。川江码头作为重要的交通枢纽和物资集散地,其周边逐渐形成了繁荣的商业街区。

图 2-2　辰驳子船[1]

这一时期,宜昌码头所承担的官运物资主要是漕粮和木材的运输。除此之外,当时由四川经宜昌下运的商贸物资还包括生漆、青麻、牛羊皮、猪胶、蚕丝、川盐、茶叶等。这些物资的运输及通过码头的转运,极大地促进了社会经济的活跃与繁荣。以漕

---

[1]　来源:微信公众号"巫文弄墨"。

粮为例,粮食运销在宜昌港的地位最为显著。清代四川因实施了一系列招徕开垦的政策,农业生产迅速恢复,很快成为全国重要的粮食产区。为适应川粮下运和交易的需求,宜昌地方官于康熙三十八年(1699年)在镇川门下首的江边修建了镇江阁,作为川粮、湘米等粮食的专门交易场所。镇江阁流传下来的故事数不胜数,这些故事与市井社会生活紧密相连。换言之,通过码头的连接,宜昌百姓与外部世界建立了联系,而这种紧密联系往往是以经济为纽带构建的。

进入清代以后,宜昌港口运输有了较为迅速的发展,其突出表现是水运物资的增多。主要货物种类有粮食、食盐、铜铅、木材以及山杂货等,无论在种类还是运输量上,都明显超越了以往的各个历史时期。

以上所述,仅能视为宜昌码头发展的初级阶段。真正由传统码头向近代港口的转变,始于宜昌的开埠。

据武汉出版社1990年出版的《宜昌港史》记载:"宜昌开埠以后,帝国主义仰仗不平等条约,加强了对宜昌港口的控制,纷纷前来兴建码头、货栈、办公楼等设施,以操纵该埠航运业务。"

首先抵达宜昌的是英商太古轮船公司。光绪二十四年(1898年),汉口太古公司委托买办陈云樵前往宜昌处理相关事务。陈云樵是一位来自浙江的商人,早年家境并不富裕,他孤身一人离家前往上海谋生,凭借灵活的办事能力,很快便成为洋行中的业务骨干。后来,他转战汉口,继续在洋行服务,受雇于外国商人并协助其进行贸易活动。陈云樵不仅擅长与外国商人打交道,对国内政商两界的精英人士也十分熟悉。外国商人选择这样的人来宜昌打通关系,显然是明智之举。

陈云樵抵达宜昌后迅速展开行动,于清光绪二十五年(1899年)在滨江路修建了一幢两层砖木结构的楼房,面积为255平方米,楼上用作办公室,楼下则作为堆栈。清光绪三十二年(1906年),他继续在滨江路修建了四幢堆栈,总面积达到1939平方米,同时还修建了打包间和宿舍楼各一幢。在此后的几年里,在买办陈云樵的运作下,太古轮船公司在今大公桥一带修建了一个码头,命名为"太古轮船码头"。该码头采用石砌贴岸式设计,长宽均为6米。太古轮船公司航行于宜渝、宜汉线的万流、金堂、康定等14艘轮船,日常均停靠在这个码头上。

除了太古轮船公司的码头之外,英商怡和洋行也在滨江路一马路周边建造了一座码头,该码头同样采用了贴岸式设计,由石块和水泥砌成台阶,拾级而下即可直达河滩。石岸全长达63米,宽度在6至12米之间。此外,怡和洋行还在滨江路及怀远路(现今的红星路)占据了十余亩的土地,建造了三座小洋楼以及六间三层高的仓库,总面积达到了3900平方米。怡和码头常有怡和洋行自营的同和、庆和等号轮船停靠,共计八艘。

图 2-3　亚细亚公司遗留在 14 码头的油栈 [1]

此外，还有英国的隆茂洋行、亚细亚公司，美国的美孚煤油公司，日本的日清汽船会社，以及德国、法国、意大利、瑞典、比利时等国的商轮也相继而至，纷纷在宜昌港开展航运业务。其中，英国的隆茂洋行、亚细亚公司，美国的美孚煤油公司，日本的日清汽船会社各自修建了一座专用码头，分别命名为隆茂码头、亚细亚码头、美孚码头和大阪轮船码头。

到了 20 世纪 30 年代，从老招商局街（现今滨江公园正门附近）沿着长江下游行走，沿岸除了少数几个是中国码头外，其余均为洋人公司所建的洋码头。甚至白沙垴和长江对岸的五龙码头，也时常被外国轮船公司所占用。从大南门附近的牵星楼开始算起，依次排列着驿码头、招商码头、大阪码头、邮局码头、海关码头、太古码头、怡和码头等，绵延长达十余里。

1914 年，宜昌市政当局对宜昌商埠进行了规划，并制订了"拟修宜昌商埠缩图原图"。同年，商埠局成立，决定在全城范围内修筑马路，拆除东门城角，以直达平善坝。同时，引入了 50 辆胶皮车，以改善城市交通状况。市政部门率先修筑了一马路、二马路、通惠路（现今的解放路）这三条主要干线，并随后修筑了怀远路（现今的红星路）、福绥路等其他马路。这些纵横交错的马路不仅拓展了宜昌老城的框架，还改善了宜昌码头的客货运输条件，极大地便利了市民的日常生活。

四、与外商抗衡的民族航业

外商势力在长江航运业扩张，民族航业也在时代的夹缝中艰难地谋求发展。这两股力量相互交织，共同书写了近代宜昌码头和水运事业复杂多变的发展历史。

民族航运在宜昌的兴起以招商局为起点。清光绪四年（1878 年），继招商局的平江

---

[1]　来源：《极目新闻》.https://baijiahao.baidu.com/s?id=1757183300220124262&wfr=spider&for=pc。

轮开航后,该局的江通、江孚、江源等轮船也相继投入汉宜线的运营。光绪十九年(1893年),快利轮也加入了汉宜线的航行。到了光绪三十四年(1908年),四川商人集资创办了川江公司,并在宜昌设立了办事处,办公地点位于下河街。1925年,川江公司在大公桥修建了堆栈,并建造了一座石砌码头,配备了一艘铁驳用于囤货,同时还购置了蜀通号轮船及两艘拖驳,经过试航后正式开通了宜渝航线,并随后增加了蜀亨号轮船。

在此期间,众多从事航运的中国商家纷纷成立公司,建造轮船,涌入川江航运的大潮中。1913年,四川川路公司建造了大川、利川两轮,加入宜渝航线。1916年,该公司扩展业务,在宜昌下河街设立了分公司。随后,嘉宜、瑞庆轮船公司也相继成立,或建造或租用轮船来宜昌从事航运业务。此外,九江、福利等航运公司也竞相涌现,在宜昌从事水上航运和码头运营等业务。1915年,华商三北轮埠公司来到宜昌设立分公司,地址位于大公桥129号。该公司在宜昌运营期间,向美孚煤油公司租用了码头、房屋和堆栈各一处,总容纳能力达到1200吨。三北轮埠公司行驶汉宜航线的轮船包括寿昌号、鸿元号、鸿亨号、鸿利号、鸿贞号等5艘,总吨位为2714吨;行驶宜渝航线的有富阳号、富华号2艘,总吨位为1608吨。

1926年,民生实业公司宣告成立,在长江水域中异军突起,以其宏大的规模和显著的影响力而著称。1931年,民生公司将航线拓展至宜昌,并在当地设立了办事处,最初在大川通报关行楼上办公,后来迁至二马路的扬子公司内。1932年,民生公司在宜昌正式挂牌成立分公司,由刘致祥担任经理,廖仙谱担任副经理。自此以后,宜昌成为该公司货物转运的重要枢纽。据当事人回忆,民生宜昌分公司的业务异常繁忙且复杂,员工数量、货栈规模以及趸驳设施均逐步增加,最终成为宜昌码头上航运业的佼佼者。到1934年,民生宜昌分公司在宜昌港口的设施包括自有和租用的栈房共10处,驳船2艘,趸船1艘,以及拖驳1艘。从1931年起,该公司的民生、民族、民贵、民宪、民康等轮船先后投入宜渝线的运营,并随后拓展至直达上海的航线。由于业务蓬勃发展,公司又相继增加了民权、民福等轮船加入运营行列。

在这一时期,先后在宜昌港口运营的国内民族航运企业还包括:福星公司,其涪邦号轮船行驶于宜渝线;强华公司,其福来、福同、福源等轮船同样行驶于宜渝线;渝江公司,拥有渝江号轮船,运营于宜渝线;捷江公司,先后派出其来、其平、其水、美仁、夷陵、宜宾、宜昌、宜都、宜安、宜江等轮船行驶于宜渝线;扬子公司,其光耀轮则行驶于宜汉线;发昌元字号,拥有富顺轮,运营于宜渝线;协大公司,其协交、协和两轮亦行驶于宜渝线,等等。

据《宜昌港史》一书分析:"到1935年,民族航运业的劣势开始向优势转化。当时航行于宜昌港的中外轮船多达82艘,备案登记吨位54845吨。其中,中国轮船33艘,15937吨;英国轮船26艘,27999吨;日本轮船6艘,4425吨;美国轮船12艘,4417

吨;法国轮船 2 艘,921 吨;意大利轮船 3 艘,1146 吨。中国轮船数量占总数的 40%,占吨位总数的 29%。"

五、码头岸边的集市贸易

清末民初的宜昌城,九码头沿岸逐渐变得热闹而繁荣,在这座城市的社会经济领域中,犹如一颗强劲跳动的心脏。九码头区域沿江岸边行业纷呈,店铺密布。食盐、粮食、茶叶、棉布、药材等传统行业稳居重要位置,与此同时,洋货贸易的兴起又悄然引入了西方文化的潮流。原来传统的货币兑换形式(如钱庄、票号、当铺等)被新式银行所取代,银行业在此蓬勃发展,为资金的快速流转和商业扩张提供了源源不断的强大动力。手工业和餐饮业也顺应时代发展而变得兴盛,满足了各阶层人们的日常所需。九码头的运输业如同一条坚实的纽带,连接着内陆与沿海,使得商品流通不再让商人感到一筹莫展。总之,九码头区域的繁荣景象,不仅展现了宜昌市的经济活力和商业繁荣,也映照出中国社会从传统向现代市场经济转变的历史脚步。这是一段充满活力的历史篇章,是宜昌码头乃至中国经济发展史上不可磨灭的印记。

1. 山货贸易

宜昌地区的山货商号主要从事收购当地特产,如猪鬃、牛皮、羊皮、各类杂皮、黄蜡和五倍子等,随后将这些商品集中运往汉口,通过山货行出售给制造商、出口商或洋行。这些商号偶尔也会收购黄丝、核桃仁、香菇和黑木耳等,但这些并非其主要业务。

自清末以来,随着汉口外国商行的不断增加,专门为洋行服务的山货行号也随之增多,逐渐繁盛。山货行号的商人们犹如勤劳的蜜蜂,四处奔波,从四面八方采集最优质的货源,将其集中到鄂西地区土特产品的集散地——宜昌。九码头区域成为山货行号的摇篮,孕育出一批又一批的商号。这些商号沿着码头的江岸生根发芽,茁壮成长,成为这片土地上不可或缺的一部分。1948 年的统计数据显示,宜昌山货号一年能收购猪鬃 360 担,牛皮 1000 担,羊皮 2000 担,杂皮 5000 张,黄狼皮、狐皮、獭皮约 2 万张,锦鸡皮 1 万多张,黄蜡 50 担,五倍子 200 多担,黄丝 50 多担。

山货行在销售时往往不直接与买家接触,而是委托在汉口有业务往来的经纪人来处理。经纪人找到买家后从中抽取佣金,并代缴税费,这种合作关系建立在双方的信任之上。对于交易量较大的山货,则可以直接卖给洋行。当年与宜昌山货号有交易往来的外商包括德昌洋行(德商)、立德乐洋行(英商)、隆茂洋行(英商)和武林洋行(日商)等。

2. 桐油贸易

桐油源自油桐树的果实精华,因其多功能的油质而成为工业领域的珍贵原料。油桐树经过三至四年的培育后,会结出丰硕的果实。这些果实在农历八月到九月间成熟采摘,而春季压榨出的油品质尤为上乘,被誉为"桃花油"。桐油在工业上占据重要地位,尤其在船舶、木制品和伞具的涂装及防腐方面发挥着关键作用。在古代,它是装饰柏木船不可或缺的重要材料。在宜昌、恩施以及鄂西川东的广袤土地上,油桐丰收是常见的景象。"桐树花香月半明,棹歌归去蟋蛄鸣。"过去,农民们将桐子送往本地的榨油坊加工,以满足本地市场需求,若有盈余则挑至城镇出售。然而,这并未形成对宜昌经济产生显著影响的市场。直到民国时期,随着上海制漆工业的崛起,桐油需求激增,内地逐渐成为重要的原料供应基地。这一变化使得种植油桐树变得有利可图,从而激发了大规模种植的热潮。

第一次世界大战结束后,美国商人率先来到中国大量采购桐油。至抗日战争前夕,宜昌地区的年均桐油产量已达 6 万担,主要集中在长阳、秭归、兴山等县,这些桐油经过集中收购后运往宜昌销售。恩施、建始、巴东等县的桐油也通过木船运至巴东,其中大部分在宜昌销售,少量则转运至汉口等地。川东地区的云阳、奉节、巫山、巫溪等县所产的桐油,除部分被万县桐油商收购外,也有一部分运至宜昌销售。在这一时期,桐油业在种植、采摘、加工、贩运、买卖等各个环节都迎来了鼎盛时期,宜昌也因此成为全国四大桐油交易中心之一。

尽管抗日战争的炮火猛烈,但桐油出口的火种并未完全熄灭。当上海、南京的防线相继失守后,桐油的流通之路并未被完全切断,而是从长沙转向了广州,继续其海外之旅。然而,随着武汉、宜昌的沦陷,长期经营桐油生意的施美、安利英等洋行不得不关闭,桐油的出口之路似乎陷入了绝境。唯有中植公司,在巴东和四川万县设立收购点,依靠滇缅公路勉力维持着桐油的出口,但已是力不从心,令人担忧桐油产业的衰落。

桐油价格的下跌导致油贩子们不愿轻易出售桐油,他们选择观望,等待市场回暖,这使得油市陷入了一种停滞状态。抗战胜利后,施美、安利英、中植等公司纷纷迁回宜昌,恢复了往日的业务,其中施美更名为义瑞,安利英更名为厚诚。桐油的收购活动在宜昌重新焕发生机,新的公司如雨后春笋般涌现,带来了一时的繁荣。但好景不长,法币的贬值给油农和贩运商带来了沉重的打击,桐油出口的黄金时代终究难以重现。尽管如此,桐油在那段艰难岁月中所展现出的坚韧与生命力,仍让人铭记于心。

3. 牙行

"牙行"是旧时的一种中介行当,专门在市场上促成买卖双方交易,并从中收取一定费用。在清代,牙行的设立和运营需获得官方许可,并必须持有官方颁发的牙帖方可开展业务。历史上,从事牙行业务的商人被称为"牙人",而到了近代,他们则被称作"经纪人"或"掮客"。宜昌地区历史上牙行众多,这成为宜昌商业的一个显著特点。据《东湖县志》记载,清咸丰六年(1856 年),宜昌共有牙行 161 家。这些牙行根据缴纳的牙税金额被划分为不同等级:上上则有 3 家,上则有 18 家,中则有 76 家,下则有 64 家。到了民国二十五年(1936 年),根据宜昌区营业税局的统计数据,宜昌城内的牙行数量有所变动,其中持有上则牙帖的有 4 家,中则牙帖的有 50 家,下则牙帖的有 147 家,总计达到了 201 家。然而,在这些领取了牙帖的牙行中,有不少在中途停止了营业,因此实际在运营的牙行数量不足 200 家。

表 2-1　民国二十五年（1936 年）宜昌城区各牙行营业概况

业别	行佣标准/（%）	每年代客销售数量	佣金岁入总数
河米行	10	3 万余担	2 万余元
陆米行	3	4 万余担	每担米取 3 升，别无佣金
丝行	3	年销黄丝 1000 余担	600 余元
棉花行	3		
川糖杂货行	5	年销川糖 1 万余桶	1 万余元
青油行	5		
木油行	3	木油、漆油年各销五六十担	400 余元
木子行	3		
纸行	5	年销火纸约 31 万块	1 万余元
茶行	5	年销山茶 1200 余担	2500 余元
酒行	6		
木耳行	3	白耳年约 2 担，黑耳年约 200 担	1200 余元
青果行	3	6000 余担	3000 余元
柴行	5	年销栎柴、松柴 3 万余担	850 余元
榨菜行	2	4 万余坛	800 余元
窑货行	3	年销粗碗 2000 余担	600 余元
皮行	3		
牛行	10	100 余头	
骡马行	10	200 余头	400 余元
糙猪行	6	100 余头	
肉猪行	3		420 余元
鸡鸭行	10	2000 余头	1500 余元
木行	10	年销木板 200 余方	1400 余元

在宜昌的旧日时光里,牙行在商业交易中扮演着不可或缺的角色。每当一笔交易在牙行的撮合下达成,牙行便会从中抽取一定比例的佣金,作为提供服务的报酬。这些佣金的收取标准并非固定不变,而是根据交易的具体情况而定,但通常不会低于成交金额的 3%,也很少会超过 10% 的上限。

牙行的这一收益模式,不仅为它们自身带来了可观的利润,同时也折射出宜昌在长江商贸中的重要地位。作为长江上的"过载码头",宜昌曾是商贸往来的繁忙之地,牙行的繁荣便是这一历史时期商业活动活跃的生动写照。在这里,每一次交易的达成,每一份佣金的收取,都见证并记录了这座城市社会经济领域的点点滴滴。

4. 百货贸易

宜昌,这颗长江中上游的璀璨明珠,坐落于三峡之口,既是西南地区物资外运的重要枢纽,也是长江中下游货物进入的必经之地。1920 年,尽管宜昌市的常住人口仅有约 6 万人,但其商贸的繁荣吸引了大量流动人口,使之成为外地商人竞相交易的热土。周边山区的土壤贫瘠,农民们辛勤劳作,所产的粮食和油料仅能自给自足,而城市居民的粮食需求则依赖于湖南、四川等地的补给。当时的陆地运输主要依赖骡马驮运,水上运输则以柏木船为主。尽管蜀通、蜀亨等轮船已在川江上航行,提供客运与货运服务,但仍难以满足日益增长的商业与旅行需求。

宜昌的商业活动丰富多样,但整体资金实力并不雄厚。在众多行业中,川盐和烟土的贸易资本最为雄厚。满载货物的柏木船队从西坝小河启航,沿着江岸绵延至镇川门和大南门,形成了帆樯林立、蔚为壮观的景象。这些船只不仅满足了宜昌本地的需求,更将川盐、食糖等杂货远销至东南和华中地区的十多个省区。各地商人纷至沓来,他们贩运烟土和各类商品,推动了宜昌人口的迅速增长,商业活动也随之日益繁荣。银行、钱庄、旅馆和餐馆等服务业如雨后春笋般涌现,以满足日益增长的商业需求。百货行业更是成为商人们采购的热门之选,业务不断拓展,至民国初年,百货行业的网络已逐步形成并日益成熟。

在商品采购的类型上,宜昌主要从上海市场购进国产商品,这些商品包括棉纺织品、日常用品、美容化妆品、搪瓷器皿、含锑铁制品,以及热水瓶、时钟、煤气炉等多样化产品。这些商品适合全年销售,宜昌商家会根据季节变化和市场需求灵活调整采购策略,以销售情况为导向来决定进货量,从而避免资金和商品的积压。对于毛线、礼帽、羊毛毯、羊毛衫等较为高档的商品,商家则不倾向于大规模进货,而是采取小批量、多样化的采购方式,以满足不同消费者的需求和偏好。

在宜昌的码头上，工人们手法娴熟，精心包装并运输着各式各样的商品。胶鞋、套鞋和力士鞋等，被几十打地装进大型木箱，整齐地码放在码头上，排队等候运往远方。而那些高端的进口商品，如东洋的香水、香皂、热水瓶、毛线、各式帽子、电灯、留声机等，由于需求的多样性，商家会根据它们的颜色、尺寸等特性，进行细致的混合装箱。这些木箱的制作严格遵守尺寸标准，四面涂以鲜明的颜色：送往上海的货物使用红色木箱，而前往汉口的则使用罩箱。木箱盖子上，用白色油漆清晰地标注着发货地和收货商店的名称，如"宜昌某申庄"或"汉庄"，以及箱号。木箱盖子设计巧妙，一半固定，一半可活动，两侧各装一把锁，确保货物的安全。

以上这些货物抵达宜昌后，由当地的轮船公司负责将提货单和钥匙送至收货商店进行核对。货物经过宜昌海关检查后，商家方可提取货物并运回店内。由于从上海到宜昌的直航轮船数量有限，无法满足所有运输需求，为了确保货物能及时赶上销售季节，商家有时也会选择邮寄方式运输。这类商品主要包括细腻柔软的丝袜、麻纱、汗衫、毛线和丝质手巾等，它们会被妥善地用布料包裹好，然后通过邮寄的方式安全送达。

5. 饮食服务业

1928 年，宜昌远东饭店在《彝陵日报》上刊登了一则新颖的广告：本饭店不惜巨资，在大南门外源里口新建西式三层洋楼。内设客厅、寿堂、喜堂、中菜间、普通男女浴间、特别浴室、剪发室。中西菜点，随小酌、日夜听便。采办电灯、电铃、电扇、西式铜床、绸缎被帐。备有包床、藤轿，房间宽大、卫生、洁净，茶房伺候招待，格外周到。无美不备，请贵客尝临一试，不胜欢迎之至。

民国时期，九码头区域的餐饮与服务业，如同一颗颗璀璨的明珠，镶嵌在一马路、二马路、大公路及复兴路等繁华地段。餐馆、饭店、熟食铺、茶馆等店铺门面，共同织就了宜昌饮食文化的斑斓画卷。在烹饪艺术的传承与创新中，本地厨师们既秉承了彝陵帮的传统技艺，又广泛吸纳了各地的烹饪风格之精华。每一道菜肴，都蕴含着深厚的文化底蕴与匠心独运的创意，充分展现了宜昌饮食文化的独特魅力。

九码头一带的沿江地段，熟食铺和茶馆的盛行程度与数量甚至超越了餐馆，占据了宜昌市总店数的三分之一以上。探究其背后的原因，虽一言难尽，但显而易见的是，该地段人口稠密，而并非每个居民都能频繁光顾餐馆，相比之下，熟食铺和茶馆以其亲民的价格、便利的服务，更加贴近普通百姓的消费习惯，因此其发展势头更为迅猛。据历史记载，民国时期，该地段共有熟食铺 14 家，其中复兴路 9 家，大公路 2 家，力行二街 1 家，一马路 2 家；同时，茶馆数量更是达到了 18 家，分别是复兴路 10 家，大公路 3

家,力行二街 2 家,一马路 3 家。

20 世纪 30 年代,宜昌洪帮中的马金彪,人称"国政公大爷",在鹏程路(今一马路)的隆中路口开设了清风亭茶社。这家茶社的前院是一间简朴的过堂屋,以木板铺地,瓦片覆顶,内部设有茶炉和便利店。后部则延伸至南湖边,建有水亭台,三面环水,顾客在此可尽享湖光山色之美。清风亭内,200 多张竹躺椅整齐排列,生意兴隆,常常座无虚席。同一时期,南湖附近的湖堤街上,湖心亭茶园因其幽静的环境和宜人的氛围而声名远扬。而在伍家岗区大公桥下方的江边,"汉流五爷"罗世福经营的竹围茶社也备受青睐。这里设有百余把竹躺椅,成为船员和外地游客休憩的理想之地。夏日的凉风吹拂,江上的月光映照,茶客们在此品茶赏景,享受着宁静舒适的时光。

除了饮食行业,宜昌城的服务业还包括旅栈、浴池、照相、理发、染洗等行业。1949 年前,九码头一带有旅栈 6 家,浴池 1 家,理发店 7 家,染洗店 2 家。

李德喜老人是老宜昌的一位原住民。据他讲述,汉兰春浴池是滨江路上的一处地标,正对着招商局,背倚青山,面临江水,其三层高的建筑在周围环境中显得格外醒目。浴池的主人万春亭,原本是汉阳一个贫寒家庭的儿子,他从美孚公司洋轮上的水手生涯起步,经过数年的辛勤工作,晋升为水手长。据坊间传闻,万春亭在赌场上手法娴熟,他的暴富发家据说源于赌博。在积累了大笔财富后,万春亭开始收敛,用赢来的钱在江边选址建造了一栋二层小洋楼。一楼经营浴池,二楼则辟为茶馆,日常事务交由他贤惠能干的妻子打理,而他自己依旧在外国人的洋轮上工作。

万春亭开设的汉兰春浴池,拥有一个能容纳 20 多人的宽敞大厅和三个装饰雅致的包间,每个房间都布置得温馨而私密。浴池提供的浴盆有两种:一种是市面上购买的搪瓷铁浴盆,被称为"洋盆";另一种则是用砖和水泥砌成的自制浴池,称为"砂盆",每个砂盆之间都有墙壁相隔,以确保顾客的隐私。为了抵御冬日的严寒,浴池室内还特别安装了火炉。服务员加上挑水工共有十二三人,到了冬季,还需要增加十来个挑水工,他们每天穿梭于码头上下,不停地挑水。汉兰春浴池除了提供盆浴服务外,还有修脚、搓背、捏脚和理发等服务项目。得益于其临近江边的优越地理位置,汉兰春浴池的茶座在夏季成为避暑的好去处,凉爽宜人。即便在浴池业务相对清淡的冬季,仍有不少顾客前来沐浴和品茶,生意十分兴隆。

码头岸边的集市贸易是宜昌市商贸繁华的缩影,其充满活力的氛围和多元丰富的商业内容,充分展现了这座城市的独特魅力。这里汇聚了各式各样的行业:银行、商铺、茶社、浴池、餐馆、茶园……它们不仅是商业活动的场所,也是社交和文化交流的汇聚地。商贩的叫卖声、顾客的讨价还价声、邻里的闲聊声交织在一起，共同绘制出一幅热闹非凡的市井生活画卷。

六、围绕码头展开的市井生活

九码头区域的繁荣不仅体现在其活跃的社会经济生活上，更在于它所蕴含的深厚的人文气息和难以磨灭的城市记忆。

宜昌素以盛产茶叶而闻名，喝茶早已成为宜昌人生活中不可或缺的一部分。昔日宜昌老城的大街小巷，茶馆林立，人们在此品茶聊天，叙旧交友，享受着悠闲自在的生活节奏。随着宜昌开埠后航运业的迅猛发展，大量人流涌入，一马路至九码头一带的街巷码头，茶馆更是如雨后春笋般涌现。据宜昌市工商部门1951年的工商登记表统计，1949年前，一马路、力行二街、大公路和复兴路等地已有18家茶馆开业，其中复兴路就占据了10家。当时整个宜昌城区共有茶馆54家，而今伍家岗辖区的大公桥至九码头一带，茶馆数量竟占了整个城区的三分之一。从1949年至1956年的数年间，一马路、力行一街、大公路和复兴路的茶馆数量更是激增至56家，其中复兴路的茶馆数量更是高达48家。此时，整个市区所开业的茶馆已增至216家，这充分表明当时的宜昌茶馆业正处于蓬勃发展的黄金时期，而九码头地段无疑是其中的佼佼者。

码头是一个流动的大市场，也是一个丰富多彩的小社会。沿着码头的岸边，随处可见装卸工、搬运工、散扁担、"边绳儿"、"拾荒儿"，还有来自上江下江、湘鄂各地的海员、领江与水手；此外，码头上还有封建把头以及各帮各派的成员。河滩上搭建着茶棚，小摊小贩络绎不绝，还有玩杂耍的、进行马戏表演的，以及在人群中穿梭、大声吆喝叫卖香烟的孩童。河岸之上，茶馆、酒肆、烟馆、旅栈、乐户等一应俱全。庞大的码头工人队伍被划分为数十个帮派，这构成了一个外表看似混乱复杂，实则内部分工明确、规矩严密的小社会。

百年前，因修建川汉铁路，东湖上下两端一些湖塘被填埋，整理出了一大片平地，那便是当年的铁路坝——今日的夷陵广场。老宜昌人习惯将昔日的铁路坝称为"上铁路坝"，而如今的九码头至中心医院一带，在当年修筑铁路时曾是堆放货物的场所，老宜昌人称之为"下铁路坝"。下铁路坝紧邻码头，更添了几分江湖气息。这里茶馆、酒肆、客栈鳞次栉比，各色人等会聚一堂，互通有无，交流信息，促成一桩桩生意买卖，充满了浓郁的生活气息。商贩、船工、脚夫等各色人物在此会聚，共同编织出一幅热闹非凡的市井生活画卷。

九码头一带流传着许多民间传说,其中最著名的莫过于"九凤朝阳"。相传古代时,这里有九只凤凰栖息,每当朝阳初升之际,九只凤凰便会齐鸣,场面蔚为壮观,寓意着吉祥与繁荣。这一传说不仅体现了古人对自然的敬畏之情,也寄托了人们对美好生活的无限向往。此外,九码头的民俗文化同样丰富多彩,例如每年端午节举行的龙舟竞渡、春节期间的灯会等传统节日活动。这些活动不仅充分展现了九码头的独特民俗风情,也成为当地文化传承与发展的重要载体。

图 2-4　茶馆中歇息的工人们 [1]

民国时期的宜昌码头,人们的休闲娱乐方式丰富多样,其中茶馆听说书和河滩看戏尤为典型。

在九码头周边的茶馆里,常能见到一些说书的老艺人,他们用悠扬的声音讲述传奇故事或历史事件,吸引着周围的人们前来聆听。听说书不仅是一种娱乐方式,更是过去传播知识文化的一种重要途径。在茶馆中,人们通过听说书得以了解那些平时难以接触到的信息,同时也能在讨论和交流中增进彼此间的友谊。茶馆因此成为人们放松身心、交流情感的重要场所,给予人们精神上的愉悦与享受。

码头上的各个帮会以及各个码头的"把头",都拥有属于自己的"码头茶馆"。这些码头茶馆是码头工人分账、候船和工间休息的场所,为工人们的日常生活带来诸多便利。当码头工人有活儿需要离开时,他们会将茶碗盖严,放置在茶桌中央。堂倌见状,便明白这是"留茶"的示意,意味着工人们忙完活后还会回来继续喝茶,因此不会去收茶碗。在茶馆喝茶,并非按碗交钱,而是在一块黑板上画"正"字记账,佘账则按期统

[1]　来源:微信公众号"巴楚旧影"。

一结账。

部分茶馆还提供洗脸水，有的则备有布条，供工人们缠草鞋或绑扎物品使用。对于跑码头的搬运工而言，若急需用钱，可以向茶馆佘借。茶馆通常全年无休，365 天天天营业。搬运工们时常会将船上遗落的粮食、煤炭和木柴块等物品捡起来，送给自己常去的茶馆。此外，茶馆还提供"讼棍"业务，即联络讼师，帮助那些请不起律师的力夫们撰写诉状、打官司。

"帮会茶馆"则由码头上的帮会专营。例如，尔雅茶社便是洪帮西陵社的总社茶馆，而桃园茶社则是青帮的据点。茶馆作为各帮会的联络点，若遇到重大纠纷或债务问题难以解决时，便会将当事人请到茶馆，面对面地协商解决。

开埠之后，中转贸易日渐繁荣，商旅往来频繁，人口激增。无论是落脚打尖、休闲喝茶，还是打探航运消息，人们都喜欢在茶馆里进行。民国时期，宜昌的茶馆数量达到了 200 多家，抗战胜利后更是激增至三四百家。这些茶馆各具特色，有的兼营油炸食品，被称为油货茶馆；有的设有观景台，被称为风景茶馆；还有的是文人雅士品茶、吟诗作赋的文化茶馆。行业茶馆和帮会茶馆则主要是码头帮派成员的消遣场所，一般不对外营业，仅对本行业和帮会成员开放。

"油货茶馆"所售油炸食品统称为"油货"，早晚供应，中午则主打蒸制食品。明月茶楼是其中规模最大的油货茶馆，楼上楼下共可摆放茶桌 30 余张，可同时接待顾客 200 余人。光顾油货茶馆的顾客中，不乏码头工人、划驳工人、人力车夫，以及一些上街卖菜的农民。而"风景茶馆"则多位于公园或江滩凉亭之中，配备竹躺椅，顾客来此品茗，既可坐亦可卧。

茶馆听说书这一习俗自宜昌开埠后便逐渐兴起。由于码头员工多聚居在码头周边，且码头运营需大量劳动力，这一庞大的市场需求如同磁铁一般，吸引了众多商贩纷纷在九码头周边开设茶馆。一道巷子，作为旧时九码头人员居住最为稠密的地段，同时也是茶馆林立、听说书活动最为集中的区域。

当时，在九码头工作的人员构成了茶馆听说书的主要听众群体。码头上的工作时有忙闲，每当汽笛长鸣，轮船到港，搬运工、装卸工便迅速披上披肩，如同风一般迅速在河坡下穿梭忙碌。而在闲暇之余，工人们往往会选择来到茶馆小憩，一边品茶，一边聆听说书。在人头攒动的茶馆里，身穿蓝布长衫的说书先生站在或坐在正中桌案前，用引人入胜的语言讲述着各类精彩故事。听客们则悠闲地躺在凉椅上，一边细细品味着香茶带来的味觉享受，一边沉浸在说书先生所编织的故事世界中。说书的主要形式之一是评说，说书人运用生动形象的语言，巧妙设置悬念、编织笑料、安排误会，使听众在享受故事的同时，也能感受到生动风趣的氛围。另一种说书形式则是鼓说，说书人在演唱时右手执鼓槌击鼓，左手敲动铁片。鼓声随着故事情节的起伏而时紧时慢、时高时低，铁片的叮当声则与鼓声相互呼应，时而激昂慷慨，时而悠扬婉转。歌声、鼓声、叮当声交织在一起，和谐而美妙，让听众仿佛置身于仙境之中，尽情享受着这场听觉盛宴。

昔日九码头说书界有"四大天王"之说，指的是在九码头一带颇有名望的四位说书先生：周培根、张胡子、陈培基和简豹。周培根与张胡子的说书本领源自师傅的口口相传；而陈培基与简豹则接受过一定的文化教育，他们所说的内容大多源自自身从书本中阅读的内容，再通过自身的记忆力将其传播给广大听众。陈培基是四川人，与周培根是同乡。周培根拜师较早，说书技艺掌握得较为全面，名气更大，是当时宜昌城区有名的说书人，听他说书的听众常常座无虚席。陈培基原本并非说书人出身，来到宜昌后，为了养家糊口，才开始从事这一行当。由于与周培根有同乡之谊，他在开业前曾在周家书馆学习了一段时间。开业后，为避免与周家书馆在业务上产生冲突，他选择了一家离周培根书场（位于滨江路江边）甚远的巷子里的茶馆挂牌开讲。陈培基说书的这家茶馆设施较好，清一色的躺椅、茶几，可容纳三四十人，顾客多时还会增加座位，每晚听众多达六七十人。

与周培根相比，陈培基说书更注重故事情节的惊险性。周培根说书讲究技巧，很善于运用"悬念"，说书人称之为"拴马桩"，即把听书人的心留住，让人欲罢不能，从而达到吸引客人继续听的效果。周培根说书时还会使用"掺水法"。因为听他说书的大多是木船船主、轮船上的高级职员、店铺的大小老板，为了迎合这些人的心理，他在说书时便在"色""淫"二字上下功夫，以此来激发听书人的兴趣。但陈培基说书则不同，他从来不以低级趣味迎合听众，更不会渲染色情、淫秽的情节。他选择《红侠》《黑侠》《白侠》以及《江南八十侠》等反映汉族民间武士与清廷抗争的故事作为说书内容。在评说时，他主要着力描绘清廷官吏的阴狠狡诈，叙述汉族民间武士的勇毅坚贞。当遇到书中的惊险情节时，他便层层设置"悬念"，吊足听众的胃口。因此，他的听众十分关心情节发展，往往听得入迷。这样一来，陈培基的评书也获得了成功，不仅评书场场爆满，而且听众一致称赞他"书德"很高。

陈培基后来因不明原因离开了宜昌码头，前往别处谋生。他离开后，一道巷子里的那家茶馆里传来了打鼓说书的声音。原本，这种"鼓说"形式大都是南来北往的艺人路过宜昌时演唱的，过一段时间后便会离开。打鼓说书的形式包括"梨花大鼓""京韵大鼓""河南梆子"和"山东大鼓书"等。然而，陈培基曾经说书的茶馆所推出的"打鼓说书"，却是由一位出身宜昌本地的说唱女艺人表演的。这位女艺人身材中等，看上去略显瘦弱，年龄大约在三十岁。她说唱时使用的乐器有二胡、小鼓和醒木，唱的时候则主要依赖二胡和小鼓伴奏。这种说唱形式十分罕见。她说书的语气与评书先生完全一致，演唱时则有点像唱本的腔调，但语音却是纯正的宜昌土音。她演唱的《唐书》中，小英雄罗成大战杨林的情节被讲得极为生动。每到关键时刻，她便会一拍醒木，开始边拉二胡边唱起来，在场的听众无不拍手叫好。

除了说书之外，码头工人们另一种常见的休闲娱乐方式是到河滩看戏。在中国的一些地方，尤其是沿河而建的城市，人们常常会前往河滩观看戏曲表演。这种娱乐方式既能让人们追求艺术之美，又能让人们享受自然之韵。在河滩上欣赏戏曲表演，人们既能感受到浓郁的地方风情，又能观赏到精彩的演出。这种娱乐方式不仅为人们带来了欢乐时光，也丰富了人们的文化生活，加深了人们对家乡的热爱。

九码头本身是一个深水码头，沿着码头向上游走，会有一段平坦宽阔的江滩。从前的枯水季节，长江岸边会裸露出大片宽阔的河床，在中水门以下的江岸地段形成一片河坝。每年深秋之后，河坝上都会临时搭起许多席棚，用以开设商铺、摆放小摊点，形成一个热闹非凡的游乐场所。这里有玩杂耍的、耍猴戏的、走江湖表演武术卖艺的、卖膏药的、演木偶戏的、演皮影戏的、拉洋片看"西洋景"的，等等。从早到晚，河滩上热闹非凡。表演把戏、木偶戏和耍猴戏的艺人大多是河南人和山东人。还有一种手艺人来自江汉平原的天门，这是一个以妇女为主的群体，她们卖艺挣钱时往往单独行动。她们一边唱三棒鼓，一边为前来观看的观众挑牙虫。这些妇女拥有超乎寻常的耐力和韧性，经常长途跋涉前往中国的北方卖艺挣钱，最远的甚至远赴俄罗斯。

河滩的一些空地上，还会聚集一些算命、测字、看相的人。他们中大多数是盲人或是假装盲人的人。此外，还有一些说大鼓书、唱坠子戏的江湖艺人。宜昌城里的市民闲逛至此，常常会不自觉地驻足围观。按照江湖规矩，听书看戏本是不用付钱的，但很多时候出于面子，人们不得不掏出几文钱，丢在说唱艺人身旁用于乞讨的一面铜锣上。那些零碎的铜钱和银子，成为说唱艺人的重要生活来源。

码头上更多的人喜欢玩纸牌游戏如"上大人"和"戳牌"，还有观看皮影戏。老街往河坝方向走，有露天表演，主要包括杂技（"大把戏"）、耍猴（"猴把戏"）、丢圈套物、算命卜卦、推"牌九"、摇"单双"以及玩杂耍等，既可以单独赌博，也可以互相赌。宜昌码头工人的经济收入微薄，加之战后物价急剧波动，他们手头并不宽裕。有些穷困的工人，甚至经常食不果腹，靠借高利贷来维持生计。尽管如此，他们在观看江湖艺人表演时依然不会吝啬，常常将自己手头仅有的一点碎银，大方地丢在铜锣上。从文史资料中，我们常能看到这样的记载：有不少工人年过三十却仍未娶妻，有些单身的搬运工、装卸工在赚到几个辛苦钱后，便去赌场赌博、下酒馆喝酒，此类不良习气甚至一度盛行。

七、帮会、商会与工会

19 世纪以来的晚清及民国时期,对九码头区域社会经济发展作出巨大贡献的民间商业组织主要包括商会、帮会与工会。在旧时的码头,商业上的重要事务往往由帮会(即"十三帮")的负责人聚首商议并决定。民国十五年(1926 年),宜昌商会正式成立,此后,商业相关事宜逐渐转移至商会进行协调。随后,各行业工会也相继成立,并逐渐在社会经济生活的各个方面发挥了越来越重要的作用。

旧时商帮在商业往来中扮演了举足轻重的角色,尽管其中不乏弊端与缺陷,但总体而言,它们还是起到了疏通复杂关系、协调矛盾纠纷、有效整合商业资源的作用。在历史的长河中,商帮是一个不可或缺的商业组织。宜昌码头上的社会经济活动吸引了来自全国各地的客商,他们会聚于此,将大量资金投入宜昌的资本市场,积极参与社会经济事务。随着时间的推移,逐渐形成了各个帮派的势力范围,老宜昌人习惯上称之为"十三帮"。

四川帮:川帮会馆位于川主宫(现今西坝峡江造纸厂的所在地),主要经营川盐、毛毪、烟土及杂货等,后期还涉足大米、红白糖的运销业务,资金实力较为雄厚。较大的商号包括广生同盐税号、汇丰公毛蔡号以及几家烟土店如明诚等。

江西帮:会馆设于豫章书院,主要商号经营药材、银楼、棉纱等业务。其中较大的商店有德茂隆药材号、余和顺银楼以及宝兴裕字号等。

浙江帮:会馆位于浙江会馆,主要商号经营金店、五金电料等,较大商店包括丹凤金店、顺泰五金号等。

湖南帮:会馆设于禹王宫,主要商号经营棉花、棉絮、米粮等,较大的商店有邓祥和花号、徐泰和酱园米庄。

太平帮(亦称安徽帮):会馆在太平会馆,主要经营绸缎、榨坊等业务,较大商店有振丰绸缎号、敦大榨坊等。

汉阳帮:会馆位于晴川书院,主要经营瓷器、百货、布匹(疋头)、棉纱、海味杂货等业务。较大的商店包括喻广盛瓷器号、惠和百货号、裕丰昌布匹号、万昌隆杂货号等。

武帮(咸宁帮):会馆设于鄂城书院,主要经营百货、杂货等业务,较大商店为怡丰百货店。

山陕帮:会馆在北五省会馆,主要经营皮货、当铺等,较大商店有福盛皮货号、济生当铺等。

施南帮:无固定会馆,主要经营生漆、烟土、山货等业务,拥有济生土税公司等。

黄孝帮:会馆在帝主宫,主要经营海味杂货、布匹等业务,较大商店有刘义记海味号。

扬州帮(含苏州):无固定会馆,经营糕点、理发等业务,部分人士还涉足妓院经营。

广东帮:会馆在广东会馆,主要经营杂货、酒楼等,如广合利大酒楼。

本帮:无固定会馆,本地人经营业务广泛,涉及各行业。较大的商店包括王日新酱园、益元正盐号、鼎丰厚绸缎号、吉利祥海味号、朱大顺榨坊等。

以上提及的大商帮之下,还存在着一些小商帮。各大商帮大多建有自己的帮庙,这些帮庙通常也是各帮的同乡会馆,例如四川帮的川主宫、江西帮的万寿宫、福建帮的天后宫、湖南帮的禹王宫、黄孝帮的帝主宫等。各帮庙所祀奉的神主各不相同,会请和尚在庙中供奉香火并管理庙务,这些和尚被称为"当家师"。例如,四川帮尊奉都江堰的建造者李冰为川主,并建有川主宫进行祀奉。由于商帮与传统宗教习俗紧密相连,各商帮组织也被称为"神会"。帮庙的经济支持主要来源于商帮中的富商大户,在"十三帮"中,位于川主宫的四川帮经济实力最为雄厚。

此外,还有许多以行业关系为主要纽带的行业性商帮,如盐帮、船帮、土帮、水帮等,它们与上述以地域性质为代表的"十三帮"相互交织,共同构成了九码头区域错综复杂的经济社会。在川江航运业中,这些商帮占据了重要地位。木船航运业内部的商帮,尤以号称"川楚八帮"的商帮地位最为显赫。川楚八帮是宜宾至宜昌一带各地民船总的行帮组织,在重庆、万州和宜昌均设有会馆。长期航行于川江的木船类型多达 30 余种,来自不同地方的船只各自形成了商帮。川楚八帮拥有形状和颜色各异的旗帜与木船,相互之间不会混淆。在九码头区域,川楚八帮的影响力颇为显著。然而,进入民国后,随着社会变革与转型,昔日辉煌的商帮与帮会逐渐走向衰落,直至最终消亡。

在宜昌商会成立之前,宜昌缺乏一个能够代表整个商人群体、打破乡缘与业缘壁垒的统一组织。旧式的商帮和行业帮虽然保留了浓郁的乡土地域特色,但同时也最大限度地维持着一些封闭、落后的生存方式。这种状况与宜昌市场不断扩大、商业日益繁荣的发展趋势极不协调。

1904 年,清政府商部正式颁布了《商会简明章程》,规定各省垣及通商大埠应成立商务总会,府州县则需设立商务分会。这一轮由政府推动的新改革浪潮得到了民间的积极响应。不久之后,宜昌城终于迎来了新式商人社团组织的诞生——宜昌府华商公会。

1906 年,宜昌府华商公会在距离通惠路不远的致祥路举行了第一次会议,会议以旧有的商帮和行业帮为基础。宜昌地方行政、司法、军警各级长官以及绅商、学界各界均派代表出席,宜昌知府王仁俊也参加了此次会议,并发表了关于商战御侮的演说。

宜昌商人将此前的旧式商帮称为"神会",而将新成立的宜昌府华商公会称为"法团",这明显表达了宜昌商人与旧式商帮决裂的姿态。宜昌府华商公会的成立,标志着宜昌地方出现了一个具有崭新面貌的新式商人社团。1909 年,宜昌县商务分会成立,此后,宜昌地方的商会组织便沿用此名(抗战时期除外),直至 1949 年自行解散。

宜昌商会早期的组织制度是依据清政府颁布的商会章程建立和设置的。商会设立总理 1 名,会董若干名,其中总理负责全面领导工作,会董则分担各项职责。在总理和会董之下,商会设有总务股等六个办事机构,这些机构分科办事,并接受总理的领导。商会会员则通过一定的程序来行使他们的会员权利。

宜昌商会的会议制度分为常会和临时会,商会会员会推举业董参加这些会议。其中,一年一度的业董大会是法定的会议,总理需要向业董报告全年的工作情况,审计股则需要报告财务收支情况,而业董会则通过投票选举产生新一届商会总理和会董。

宜昌商会的选举方式分为推定和票选两种。首先,由各业帮的成员推举本帮的业董 1 至 3 人,然后,由各帮的业董代表本帮会员投票选举总理,得票最多者当选;接着,再由各帮业董投票选举会董,同样以得票多者当选。在选举总理和会董时,会考虑他们的"才、地、资、望"是否达到一定的标准。

这些规定在宜昌商会的实际运作中基本上得到了贯彻。同时,商会会员也有维护自身利益的措施。如果遇到纠纷,他们可以通过一定的程序行使申诉权。具体流程是:遇到纠纷时,首先会向各帮的业董提出,由业董先行调解;如果双方不愿和解,再具说帖由业董盖印后递交商会处理;如果仍有不满意的地方,可以另行向法庭提起诉讼。

由此可见,业董大会、总理、会董构成了早期宜昌商会的权力结构;总理、会董、各办事股则构成了其行政组织结构;而商会、业帮、商人则构成了宜昌商会自上而下的组织链条。因此,宜昌商会显然是一个既与旧式商帮有密切渊源关系,又具备新型社团组织特征的新旧交融的新式商人社团组织。

《商会简明章程》清晰界定了商会"保商振商"的职责。宜昌商会的日常内外活动主要围绕这两大核心展开:一是兴办地方工商事业,以促进地方商务的繁荣发展;二是"辅助地方行政"。在辛亥革命期间,宜昌商会作为宜昌民间社会中最具"话语权"和"权势"的社团组织,对地方行政做出了显著贡献。它不仅成为革命党与宜昌商人之间意愿表达、信息传递与协调的重要场所,更是革命党与宜昌地方官吏、西方列强势力等社会各界意愿交流、信息沟通、协调合作的桥梁。此外,宜昌商会还是宜昌地方支持革命所需物力、财力资源的重要征集与输送渠道。

清末有文章记载:"东湖上河街至大南门沿江一带,帆樯如林,首尾相接达数千只,船户船民万人以上,并结为川楚八帮和湘帮,各划地段,招揽客货。"可见,昔日的宜昌城是一个帮会林立的码头城市。张常武老人在《漫话宜昌码头》一文中写道：各个码头都有其独特的运输组织，这些组织又因力工的籍贯不同而形成了各式各样的帮会。除了顺治力行、背篓帮、箩筐帮等专业的搬运组织外，还有由江西、汉阳、武穴、黄孝、襄阳等地人组成的各行各业帮会，可谓是帮会众多，林立其间。

顺治力行是宜昌最早成立的专业搬运组织，它以北门商业区为主要活动区域。该组织成立于清初顺治年间，力工主要来源于本城的闲散居民和近郊的农民。在力行内部，大家会共同推选出一名"夫头"，作为组织的领导者和联络人。夫头会组织力工为商户搬运货物，并向商户收取搬运费用。按照顺治力行的旧例，夫头也需要参与劳动，和力工一样获得一份报酬。同时，外出应官差的力工也能享受到同等的分配待遇。应官差的力工会依次轮换，根据任务的性质分为长途或短程。一旦被派定任务，所有应差者都必须按时完成，不得有误。顺治力行在成立初期业务范围较为广泛，但随着各码头帮会搬运组织的相继建立，其活动范围逐渐缩小。到了民国年间，其业务范围已经缩减到紫云宫（今三江桥头上首）到张家巷（今板桥码头附近）一带。再加上枯水季节三江无法停泊船只，仅靠大码头至北门外上下有限的货物搬运，力行的业务变得清淡，许多力工因此陆续离开。

江西帮的建立稍晚于顺治力行。江西帮的祖辈在明末陆续迁移到宜昌定居，他们中除了少数从事金银首饰和药材等行业的商户外，大部分是专门在长江挑水供应给居民饮用的劳动者。江西籍民工在修复宜昌城垣时表现出色，因此赢得了地方官的信任，被授权管理大码头至镇川门一带的挑水码头。除了挑水，他们还从事本码头的杂货搬运业务。自此以后，江西帮的工人们世代居住在这里，并逐渐掌控了码头的搬运行业。到了民国时期，江西帮已经成为宜昌"四关八码头"中后来居上的一大帮会。

背篓帮，顾名思义，是因为他们使用背篓作为搬运工具而得名，他们专门从事本码头的粮食搬运业务。背篓帮以彭、张、李三个姓氏为主，这个传统一直世代相传。他们最初只能背运一斗粮食，但随着时间的推移，逐渐能够背负一石多的重量，行走在坡坎上如同平地，健步如飞，速度超过常人。后来，陈、余、吴、董、王等姓氏的人也加入了背篓帮，打破了原本少数姓氏的领地界限。

箩筐帮则是随着粮运的发展而兴起的。当背篓帮的工人们无法承受大量的粮食搬运业务时，他们开始雇请江南或近郊的农民帮忙搬运，这些人习惯使用箩筐，因此被称为箩筐帮。箩筐帮和背篓帮共同承担了宜昌河米码头的搬运工作，他们占据的码头包括杨泗庙和大码头两处。在工作中，他们相互协作，出工时不分你我。随着时间的推移，背篓帮的工人数量逐渐减少，而箩筐帮则逐渐壮大。

1876 年宜昌开埠后，随着洋码头的兴起，产生了专门为其服务的帮会。

郭家码头：洋码头形成之初，宜昌人郭家典（即郭老黑）率先组织起了搬运业务。在宜昌开埠并有汉宜班轮运营后，他集结了一批闲散劳动力，为招商局及后续的川江轮船公司提供服务。他们使用杠子、扁担等工具装卸搬运货物，对码头工人采取按工计酬的方式，并通过发散筹计件的方法来吸引更多的劳动力来"扛码头"。随着轮船货运量的不断增加，洋码头的搬运队伍也逐渐扩大，吸引了众多外地求职者前来。

汉阳帮：19世纪80年代，随着太古、怡和洋行的轮船来宜昌开辟业务，汉阳人陈永华（即陈老六）带领一批本乡人在太古、怡和等外商轮船公司的码头提供服务，这就是"汉阳帮"。他们的业务范围主要集中在二马路口以下至强华里口一段，是当时洋码头中搬运业务最为繁忙的区域。

至此，郭家典和陈永华在洋码头上形成了平分秋色的局面，郭家典负责华商的搬运业务，陈永华则负责外商的搬运业务，两家的码头业务势均力敌。他们各自繁衍成为码头上两大家族，陈家在和光里内建造了住宅，并传承至第二代；郭家则在日新里等处建造住宅，传承至子孙已有四代，当时有"上陈下郭"之说。抗战开始后，郭家码头随着华商轮船公司的崛起而兴盛，而陈家码头则随着外轮公司的相继停业而衰败。战后，郭家码头更是"一统天下"。

武穴帮：20世纪20年代前后，武穴人陈耀峰和陈炳记先后来到宜昌，建立了装卸组织，包揽了轮船在江心的装卸业务。陈耀峰依附太古洋行，陈炳记则依附怡和洋行，他们各自树立旗号，招募工人，成立了武穴帮行栈。抗战开始后，又有蕲春人李明山带领一批工人随军政部迁建委员会来到宜昌，参与疏散和抢运工作。陈耀峰、陈炳记和李明山这三个江心装卸组织，以武穴、蕲春人居多，统称为"武穴帮"。

黄孝帮：在陈耀峰和陈炳记来宜昌的同时，孝感人祝允友也成立了"黄孝帮"，成为宜昌洋码头上的另一支帮口。祝允友原为农民，后在汉口一家茶楼当学徒。清宣统年间，他应川汉铁路民工关某的邀请来到宜昌，在郭家码头做工并逐渐崭露头角。20世纪20年代后，祝允友邀请本乡人，并吸收黄陂县的农民多人，建立了三北轮埠公司码头的搬运组织。祝允友为人厚道，深得同乡人的拥护，帮内人亲切地称他为"二稀饭"（祝排行老二，祝与粥同音，粥即稀饭，因此得名）。20世纪30年代后，黄孝帮的工人已增至百人以上，其业务也扩展到了三北码头以下的其他各码头（不包括专业码头）。祝允友自觉不善交际，便将码头管理权交给了能说会道的族侄祝昆山，由他掌控黄孝帮码头。

襄阳帮：在大公桥附近建有盐局仓库和专业码头，在此码头从事搬运的工人以襄阳人居多，因此被称为"襄阳帮"。他们搬运的货物主要是川盐和淮盐，专业性强，不涉足其他货种。20世纪30年代后，该码头的领头人是张云卿。

　　还有源自四川成都的"袍哥"和来自上海的"青帮"也在宜昌形成了势力对峙,这促使了洪帮组织"西陵社"社长、"双龙头"大爷王宏谦(王泉山)的崛起。在其势力最盛时,王宏谦手下有"大哥"300余人,兄弟6000多人,成为宜昌及长江中上游一带的江湖名人。在他庆祝六十大寿时,连杜月笙、黄金荣这样的大亨都专门派遣代表前来宜昌送礼祝寿。

　　从19世纪70年代开始,直至20世纪40年代末,宜昌码头上帮会众多,各自划分地域,从"四关八码头"发展到"九帮三十六码头"。为了争夺地盘和货源,码头之间经常发生纠纷,乃至爆发械斗,这在宜昌被称为"打码头"。自宜昌开埠以来,华洋混杂,人口日益增长,码头工人来自五湖四海,本地人与外来人各据一方,相互对立,各码头划界而治,形成了众多的小团体。头佬、带班和工人相互勾结,加入各种帮会组织。同时,还有人拉帮结派,树立旗帜,进行"烧把香"和"结拜兄弟"等活动。因此,各码头涌现出了诸如"四大金刚""八洞神仙""十三太保""十八罗汉""三十六友""七十二地煞""一百单八将"等小集团。在这些小集团内部,成员们彼此称兄道弟,讲究哥们义气。一旦稍有摩擦,便会一呼百应,大打出手,甚至不惜以命相搏。于是,"打码头"的风气愈发盛行。

　　宜昌历史上频繁发生"打码头"事件。1927年,江西帮在镇川门码头为了争夺大阪码头的控制权,与汉阳帮的工人爆发了一场大规模的群体械斗。双方出动大量人员,手持杠子、扁担等物进行互殴,最终导致工人廖某不幸身亡,另有7人受重伤。1936年,江西帮与中水门码头的工人因抢运盐包再次发生冲突,当场造成工人王某死亡,另有10余名工人不同程度受伤。1947年,镇川门码头与小北门码头又因争夺木耳搬运权而发生斗殴,导致6人重伤。这些频繁的械斗导致的结果是,码头头佬通过此类事件逐渐积累了更多的权势和财富,而工人们则日益分散和弱化,各码头之间更是结下了深仇大恨。

　　宜昌作家彭定新在《工会主导下的宜昌码头民主改革》一文中描述:20世纪20年代后,宜昌码头工人数量已增至3000多人,至20世纪30年代达到最高峰,人数超过4000人。抗战胜利后,据1947年的统计数据显示,宜昌码头的搬运工和江心装卸工总计3519人,他们分布在40多个码头上,每个码头的人数少则三四人,多则可达百余人。宜昌码头的组织管理在不同时期呈现出不同的架构。北洋政府时期,宜昌码头实行分而治之,每个码头有其独立的管理体系。码头的领头人被称为夫头,工人们尊称其为"头佬"。各码头实行的是"头佬说了算"的封建家长式管理制度,头佬拥有对码头劳动分配和经济分配的绝对权力,工人们必须服从其命令。此外,头佬还利用码头割据的特点,负责接洽货物运输,严格规定运输地段和货种,并以此对木船和轮船客商进行制约。各码头下又分设若干工班,每个工班配备一名带班,工班的人数少则十余人,多则二三十人不等。同时,各码头还会共同推选出一名总夫头,专门负责处理全部码头与官府之间的交涉事务,如摊派公差夫役等。在北伐战争爆发前,宜昌码头的总夫头是郭家典。1926 年 12 月,北伐军驱逐了北洋军队后,官夫头的设置被废除,但头佬们仍然作为各个码头的直接领导者发挥着作用。

1926 年底,宜昌码头迎来了工会组织的诞生。当时,宜昌城被北伐军的王天培和贺龙等部攻克,随后成立了市工会,原码头总夫头郭家典被任命为委员长。在那届市总工会的引领下,成立了工人纠察队和工人夜校,吸引了众多码头工人加入。1927 年 2 月,因英国水兵殴打码头工人事件,总工会挺身而出,提出抗议并通电全国,此举得到了中华全国总工会和省总工会的坚定声援,掀起了一场规模宏大、影响深远的工人运动浪潮。

然而,1927 年 7 月,随着国民党背叛革命,宁汉合流,工会组织遭受重创,全部瓦解。到了 1929 年,码头工会组织才得以重新建立,宜昌市被划分为上下两个码头工会。上码头工会的主席是谢伯平,而下码头工会的主席则是郭炎成(他是郭家典的孙子,郭任卿的侄子)。但此时的总工会已经变质,成了头佬们统治码头的工具。直至 1937 年,上下码头工会奉命合并,工会主席的职位也更名为理事长,由郭炎成担任。1940 年,宜昌沦陷,行政中心被迫转移到三斗坪一带。在此背景下,三斗坪、茅坪和太平溪三地分别成立了码头工会,这些工会与军方紧密合作,组织码头工人为抗战时期的军事和交通运输提供有力支持。

抗战胜利后,码头组织返回宜昌,并迅速重组了码头工会。1947 年 4 月,工会进行了改选,郭炎成当选为县总工会理事长,郭任卿则担任码头职业工会理事长。码头职业工会的会址设在西陵路(现今解放电影院门前),下辖两个分会:第一分会以县码头为范围,分会长是除宏章,负责管理 1 至 6 支部;第二分会则以洋码头为范围,分会长为祝昆山,负责管辖 7 至 11 支部。不久后,又增设了第 12 支部(滑坡煤码头)和第 13 支部(南岸五龙码头),以及西坝直属组和打包、灌油、堆工等直属小组。此外,江心作业的 800 余名装卸工人,根据所服务的轮船公司被分为 10 个装卸作业队,并划分为装卸一、二、三支部,隶属于宜昌海员工会的领导。

码头职业工会和海员工会及其下属支部成立后,码头的组织管理大权不再由头佬们独揽。工会支部位于码头搬运(装卸)组织之上,支部长拥有主持管理码头事务的权力,而这些支部长大多由头佬担任。尽管码头的劳力分配、经济管理和工人报酬分配仍由头佬及各码头账房安排和办理,但重大事项需听从支部长的指示,支部长则由工人选举产生。然而,这一切往往只是表面现象,头佬们玩弄权术、操纵选举的情况屡见不鲜。例如,1947 年,九支部的工人在招商局新仓库搬运一批铁管时,头佬们谎称这些铁管是军用品,每吨力资仅为 1200 元。但后经查实,每吨力资实际应为 2800 元。于是,工人们联名上告县政府,当时涉及作弊的 5 名头佬被暂行关押。然而,次日,经码头工会理事长郭任卿出面,这些头佬被保释出来,并宣布将进行支部改选。

1949 年 7 月,宜昌迎来解放,这座商业转口城市的码头工人,作为社会最底层的劳动者,从此挺直了腰杆。然而,百废待兴之际,宜昌码头仍面临混乱局面,封建把头和各种帮会依然存在,3000 多名码头工人一时难以摆脱困境。同时,为了保持内外沟通、城乡物资交流以及整个社会的稳定,市委决定对码头实施民主改革。

1951 年 7 月,市总工会遵循市委指示,从各单位抽调了郭士尧、谷英杰、董家华、毛传义、张国均、罗银祥、孟庆元、陈织昌等十部,组成了宜昌市民主改革工作队码头工作小组。同时,从全市各机关抽调了 113 名干部和工人积极分子,在中心小学(现为红星路小学)进行集中培训,并组成工作队。7 月 30 日前,这些工作队分别进驻搬运、海员、建筑、手工、产联等行业,并确定了建筑造船业、搬运三分会、手工皮鞋业、海员引水驾驶工会等 9 个单位为重点,发动和组织群众开展民主改革运动。

民主改革采取先试点后推广的方式,选择了搬运工会第 9、10、11 支会作为试点,分别由张来升、于元盛和刘建军等人带队进驻。他们与码头工人同吃同住同劳动,深入劳动现场和工人家庭了解疾苦,迅速将工人组织起来。当群众发动面达到 20%～30% 时,便召开工人代表会议,选举主席团,领导群众开展对敌斗争,揭发敌人罪行。发动群众、全线出击、揭发斗争是这一环节的关键。经过民改工作队一系列艰苦细致的工作,广大工人群众被充分发动起来,他们纷纷揭发封建把头的罪行,共批斗了 136 名封建把头。宜昌市人民法院先后 4 次在搬运行业设立分庭,对这些罪犯进行了公开审判。广大码头工人对此无不欢欣鼓舞。对于与封建把头有牵连但罪行和民愤不大的人,工作队采取了"团结—批评—团结"的方针。而对于那些沾有流氓习气、被坏人利用做了坏事的工人,则通过批评教育,帮助他们划清界限,重新回到工人阶级的队伍中来。

民主改革的最终阶段是对工会会员进行重新审查登记,整顿组织结构,清除混入工会的反革命分子,并选举产生新的工会委员会。对于实行劳动保险的单位,还重新进行了审查,并要求填写劳保登记卡。在企业管理层面,建立健全了规章制度,确立了生产责任制,实施了定员定额管理,推行了经济核算制度,并加强了企业管理的民主化进程。

在民主建设阶段,全市 2000 多名码头工人重新进行了会员登记,成为新工会的一员,并选举产生了新的工会委员会。经过民主改革,搬运系统成功废除了封建把头制度,斗争并清洗了封建把头,改革了旧的码头编制。1950 年 5 月,统一的搬运公司

应运而生。划业工人打破了封建把头过去划分的势力范围,清洗了封建把头,增强了工人之间的团结,统一了划驳业务,工人阶级成为新码头的主人,码头面貌因此发生了翻天覆地的变化。

"打码头吃码头"的恶劣现象已经一去不复返,码头工人的积极性和创造性被极大地激发出来。他们以国家主人翁的姿态,积极投身于社会创造性的劳动中,先后改革了60余种运输工具,货物运输量相比解放初期提高了30%~60%。码头工人的思想觉悟和政治觉悟也得到了显著提升,一批先进青年加入了共青团,24名工人光荣入党,100多名工人成为党的宣传员,还有150多名工人因表现出色而被提拔到领导岗位。同时,码头工人也享受到了全国搬运企业劳保规定的待遇,工伤、残疾、生育、养老、疾病和死亡等方面都得到了有效保障。

回顾宜昌码头民主改革的历程和取得的成果,这无疑是中国共产党领导下的工会主导的一场深刻变革。

划子,是一种木制的小船,也称为木划子,通常使用柏木制作,依靠人力挠桨拨水来推动行驶。在生产力水平较低的年代,特别是20世纪50年代以前,划子是宜昌长江上的主要交通工具。站在宜昌磨基山上眺望,可以看到二马路、大公桥、镇江阁沿江一带白帆点点,桅杆密布。在几艘洋船的映衬下,划子小船穿梭其间,有的载人,有的运货,有的兜售小商品,还有的泊在岸边休憩……桨声、涛声、吆喝声交织在一起,热闹非凡,构成了一幅独特的风光画卷。

划子因其使用功能的不同而被赋予了不同的名称。

数量最多的是渔划子,这是专门用于打鱼的船只。居住在长江岸边的峡江人,世世代代都以捕鱼为生。除了使用网和钩子捕鱼外,他们还会驯化鹭鸶和水獭来协助捕鱼。

当需要摆渡过江时,人们会使用渡划子。在轮渡出现之前,渡划子是乘客过江的主要交通工具。在渡划子中,如果是私人小船,没有搭建棚子,那么它也被称为脚划子,与渔划子有些相似。

还有一种专业的划子叫作邮划子,它配备了顶棚,专门用于运送包裹和邮件。邮划子也被称为信划子,通过水路运送重要的文件、现金、汇票等物品,这些物品通常会被放置在锡制包裹内以确保安全。

除了渔划子和邮划子这两种比较专业的划子外,其他划子的名称就比较随意了,比如米划子、菜划子、石灰划子、粪划子等,都是根据船上装载的货物来命名的。例如,江南的农民会装载一划子菜过江到市区出售,这样的划子就被称为菜划子;当他们回去时,如果装载的是屎尿等废物,那么这艘划子就被称为粪划子。有些菜农依靠菜划子为生,他们将自家田里的各种蔬菜装上船,在停靠在江面上的木帆船和洋船之间穿梭,将蔬菜卖给其他船上的人。

比较有特色的划子包括酒划子和包划子。这两种划子的出现主要是因为宜昌是一个浅水港,稍大的船只无法直接靠岸,只能锚定在江中,因此,一些服务就依赖于酒划子和包划子了。酒划子与菜划子的不同之处在于,它们会根据轮船的到港时间,不分昼夜地在江中穿梭,专门为船上的乘客提供服务。酒划子上备有各种酒类、下酒菜,还有面点、大米饭等,有点像流动的快餐店或饮食摊点。当时,外国人还给这些划子起了一个雅致的名字——"中国茶船"。

酒划子也会售卖货物。当客轮进港停稳后,就是酒划子最忙碌的时刻,它们要迅速抢在其他船只之前,靠近轮船的舷边去做生意。客轮通常都很高,有几层楼那么高,但这难不倒那些推划子的人。他们会用竹篮装上旅客需要的东西,再用长长的竹竿递送到旅客手中,而当竹竿放下来的时候,钱就已经放在篮子里了。双方之间很少存在欺诈或耍滑头的行为。

包划子则是宜昌枯水季节的一大特色。因为从镇川门到大公桥附近有一道长长的沙滩河坝,那些轮船无法靠岸,只能停泊在江中,这样一来,船员们上下船办事就很不方便,所以在轮船停靠期间,他们就会包一条木划子靠在轮船边,专门为船员们提供服务。船员们要上岸时,就会在船上喊:"包划子!"推船的人就会做好准备。船员要回船时,也会在岸边高声吆喝:"包划子!"划子就会划过来接人。

与划子相近的行业叫驳业。小木船叫划子,大木船则叫驳船,专门用于客货驳运。摆渡其实也属于驳业的一种。这些行业合在一起,统称为划驳业。如今,划子和码头都已远去,只留下那些悠长而动人的划驳业故事。

宜昌是一座码头城市,因水而生,因港而兴。码头的存在自然催生了划驳业,码头与划驳之间存在着本末相依的关系。划工与码头工人一道,共同构成了这座码头城市的生命线。毋庸置疑,他们为城市带来了源源不断的人流与物流,也促进了城市的繁荣。随着划业的发展,逐渐形成了相对专业化的分工。这些分工如同码头的功能划分一样,经营种类繁多。例如,当年大公桥一带,原本是盐局的码头,因此那里的划子就被称为盐划子。这些划子和驳船大多由来自秭归的船民驾驶。而镇江阁码头则主要经营米业,这里是米划子的主要活动区域,每当外来的粮船抵达,米划子就会承担起转运的重任。

宜昌是一座消费型城市,粮食、棉花、食用油以及众多生活资料多依赖外部供给。随着外来船只的增多,划业蓬勃兴起,形成了一支规模庞大的水上补给队伍,景象蔚为壮观。这些外来船只还带动了其他水上服务业的发展,如"水上宾馆""水上茶馆"等,行话称之为"座船"。座船不四处流动,而是固定在几个热闹的码头上。它们船体较大,设有舱室和各类设施,可提供食宿、茶水服务,还能进行货物买卖。然而,座船上也有开展黄赌毒等非法业务的,专门供船老大和社会闲散人员消遣。从某种程度上说,座船促进了码头的繁荣。

一到冬季,江水退去,江岸裸露出大片沙坝。不久,成片成街的临时棚屋便搭建起来,沙坝集市随之形成。这里有开饭馆的、开茶馆的、说书的、算命的、下棋的、赌博的,还有玩猴把戏的,可谓是形形色色、三教九流汇聚一堂。划子的任务就是将船上的顾客运送到他们指定的地点。当然,也有推划子的人前来消费,他们或买上一碟花生、一杯白酒,或吃上一碗小面,以此来换取物质和精神上的慰藉。

抗日战争时期,划驳业为抗日战争作出了巨大贡献。1940年6月,宜昌沦陷后,宜昌人民遭受了深重的灾难,绝大多数人被迫离乡背井,逃往大后方。距市区120华里的三斗坪,一时间成为难民的聚集地。国军部队、政府机关也撤退到这里并安营扎寨。这个偏远的峡江山村,一时间成为宜昌地区的军事、政治、商业中心,被誉为"小沙宜"。原本在城市从事划驳业的船户,部分也逃亡到了三斗坪。加上邻近的乐天溪、太平溪、黄陵庙、茅坪等地的划业从业者,他们共同承担起了为军队和民众服务的重任。尽管当时已经出现了"小火轮",但在短途转运方面,仍然需要依赖于小木船。在著名的宜昌石牌保卫战中,宜昌划驳业发挥了不可替代的作用。他们日夜不停地运送军需物资和兵力,全力支持前线。1945年8月,日本投降,宜昌光复后,他们又组织了大量的船只,运送兵员返回宜昌,接受日军的投降,同时还运载复员军人,帮助人们运输物资重返家园。

划业工会的成立是在抗日战争时期的三斗坪。为了适应军事需求,江防军司令部联合宜昌县政府,将峡江地区的大小木船组织起来,成立了"宜昌县划业工会",并推选罗盛富担任理事长。起初,工会会员仅有20余人。然而,在宜昌光复后,到了1947年,工会已经发展到拥有600多艘船只,划工人数超过2000人。根据渡口和码头的分布,工会下设了五个支部,分别位于镇川门、大南门、二马路、大公桥和西坝,同时在偏远地区还设有几个直属小组。所有支部和直属小组均由划业工会直接领导,但工会在业务和人事经费方面并不介入,这些事务均由各支部自行负责。工会的职责主要包括传达上级的命令和指示,布置并监督检查工作,以及解决业务中的矛盾和纠纷。划业工会的成立,对于规范划业内部的竞争、促进宜昌战后的重建和家园的恢复作出了重要贡献。1949年后,经过政治斗争和民主改革,原有的划业和驳业分别由水运公司和轮渡公司接管并进行改组,宜昌划驳业迎来了新的发展阶段。

民国时期的宜昌房屋,大多采用砖木结构,尤其是沿江地带,多见以竹木搭建的吊脚楼。大东门外木桥、石桥街以及大南湖周边,则是大片的棚户区。这些区域一旦发生火灾,往往迅速蔓延,造成大片损失,受害者多为贫困的民众。火灾过后,按照当地流传的迷信习俗,受灾的家庭需在火灾废墟上露宿三夜,之后才会另寻住处,他们的生活只能暂时依靠慈善人士的微薄援助。

辛亥革命后,鼓楼街的"王恒升"酱园老板王宏祥,为了防范火灾和盗窃,联合全城各街区的士绅,按照街道和区域划分,组织成立了水龙段。他们募集经费,购置救火器材,组建救火队伍,并制定了专门的救火职责。全市被划分为子、丑、寅、卯、辰、巳、午、未、申、酉、戌、亥十二个区域进行管理,形成了一个覆盖整个城区的消防网络。

各段辖区及其经管人员如下:子字段负责县府路一带,由陈锡周(同记花行业主)经管;丑字段负责东岳庙街一带,由马文轩(兴杂货号业主)经管;寅字段负责大东门外一带,由周书斋(绅士)经管;卯字段负责鼓楼街一带,由刘尊三(刘义记海味号业主)经管;辰字段负责白衣庵街一带,由黄华卿(黄恒顺油漆号业主)经管;巳字段负责镇川门河街一带,由王子兰(王恒豫油行业主)经管;午字上段负责南门外汉景帝庙以上区域,由胡式儒(胡鼎裕酱园业主)、傅陶卿(地主)、高绅阶(绅士)共同经管;午字下段负责南门外汉景帝庙以下区域,由刘寿卿(五金号经营者)经管;未字段负责县城隍庙一带,由陈靖海(绅士)经管;申字段负责天官牌坊一带,由童翰园(绅士)经管;酉字段负责上河街水府庙一带,由罗德泰经管;戌字段负责西坝全帛,由陈汝君(绅士)、张协臣(教员)共同经管;亥字段负责大北门外一带,由王养丞(劝学所长)、王子权(绅士)、朱家农(绅士)共同经管。各段经管人员对地方治安、公益事业、扶贫济困以及纠纷调解等负有责任,其中一项非常重要的公益事务就是管理水龙段。这种组织形式一直持续到保甲制度实施为止。

另外,外地驻宜昌的客商还组建了客帮救火组织,该组织由三北轮埠公司宜昌分公司经理任子卿、浙江帮富商屠惠僧以及祥泰木器厂(浙江帮)经理张和泰等人共同负责。同时,怡和码头的工头陈耀峰也在大公路、力行街、隆中路一带组织起了水龙段。

水龙段的消防器材购置和设施建设费用,均来自各绅商的捐赠。每段都配备了吸筒式水龙机一两部,帆布水管数条,水桶数十担,以及斧头、铁钩、铁叉等工具,还配备了绳索、杠子、铜头盔、竹安全帽等辅助装备,并制作了一面精美的水龙会旗。每段设有一个水龙祠,用于存放这些救火器材,并雇佣专人进行保管,同时负责救火后对消防工具的清洗和维修工作。在各街头巷尾,用青石砌有蓄水池,被称为太平池,平时保持水满状态,非救火用途任何人不得擅自动用。若需要加水,则临时雇佣挑水工,凭竹筹码兑换水费。此外,每段还设有专职更夫一人,其薪资由他自己向各户收取。更夫专司每夜打更巡逻,并负责照管街巷栅栏的启闭。不论白天黑夜,一旦遇到火警,更夫就会立即敲锣报警，并高声呼喊火灾地点，通知居民前来扑火。

每段配备有消防队员一二十名，他们完全是出于义务，多由劳动群众组成，其中码头工人占比较大。一旦火情发生，消防队员们会立即拉动水龙机、挑起水桶赶往火场，很少有人借故不到。在救火现场，他们奋不顾身，勇猛抢救，充分展现了对社会的强烈责任感和对受灾户的深切同情心。有的消防队员甚至为救火而牺牲，如在抗战前有位姓王的哑巴，以及在抗战胜利后的1947年，有位名叫陈少卿的队员，就是两个典型的殉职例子。当发生火警，尤其是大火时，邻近各段的水龙队都会到场，即使火势已经得到控制，也必须赶到，否则将面临处罚。本管段的水龙队要负责扑灭火灾，不能随意离开火场。尽管这是民间组织，但其纪律十分严格。每年年末，各水龙段还会举行一次水龙比赛，消防队员们都会到场，比拼谁使用水龙机的水力更大、射程更高，优胜者将获得奖励。在年关前，还会举办一次水龙会，大摆酒宴，邀请消防队员聚餐。开席后，绅士们会向大家鞠躬致谢、敬酒并发表祝词，同时还会演戏庆贺，以表达对他们的酬劳之意。所有这些开支都由绅商们慷慨解囊。

过去，宜昌的木架板屋众多，火灾频发，难以计数。20世纪20年代，木桥街一带；20世纪30年代，大公桥附近以及康庄路、湖堤街一带；1947年10月，滨江路街道两侧，都曾发生过大火，每次被烧毁的房屋都超过百户。尽管有水龙机等设备参与扑救，但由于设备陈旧简陋，效力有限，往往无法挽回巨大的损失。这些都已经成为过去，旧时代的民间水龙组织也已被载入史册。

Jiumatou · Shehuijuan

第三章
激情燃烧的岁月

一、宜昌港的新生

自宜昌开埠以来,宜昌轮船水运运输迅速发展,如同雨后春笋般涌现出众多码头,其中还不断涌现出许多专业码头,如煤油码头、瓷器码头、水泥码头、石油码头、麻纺码头等。与此同时,宜昌港区范围也相应扩大,沿江向下延伸至大公桥,并远达万寿桥江岸一带,后来更是拓展到了白沙垴区域。

中华人民共和国成立后,长江航务局宜昌分局对码头进行了统一编号。这次编号始于 1950 年 10 月 18 日长江航务局发出的"尽快办理统一航务港务管理指示"。1951 年 10 月 22 日,正式对码头实施统一编号,将原招商局所属的 3 个码头、民生公司的 2 个码头、省轮码头以及强华、华中等公司的码头重新统一编号为宜港一码头、二码头等,共计 14 个码头。根据《长江港务管理局宜昌分局 1951 年工作总结》,宜昌各码头的编号情况详见表 3–1。

表 3–1　宜昌各码头的编号情况

码头名称	地点	原名称	备注
宜港 1（一码头）	环城西路	省轮码头	终年可靠小火轮
宜港 2（二码头）	二马路口	二马路码头	木划经常泊此,轮船只能泊江心
宜港 3（三码头）	滨江路	华中码头	洪水季木划子多靠此处,轮船只能泊江心
宜港 4（四码头）	滨江路	民生码头	岸边可靠木船,轮船只能泊江心
宜港 5（五码头）	滨江路	强华码头	岸边可靠木船,轮船只能泊江心
宜港 6（六码头）	滨江路	一马路码头	架有跳板,为木划经常停靠之码头,轮船只能泊江心
宜港 7（七码头）	大公路	招商三码头	部分枯洪水,轮船只能泊江心
宜港 8（八码头）	大公路	盐局码头	专供木驳装卸盐用,土坡简陋
宜港 9（九码头）	大公路	油脂码头	油脂公司专用,兼作水上油库
宜港 10（十码头）	复兴路	民生三码头	洪水季可兼作船码头使用,可储散舱油 300 吨
宜港 11（十一码头）	复兴路	招商二码头	终年可靠趸船,可囤货 2000 吨

续表

码头名称	地点	原名称	备注
宜港12（十二码头）	复兴路	招商一码头	终年可靠趸船，可囤货600吨
宜港13（十三码头）	复兴路	美孚码头	终年可靠泊
宜港14（十四码头）	杨岔路	亚细亚码头	未设趸船，但终年可靠，不过距市区远

说明：

1. 一码头以上到西坝，为木船停靠之码头，未录入表中。

2. 一码头至九码头一段中，轮船只能泊江心，因沙滩宽、坡度小，故不宜设趸船，洪水期水流湍急，不能抛锚，洪水沙滩露出200多米阔。

3. 港十码头至十四码头，终年可靠，洪水季则更繁忙。

其中，六码头以下的位置位于现今的伍家岗区区域内。伍家岗区的码头分布密集，其密度已经超过了清末至民国时期西陵区的码头分布，成为宜昌港实际上的中心区域。

下面我们来梳理一下六码头及其以下码头的基本情况。

六码头：位于一马路以下，二道巷子（力行街）一带的江岸。原本这里有一马路码头，1951年，该码头被重新编号为六码头。1954年，这一带江岸设立了宜昌市渔政船检监督管理处的专用码头。

七码头：光绪四年（1878年）四月，轮船招商局使用"江平"轮开辟了汉宜航线，并在宜昌设立了分公司，建设了条石梯坎码头。光绪十七年（1891年），轮船招商局在大公桥修建了二号码头和三号码头后，该码头被称为招商局一号码头或招商局上码头。1951年，招商局上码头被重新编号为七码头，主要装卸杂货。其坡道结构形貌为水泥混凝土斜坡，水域上设有长24米、宽7米的水泥泵船一只，年通过能力达到3万余吨。2011年以后，七码头一带的江岸被改造成滨江大道的"蜡梅园"景点。

八码头：民国初年，在大公桥上游设立了"盐局码头"。1951年，盐局码头被重新编号为八码头。1953年，为了适应深水作业的需要，长航宜昌港将港区下移至胜利二路以下，二路以上的江岸段逐渐形成了宜昌地方港区，而胜利二路至宝塔河则成为长航宜昌港区。八码头更名为大公桥上码头，归属于宜昌市装卸二公司一大队作业区。其坡道结构形式为简易斜坡，顺斜坡装有牵引机一台。水域设有长21.5米、宽7.2米的水泥趸船一只和中型趸船五只。岸上建有13000平方米的货场,主要起运生活物资和百货,年吞吐量约为4万吨。2001年12月,在大公桥上码头附近修建了夷陵长江大桥。2002年和2008年,在夷陵长江大桥江北桥头的西北侧和东南侧,分别建成了滨江大道的"和平公园"和"宜昌大撤退纪念园"两个景点。

九码头:1950年,在胜利一路西南端的江岸建造了油脂公司码头,1951年,该油脂公司码头被编号为九码头。1989年,九码头扩建成为宜昌港客运中心码头,隶属于宜昌长江三峡旅游客运有限公司,主要用于客运。该码头拥有3个泊位,占用岸线长达300米,具备1000吨级的停泊能力,年客运量达到35万人次。

十码头:1949年以前,民生公司在天官桥溪下游修建了一个货运码头,当时被称为民生公司三码头。1951年,民生三码头被重新编号为十码头,主要停靠宜昌至重庆的客班轮。其坡道结构形式独特,上为青石台阶,下为水泥混凝土斜坡。码头水域设有长69.6米、宽14.2米的钢质趸船和长16.5米、宽5米的钢质跳船各一只。该码头的客运流量约为5万人,平均水深5米,最大水深可达15米。1990年以后,十码头的岸线上建成了三峡旅游客运中心。

十一码头和十二码头:光绪四年(1878年)四月,轮船招商局使用"江平"轮开辟了汉宜航线,并在宜昌设立了分公司,建设了条石梯坎码头。光绪十七年(1891年),轮船招商局宜昌公司迁至大公桥,建造了四间栈房,并修建了二号码头和三号码头,分别被称为招商局中码头和招商局下码头。1951年,招商局中码头和下码头被重新编号为十一码头和十二码头。其中,十一码头为斜坡缆车码头,主要装卸综合性货物,水域设有3吨浮吊,年通过能力达到10万吨;十二码头则主要装卸杂货,其坡道结构形式为水泥混凝土斜坡,水域同样设有3吨浮吊。然而,由于宜昌城市建设的不断发展,2007年十二码头让位于滨江大道的景点建设。

十三码头:1913年,美孚石油公司在宜昌设立了支公司,并在万寿桥上游的江岸修建了两座石级码头,被称为美孚码头。同时,美孚公司还在码头岸上修建了一座容量为2000吨的油池。与英商亚细亚公司一样,美孚公司在宜昌销售石油产品,其中以煤油为主。美孚公司旗下的美炉、美平和美峡三艘油轮以宜昌万寿桥的两座码头为中心,美炉和美平航行于汉宜线,而美峡则专门航行于宜渝线,在宜昌本地和西南地区销售煤油等石油产品。1951年,原美孚码头被重新编号为十三码头,主要停靠汉口至重庆、上海至重庆的客班轮。其坡道结构形式独特,上为青石和台阶,下为水泥混凝土斜坡及台阶。水域上设有长67.2米、宽12.23米的钢质泵船一只,以及两只钢质跳船、三只水泥跳船和一只钢质引桥船。1978年,十三码头被登记为"宜港综合码头",其岸线长达512.8米,拥有6个泊位,停泊能力为1000吨级,年吞吐量达到34万吨。然而,到了 2007 年,十三码头由客轮码头转变为宜港集团的中心锚泊区。

十四码头:1912 年,英商亚细亚公司在宜昌设立了支公司,并在万寿桥江岸修建了两条码头作业线。其中,一条为石级码头,专门用于桶装货物的装卸,依靠人力肩运作业;另一条则为管道作业线,专门用于液体油料的自动化作业。由于该码头是由英商亚细亚公司所建,因此被称为"亚细亚码头"。在码头的坡岸上,还修建了两座仓库、两座油罐池以及办公楼。两座油池的容量分别为 5000 吨和 3000 吨,而两座仓库的总容量则达到了 3000 吨。亚细亚宜昌支公司在宜昌销售的石油产品以煤油为主,拥有扬北、和光、滇光和蜀光四艘轮船。其中,扬北和和光两轮航行于汉宜线,而滇光和蜀光两轮则航行于宜渝线。这四艘油轮通过码头的两条作业线进口石油产品,其中煤油的 20% 在宜昌本地销售,而剩余的 80% 则由滇光轮和蜀光轮转运至重庆、四川、云南、贵州等地,销售到中国西南内地。同时,这两艘油轮还会从西南内地运回山货、药材以及其他土特产至宜昌。1951 年,原英商亚细亚码头被重新编号为十四码头。

宜昌港务局下辖的码头中,共有七座专门用于货运。1954 年,港务局在长江两岸新建了两个作业区,并开辟了五龙上、下两个码头以及 18 标的临时煤场。同年 10 月,在十一码头成功试制了一条木质皮带运输机生产线,其工效相较于人力扛运提高了近10 倍。因此,《人民交通》杂志评论道:"宜昌港的这一革新成果,为内河港口未来推广运输机创造了有利条件。"随后,港务局又从沈阳购进了一台宽型皮带运输机,建立了第二条专门用于起卸粮食的作业线。这时,港口两岸在夜班作业时灯火通明,犹如白昼,通宵达旦,景象壮观,被人们誉为"不夜港"。

在这一时期,川粮东运仍然是港口货运的主要任务。宜昌港加强了船岸之间的配合,不断改进操作方法,废除了两人搭肩的传统方式,充分调动了工人的劳动积极性。当时,工人诗人黄声笑曾写诗赞美道:"我是一个装卸工,干劲冲破九重天,太阳装了千千万,月亮卸了万万千。我是一个装卸工,万里长江显威风,左手搬来上海市,右手送走重庆城……"这些气势磅礴的诗句充分展现了工人阶级的豪迈气概。从 1953 年至 1957 年,宜昌港共完成了 640.2 万吨的川粮运输任务,其他货运量达到 627.5 万吨,旅客运输量达到 138 万人次,提前完成了第一个五年计划的任务,并创造了有史以来的最高水平。

各货运码头根据船舶类型、货种以及装卸流程的不同,配备了各式各样的装卸运输机械,包括出舱机、卷扬机、少先吊、滑板、浮吊、缆车、叉车、轮胎吊、牵引机、登高机、电瓶车、漏斗、皮带运输机、链板运输机等。宜昌港务局的码头已经发展成为与传统的土码头和早期的洋码头截然不同的近现代码头。

宜昌港的七座货运码头,在 1959 年至 1960 年期间,通过技术革新与技术革命运动,先后实现了机械化和半机械化作业。例如,十码头的煤炭起坡作业和十二码头的磷矿下河装船作业,都基本实现了机械化,仅需少数工人负责归堆和清场工作。在客货班轮作业中,大部分工作都使用了卷扬机或出舱机,只需少数几人负责堆码和拉关。对于货驳泊岸作业,宜昌港工人自制的"少先吊"发挥了巨大作用,原本需要搭建"三层台子"的"千字驳"出舱作业,现在能够一次性完成,工效提高了三四倍,同时大大降低了劳动强度。特别是袋粮装卸作业,过去完全依赖工人肩扛手搬,现在有了皮带运输机,一个工班就能处理四五百吨货物。而长江上的第一台皮带运输机,正是在宜昌港诞生的,这得益于田钟灵副局长的有效指挥和宜昌港工人的集体智慧。截至1969年6月,全港自制了各种装卸机械达105台,其中包括71台皮带运输机、10台少先吊、11台卷扬机、2台缆车以及2台牵引机等。这些装卸运输机械为港口码头实现机械化作业做出了巨大贡献。

　　1958年下半年,宜都工业区建立后,中央和省属的一批工厂相继在宜昌投入生产,同时宜昌市也兴建了一批工厂。这些工厂的建设需要大量基建材料和机械设备,而这些物资主要通过水运进口。为适应新货种的装卸需求,港口广泛开展了技术革新和技术革命活动。广大工人充分发挥了劳动智慧和创造性,先后自制了14台"少先吊",为港口提供了1200吨的装卸能力。长江全线在宜昌港召开了现场会,推广了这一革新经验。此后,港口又相继制成了一批机械设备,且数量逐年增加。到1960年,全港共有运输机66台、"少先吊"15台、各种皮带机15台、卷扬机11台、堆码机4台、平板车37辆,实现了人机联合作业,极大地提高了港口的通过能力。

　　关于九码头"不夜港"的货运情形,作家李华章曾细致描述了他1959年8月末第一次来到九码头时的所见所感:

　　我和几个同学站立在九码头,眺望着金色的长江从眼前滚滚东流,轮船穿梭其间,汽笛声声不息。趸船离岸一二十米远,跳板由不规则的木板铺就。装卸工人们肩上搭着一条约六尺长的蓝布,正忙碌地上下跑动,汗流浃背地装卸着货物,整个码头呈现出一派繁忙的景象……这时,我忽然想起了工人诗人黄声笑曾经给我们做的演讲,他在台上边讲边朗诵:"我是一个装卸工,万里长江显威风,左手搬来上海市,右手送走重庆城……"那语言形象生动,气势磅礴,想象力何等丰富!我被黄声笑诗歌中的气魄深深打动!正是这位工人诗人黄声笑的名字,让我情不自禁地爱上了宜昌的九码头。

　　1961年,为贯彻中央"调整、巩固、充实、提高"的八字方针,宜昌港采取了多项措施,包括缩短生产战线,封存、停用、调配和租赁了一些多余设备,以及精简机构和人员等。在三年内,职工人数减少了628人,占全港职工总数的23%。同时,宜昌港调整了生产方向,将承运化肥、粮种、卵石乃至耕牛等支农物资放在首位,并进一步开展了增产节约运动,取得了一定成效。1963 年,随着"工业 70 条"的贯彻实施,企业经历了一系列整顿,加上地方工业建设的蓬勃发展,宜昌港的货物纯出口量有所增加,为企业带来了一线生机。连续两年,港口运输生产全面完成了国家计划。1964 年,港口吞吐量完成了计划的 113.5%,比上年增长 8.5%,出口客货计划完成率更是高达 115.5%。

进入 20 世纪 70 年代初,三线建设特别是葛洲坝工程的动工兴建,在客观上推动了宜昌港生产和建设的发展,使宜昌港逐渐由转口港转变为进出口港。为了缓解港内物资的严重积压问题,从 1971 年开始,宜昌港多次组织疏港大会战。同时,大量招收新工人,5 年间共招进 1278 人,占全港职工的 46%,他们逐渐成为港口生产建设的主力军。在此期间,宜昌港进一步加强了港口基本建设,新建、扩建了 4 座码头,包括新建综合码头(重件码头)、扩建 17 标、18 标煤码头以及改造磷矿码头;新建和改造了 7 条码头道路;并建立了矿石、钢材、水泥等专用货场及仓库。经过 10 年的建设,全港共有 9 座码头,10 条作业线,183 台装卸机械,13 幢仓库,总面积达到 3.72 万平方米,容量达到 3.4 万吨。

图 3-1 九码头江边装卸货物(周文昌 提供)

党的十一届三中全会之后,港口运输生产及各个方面都焕然一新,迎来了历史上最为辉煌的发展时期。自改革开放以来,宜昌港口的装卸专业化和机械化水平达到了前所未有的高度。在港口内部,磷矿石、煤炭和砂石料专用码头均实现了机械流水线作业,特别是磷矿石专用码头,成为长江上设备先进的装卸码头之一。经过改造的 11 号、12 号码头,配备了高架皮带运输机作业线和与之相配套的链斗卸船机,年吞吐能力达到了 120 万吨,极大地提升了港口矿石和煤炭的装卸能力。在此之前,1987 年磷矿石的年出港量已经达到了 118 万吨,创下了历史最高纪录。

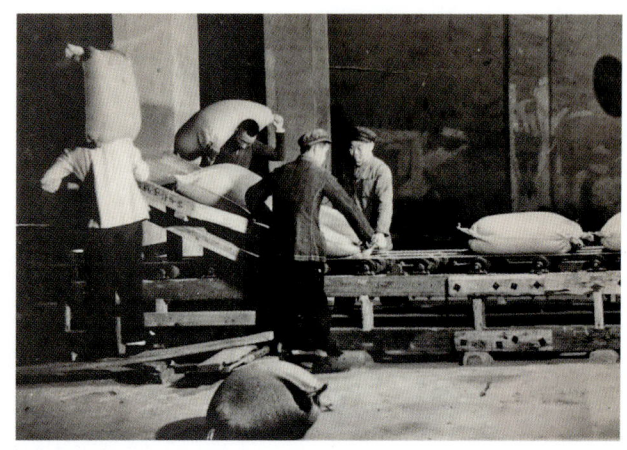

图 3-2　九码头工人搬运货物（周文昌 提供）

　　九码头已成为宜昌港的货运枢纽。其水运口岸集装箱港区设有进出口专用码头，配备有 1 个 15000 吨级多用途泊位和 1 个件杂货泊位，年通过能力可达 86 万吨货物及 4 万标准集装箱。该码头的主体工程是长江上水位落差最大的高桩梁板式栈桥码头，实行海关监控、封闭管理以及一票制即时管理。集装箱运输凭借其高效、便捷、安全且零货损的服务，正逐渐成为现代物流中不可或缺的运输方式。

　　九码头的件散货港区则主要从事煤炭、磷矿石（粉）、砂石料、散装水泥等大宗散货以及化工原料的综合运输。该港区拥有 2 个作业区域和 3 条现代化作业生产线，各种吊装设备和运输机械一应俱全，年装卸能力高达 300 万吨，是宜港集团的重要运输港口之一。1987 年，宜昌港的仓库堆场总面积达到了 12.93 万平方米，其中集装箱堆场面积为 0.2 万平方米。

图 3-3　九码头工人搬运货物（周文昌 提供）

　　九码头曾是全国内河磷矿石出口的最大港口。同时,宜昌港务局也实施了全面服务的方针,改变了过去仅为长航局服务的局面,转而为所有运输行业提供服务。宜昌港务局还积极为市内外各县区的矿山资源开发充当"先行官",努力疏通全市工业产品的交流渠道,并帮助建立产销之间的紧密联系。宜昌港还是长江进入四川物资运输量最大的港口,来自鲁、豫、湘、鄂等省的粮食、棉花、化肥、石油和百货等物资,通过焦枝铁路和荆江水运汇聚于此,然后经港务局以安全、及时、方便的优质服务转运至川东各地,深受各方信赖。1989 年,宜昌港的上运量超过了 40 万吨,占长江干线 26 个港口上运入川货物总量的三分之一,位居各港口之首,曾经创造过无数的辉煌业绩。

图 3-4　九码头上下船搬运货物(周文昌 提供)

　　1953 年港区下移后,对港区布局进行了调整,确定 9、10 和 13 号码头为客货两用码头;而 13 码头至大溪口区域则被设置为人力起卸重件码头。客货运码头的岸上设有梯坎,水面上则通过跳板、跳船和趸船与轮船相连,方便旅客直接上下轮船。

　　港务局港区的码头编号及其功能如下:2~5 号为客运码头,专门用于接待乘客;6、10、12 号则为工作船停靠码头;7、8、9、11、13 号被指定为货运码头,用于处理货物运输;而 15、16 号则是集装箱码头,专门用于集装箱的装卸作业。

　　随着长航宜昌港务局的成立以及私营轮船企业的社会主义改造完成,长航局的轮船进出宜昌港的主要航线包括以下几条：

宜昌—沙市线：1950 年 7 月 21 日，湖北省营轮船公司宜沙分公司在宜昌和沙市两地定时对开班船，沿途停靠站点包括古老背、红花套、官都、白洋、枝城、洋溪、松滋口、姚家港、付家坡（董市）、枝江、刘家巷、江口、大埠街、宛市、太平口。到了 1965 年 1 月，长航局接管了湖北省境内长江区间的客轮及客运航线业务，省轮宜沙分公司停止经营此航线，改由长航宜昌港务局统一进行经营管理。

宜昌—汉口线：1949 年 10 月，招商局宜昌分局与庆宜轮船局达成协议，由庆宜局的普庆轮拖带招商局的 43 号铁驳，于 11 月恢复了此航线。之后，长航局的轮船沿途停靠枝城、沙市、城陵矶等港口。

宜昌—秭归线：1949 年 11 月 3 日，此航线恢复通航，秭归的煤炭源源不断地运往宜昌。

宜昌—重庆线：1949 年 12 月 1 日之后，川江的轮船陆续东下。长航局的轮船定班行驶，沿途停靠巴东、巫山、奉节、云阳、万县、忠县、高家镇、丰都、涪陵、长寿等港口。

宜昌—巴东线：全程 110 千米，东方红客轮途经三斗坪、秭归、香溪等地。

宜昌—南京线：全程 1439 千米，长航局于 1985 年 10 月开辟了此航线，每月有 4 艘船运营，隔日一班。

宜昌港客运站坐落于万寿桥街道的九码头，其前身乃是宜昌港的候船室。1952 年，宜昌港务局在十三码头搭建了一处临时候船棚，可容纳旅客百余人。1954 年，长航宜昌港务局与民生公司宜昌分公司携手合作，建造了一座面积为 1162 平方米的候船室，该候船室一直沿用至 20 世纪 80 年代末，其间隶属于宜昌港务局。1980 年，经国家交通部批准，宜昌港客运大楼被列为国家"七五"重点工程。这座大楼由长江规划设计院设计，中建七局五公司承建，于 1987 年 12 月正式动工，并于 1989 年 12 月 28 日竣工投入使用。客运大楼全长 172 米，总建筑面积达到 9704 平方米，占地面积超过 5000 平方米，总投资额为 1470 万元。大楼的主楼两侧高达 20 米，共设有 5 个大厅。其中，4 个候船厅分别位于中厅的东西两侧，一次可容纳 2000 多名旅客候船。除了售票处和候船厅外，大楼内还配备了歌舞厅、商场、餐厅等多样化的服务设施。附楼为两层结构，为旅客提供行李寄存、娱乐、休息、购物等多功能的综合服务。塔楼净高达到 51 米，站在 14 层的瞭望台上，不仅可以监视江面上的行船情况，还能鸟瞰整个宜昌市的壮丽景色。

图 3-5　九码头三峡游客中心（张亮 摄）

九码头是当时客运停靠的码头，乘客们在此上下船，留下了许多记忆。吴承喜、韩玉洪的回忆文章中记载：

当年，九码头是一个土码头，停靠着宜昌至沙市的客班轮，每天一班，由两艘船轮流运营。此外，还停靠有宜昌到巴东的客班轮，同样是每天一班，由三艘船轮流服务。客人"起坡"（上岸）时，为了防止滑倒，码头工人经常会铺垫一些煤渣。十码头建有几十级石阶和一个牌坊，看上去颇为正规。九码头下游不远处便是十码头，两者相距不足两百米。九码头主要负责停靠往返于沙市和宜昌（沙宜班）以及巴东和宜昌（巴宜班）的客船，而十码头和十三码头则停靠长途大型船只。

田忠祚先生回忆 1966 年初到宜昌时所见到的情景：

同事告诉我，你下船的地方叫九码头……因为那时从秭归到宜昌只有水路可走，乘坐"巴宜班"轮船需在九码头下船，那里是当时唯一的轮船停靠码头……那时往返于秭归（或巴东）与宜昌之间的"巴宜班"轮船起初是隔日发班，一天上行一天下行。后来增加到两条船对开，在九码头上船或下船的时间大多是凌晨或夜晚。在我的记忆中，夜幕下的九码头格外热闹繁华，有乘船买票的，候船的，提篮叫卖的，闲逛的，拉车的等，行人络绎不绝，南来北往，形形色色。宜昌口音、秭归口音、四川口音交织在一起，五湖四海，七腔八调，真是一个无奇不有的小社会……虽然说是"九码头"，但它更像是那一带码头的统称，九码头只是其中之一。因为它是长航的码头，属于国营企业，所以显得气派且让人放心。我记得当时乘船，有时在三码头或五码头，有时在十三码头，但大多数时候还是在九码头。往西（上游）大公桥一带则是地方航运的码头（如屈原码头、川航码头）。

霜晨先生在《铿锵玫瑰宜棉》一文中记述了参加三线建设的知青在九码头登岸的情景：

1970 年 7 月 9 日，100 多名宜都知青在厂招工办师傅的带领下，乘坐沙宜班轮，于晚上抵达宜昌。当时的向阳岗哪有交通车可乘？在接待老师的引领下，这群年轻的大姑娘小伙子，满怀激情地齐声高唱着"我们走在大路上，意气风发斗志昂扬……"，从九码头出发，踏着歌声疾步前行了 15 华里……当他们抵达厂区时，映入眼帘的是尚在建设中的车间，周围则是一排排简陋的芦席棚，以及一片片农田、菜园和水塘。

20 世纪 80 至 90 年代，九码头客运最为兴盛的时期恰逢三峡大移民时期。三峡大坝的建设，作为 21 世纪初中国乃至全球最大的水利工程，对长江流域产生了深远的影响，其中也包括对宜昌码头的显著改变。在三峡大坝蓄水前的搬迁准备阶段，宜昌的码头呈现出前所未有的热闹与繁忙，这一时期被世人铭记为"三峡大移民"。

随着三峡工程的不断推进，为确保大坝蓄水后的安全，大量居民、企业和历史文物需从低洼地带搬迁至安全区域。宜昌，作为三峡库区的重要城市，承担了艰巨的搬迁任务。九码头因此成为搬迁物资与人员进出的核心通道，每日都有无数船只往来于长江之上，满载着家具、建材、机械设备及各式生活用品，从低洼区域运往新的居住地和工业区。这种大规模的物资与人员流动，将码头的活动推向了高潮。这不仅极大地促进了九码头周边物流业的繁荣，也带动了相关服务业的蓬勃发展。在码头附近，装卸工、运输司机、物流管理人员等各类工作人员忙碌穿梭，构建了一个高效运作的物流网络，有力保障了搬迁工作的顺利进行。对于众多三峡库区的居民而言，搬迁意味着告别祖祖辈辈生活的土地，前往陌生的地方开启新生活。九码头，成为他们与过往告别的场所，也是对未来充满憧憬的起点。在九码头上，常能看到居民们带着复杂的心情，与亲朋好友依依惜别，也有人在码头上拍照留念，记录下这一具有历史意义的瞬间。这种情感的交融，让三峡大移民期间的宜昌九码头，充满了浓厚的人文情怀。

三峡大移民期间，九码头成为历史的见证者，详细记录了这场大规模搬迁活动的每一个细节。从繁忙的搬迁场景到商贸物流的汇聚，再到人文情感的交融，九码头的热闹景象不仅彰显了人类在面对自然与社会变迁时所展现出的适应能力，也深刻反映了中国社会在现代化进程中的人文关怀精神。随着三峡大坝的建成与蓄水，九码头乃至整个宜昌的面貌都发生了翻天覆地的变化，这段历史成为这座城市永不褪色的记忆。

三峡大移民时期还引发了告别三峡的旅游热潮，使得宜昌九码头的客船票变得一票难求。当时，宜昌作家赵文军正在旅游公司担任导游，他满怀深情地回忆起那段时光：

千禧年前后的一两年间，到处都在热议告别三峡游，那几年的游客数量激增。来自全国各地的游客纷至沓来，涌向宜昌，只为最后目睹长江三峡的原始风貌。除了外宾和少数包船的游客外，其余的散客和团队游客只能乘坐普通客轮。在九码头上船时，在携带大包小包的散客间穿梭，对导游来说无疑是一场考验。狭窄的跳板上人来人往，拥挤不堪，大家都生怕被挤落到江中。四处充斥着喊叫声，我们这些导游在关注游客的同时，还得时刻留意自己的财物安全。码头上的乘客密密麻麻，如同蚂蚁一般涌向疍船, 团体票只是一张简单的纸条, 上面写有航班时间、轮船公司名称并盖有印章。上了船后, 我们导游还得为每位游客换取船舱票, 安顿好他们之后, 才能稍微喘口气, 晚上则享用船上那永远带着柴油味的船餐。

表 3-2　清末至民国时期宜昌轮船运输航线表 (部分)

航线名称	起讫地	航段长度/千米	经停站
宜汉线 (干线)	宜昌至汉口	706	宜昌、汉口
宜渝线 (干线)	宜昌至重庆	648	清滩、万县
渝申线 (干线)	重庆至上海	2479	万县、宜昌、武汉、南京
宜申线 (干线)	宜昌至上海	1831	沙市、汉口、南京
沙宜线 (短途)	沙市至宜昌	167	宛市、江口、董市、洋溪、枝江、白洋、宜都、红花套、古老背
宜津线 (短途)	宜昌至津市 (湖南)	240	宜都、洋溪、松滋、沙道观、公安
宜巴线 (短途)	宜昌至巴东	110	坪善坝、南沱、黄陵庙、三斗坪、峡岭、清滩、秭归
宜三线 (短途)	宜昌至三斗坪	57	三游洞、坪善坝、南沱、乐天溪、黄陵庙
宜白线 (短途)	宜昌至白洋	43	古老背、红花套、宜都

注: 此表内不含全面抗战时期的宜湘航线、水陆联运线及往巴东、重庆的航线。

表 3-3　中华人民共和国时期宜昌轮船运输航线

航线名称	航段长度/千米	经停站
宜昌—沙市线		古老背、红花套、宜都、白洋、枝城、洋溪、松滋口、姚家港、付家坡 (董市)、枝江、刘家巷、江口、大埠街、宛市、太平口
宜昌—汉口线		枝城、沙市、城陵矶
宜昌—秭归线		宜昌、秭归
宜昌—重庆线		巴东、巫山、奉节、云阳、万县、忠县、高家镇、丰都、涪陵、长寿
宜昌—巴东线	110	三斗坪、秭归、香溪
宜昌—南京线	1439	
宜昌—太平溪线 (固定客班)	48	向阳1号、2号小客船, 每天对开
宜昌—白洋线 (固定客班)	41	清江1号、2号、3号小客船, 每天对开
宜昌—秭归线 (固定客班)	85	屈原1号、2号小客船, 每天对开

二、九码头城市客运交通枢纽

　　随着社会经济的不断进步,道路交通建设日益完善,市民生活水平也随之提升,人们对出行的要求也越来越高。九码头位于宜昌城区中心,直通江海,连接全国四面八方,因此,它从一个长江水路枢纽逐渐发展成为城市客运交通枢纽。站在九码头平坦宽阔的柏油路上,我们可以纵观宜昌公共交通的发展历程。

1. 三轮车

　　20世纪50年代中期,三轮车在宜昌出现并迅速成为主要的客运工具。相较于人力车,三轮车不仅多了一个车轮,而且采用了机械动力辅助,由人推车改为骑车拖拽,因此更为省力且快捷。1954年5月,搬运公司与宜昌港务局合并,原搬运工会领导下的人力车、担水、轿舆、划业四个分会重新组建为宜昌市政工会。市总工会资助了5000元,人力车工人集资7000元,共同购置了16辆三轮车,到年底时数量已增至31辆。与此同时,人力车的数量急剧减少,仅剩36辆。1956年,宜昌市三轮车服务合作社成立,下辖三轮车和人力车运输队。在接下来的两年内,三轮车数量发展到80辆,合作社还从山东购进了"轻骑"摩托车并改装成可载4人的机动三轮车8部。全市的服务点也从二马路的一处扩展到一马路、九码头、小东门、北门口、镇川门等多个地点。"文化大革命"期间,随着公共汽车的逐渐增加,三轮车的客运业务逐渐萧条。到1981年,该合作社仍有职工62人,拥有人力三轮车和机动三轮车各8辆,在市内设有4个服务站,主要为港口旅客和病人提供服务。

2. 公共城市交通车

　　1972年7月,宜昌市公共汽车公司正式成立,宜昌市迎来了首辆公共汽车,并随之开通了1路和2路两条公交线路。当时,1路公交车的运行线路是从北门至九码头,而2路公交车则是从解放路至夷陵广场。1976年,宜昌市公共汽车公司成功自主研发了三马力柴油小汽车,并将其命名为"宜昌牌",投入运营。1979年,宜昌公交开始对线路进行大规模调整,历经4年时间,共新开了5条线路,补充了3条专线,并购买了33台新车(其中包括4台通道车)投入运营。此外,还有6辆大客车和3辆小轿车面向社会提供出租服务。这些车辆在市区穿梭,极大地便利了市民的出行,宜昌的公交事业蓬勃发展。

　　20世纪80年代,铰接公交车和"宜昌牌"小汽车互为补充,频繁地在城区往返。老宜昌人习惯在路口等公交,看到车来了就招手示意停车上车。售票员则站在车门旁,身背票兜,左手抱着票夹,右手握着圆珠笔,负责售票并进行记录。当时的售票员不仅要承担售票和报站的任务,每天收车后还要负责打扫车内卫生和擦洗车身。

1998 年 5 月，无人售票模式在宜昌城区的 19 条线路上全面推广，宜昌市成为湖北省首个全面实行公交车无人售票的城市。20 世纪 90 年代，随着三峡工程的动工，宜昌的经济建设、社会发展和城市建设步伐加快，宜昌公交的人员、车辆和线路逐渐增多。此时，城市交通愈发多元化，不仅便利，还兼顾了美观和舒适。九码头曾是城市公交车 3 路、4 路、7 路、8 路、10 路的起始终点站，满足了市民对美好出行的需求。

3. 公共长途客运车

伴随着经济社会的快速发展，客运汽车与城市公交车行业也在不断地发展和壮大。1935 年，宜昌汽车站在培心路 3 号（现为西陵区珍珠路 110 号）建成并投入使用，营运时间长达 45 年，之后迁至现东山大道 124 号，与宜昌火车站相邻，并更名为宜昌长途汽车客运站。1949 年 10 月，宜昌境内仅有 2 辆客运班车和 1 条客运线路。

中华人民共和国成立后，长途汽车客运得到了发展。1955 年，宜昌开始有了建制班线客车，到 1970 年已达到 32 辆，并先后开通了 26 条县际、县乡客运班线。此时，宜昌初步实现了大江南北客运的互通直达，结束了境内客运内通外阻的分割历史，形成了以宜昌为中心的客运网络。改革开放后，客运班线日益增多，人民的出行变得越来越方便。1980 年，为确保长江葛洲坝大江截流成功，宜昌地区汽车运输局投入了 45 辆客车参与翻坝旅客转运工作，并随后开通了 46 条省内外客运班线。1984 年，随着公路客运市场的开放，宜昌有大量社会客车投入公路客运，交通运输企业也开始发展卧铺客车，并先后开通了前往广州、西安、上海、北京等 21 个城市的长途班线。随着平坦宽阔的柏油路、绵延千里的铁路一条接一条地建成，交通工具不断更迭，公交车、火车、高铁等现代化交通工具也相继投入使用。

宜昌客运发展初期，九码头因缺乏客运站设施，主要作为客运线路的经停站点。随着客运业的蓬勃发展，宜昌市城区向东扩展，伍家岗地区逐渐建成了宜昌东站、宜昌汽车客运中心站、宜港客运站、大公桥客运站等各类大型车站。1982 年 12 月，位于胜利一路与沿江大道交会处的原宜港汽车客运总站落成。该站占地面积 15600 平方米，建筑面积 8704 平方米，经过多次升级改造后，达到了二级客运站的标准。1992 年 3 月 31 日，大公桥水陆客运站建成并投入使用，同样被评定为国家二级客运站，是长江沿线首个水陆综合型客运站。该站每日发送旅客约 5000 人次，客车 120 班次，以及 4 个航次的客班轮。然而，因宜昌城市建设的需要，大公桥水陆客运站于 2000 年 12 月整体搬迁至宜港汽车客运总站继续运营，其原址则被改建成如今的"宜昌大撤退"遗址纪念园，成为市民休闲的绝佳去处。

2011 年，宜昌市对九码头区域进行了统一规划，整合了宜昌港资源，建设了现代大型水陆联运的三峡游客中心。三峡游客中心作为三峡地区最大的游客综合服务集散地，临江而建，与万达广场相邻。目前，该中心提供"交运·两坝一峡""交运·长江夜游""交运·景区直通车"等服务项目，为游客提供了便捷舒适的三峡旅游服务。在每年的春运和黄金周期间，三峡游客中心的旅客集散功能得到了充分发挥。

三、与九码头息息相关的宜昌港务局

宜昌港务局，同时也是长江航务管理局宜昌分公司，对九码头区域的经济发展、基础设施建设以及商业布局等方面发挥着主导作用。1949年7月，人民政府接管了原招商局宜昌分公司、湖北省宜沙航务处及其所属的船舶和港口设施。同年9月，市政府航政科成立，肩负起全市港务管理的职责。1950年9月，中南交通部航务局宜昌办事处成立，航政科随之撤销。1951年1月，长江航务管理局宜昌分公司宣告成立；2月，公司更名为中国人民轮船公司宜昌分公司。同年6月，宜昌分公司与宜昌航务办事处合并，组建了长江航务管理局宜昌分局，实行政企合一的管理体制。1952年9月，长航宜昌分局更名为宜昌港务局；1975年，又更名为宜昌港务管理局。2003年，枝城港与宜昌港合并，组建了宜昌港务集团公司，实现了港口政企分开。2008年9月，宜昌港务集团进一步发展成为中外合资企业。

在社会主义改造时期，宜昌港务局对私营航运企业进行了社会主义改造，先后整合了搬运公司、民生公司、川江公司，实现了生产设施的统一调度，有效提升了宜昌港口生产设施资源的利用效率，降低了生产设施的闲置率。这一时期，除了对港口管理机构进行调整外，还先后制定并实施了《宜昌港规则》《宜昌港湾改革概略方案》《宜昌港湾调度组织规章》以及《宜昌港现场管理规程》等政策方案，从而加强了港务的统一管理，推行了以作业计划为中心、作业现场为重点的运输组织方式，并实行了装卸昼夜作业。夜晚，岸边的船只灯火通明，宛如白昼，呈现出一派繁忙的景象，使宜昌港成为名副其实的不夜港。

宜昌港务局还对港口码头进行了全面的建设与改造，特别是在10号和13号码头新建了两座候船室。1956年，该局又在长江南北两岸增设了两个作业区，新增了码头设施，并扩建了库场。同时，宜昌港加强了船岸之间的协作与配合，不断优化操作方法，极大地激发了装卸工人的工作积极性和劳动热情。

工人诗人黄声笑写诗赞道："我是一个装卸工，干劲冲破九重天，太阳装了千千万，月亮卸了万万千。我是一个装卸工，万里长江显威风，左手搬来上海市，右手送走重庆城。我是一个装卸工,生产战斗长江中,钢铁下舱一声吼,龙王吓倒在水晶宫。我是一个装卸工,生产积极打冲锋,为了要把英国赶,快装快卸快如风……"诗歌表现了码头工人的豪迈气概。

成长于九码头的作家韩玉洪,满怀深情地讲述了关于宜昌港务局中一个人物的故事:

"宜昌港有一位学雷锋的老劳模,名叫涂其顺,他留着平头,做好事时总是笑眯眯的,双眼眯成一条线,活像个笑罗汉。因此,人们亲切地称他为'笑罗汉',这个故事也在人们口中广为流传。他做好事时那副慈祥可爱的眯眼笑容,让人仿佛遇到了活菩萨,人们不由自主地传扬着他的事迹,反而使他的真实姓名流传不广。作为宜昌港木驳二组的水手,涂其顺出生于宜昌县天柱山一个贫苦农民家庭,十一岁便开始下河帮工烧饭,划着小木船在长江上摆渡,过着极其艰辛的生活。

当驳船停靠在组里时,他忙着洗舱、刮舱、搞维修。自己驳船上的事情忙完了,他还会跑到其他驳船上去帮忙。有一次,大家都在吃饭了,到处找他都没找到,喊了很久他才从一只煤驳舱里像个黑人一样钻出来,原来他正在帮煤驳洗舱。涂其顺总是这样,别人吃饭的时候他还在干活,别人休息的时候他却早已开始忙碌起来。他不仅干劲大,而且勇于挑重担,不畏艰难。枯水季节组里经常需要移动船舶,无论瓢泼大雨还是冰寒雪飘,也不管冷风刺骨、水深齐颈,他总是抢着下水搭跳板。嘴唇冻得发乌,牙齿冷得打战,他也从不叫苦叫累,直到把跳板搭好、把路挖开,他才满身泥水地回船洗漱更换。

涂其顺常常利用驳船待装卸或等拖的时间去帮助别人,无论是拖车子、搞装卸、抬石头、挑蜂箱、背病人还是担行李,只要是有利于旅客的事情,他都积极去做。我上船接父亲回家时,经常能看到涂其顺在忙碌着。冬季,他会在坡道上撒煤炭灰、铺草甸子以防滑;夏天,他会经常移动趸船以适应涨落水位。我还看到他给趸船刷桐油、钉钉敲敲修船补缝,这些都是非常烦琐的事情。旅客上下轮船时,凡是走路不方便的人,涂其顺总是主动把他们背上背下。

'笑罗汉'涂其顺的名声很大,他曾经三次登上天安门观礼台,多次受到毛主席的接见。这在宜昌是一件非常了不起的事情,他的名声与宜昌港的文化名人黄声笑、鄢国培相比,毫不逊色。20世纪80年代初,我从部队复员后被分到宜昌港务管理局办公室工作。有天上午,局党委会要在小会议室学习,我提前上班去打开水。在会议室拿空开水瓶时,有一个熟悉的身影和我争抢起来,他非常固执地用有力的大手抢走了我手里的四个开水瓶。那架势,就像是涂其顺在和我争抢洗碗的任务一样。抬头一看,果然是涂其顺,他笑眯眯的,活像一个笑罗汉! 原来,他也是港务局党委委员,是来参加学习例会的。即使是在本单位开会,涂其顺仍然不忘做好事。"

"七五"期间新建的宜昌港客运站是国家投资建设的重点工程之一,于 1989 年12 月 28 日竣工并交付使用。客运站耗资 1470 万元,主楼塔高达 51 米,显得雄伟壮观。候船厅可容纳 2000 余人,年客运量约为 200 万人次。在港务局的领导下,客运站开展了"四代"服务(代买、代托、代转、代送)和"四送"服务(送船、送家、送港、送水),形成了"一条龙"服务体系。1990 年,客运站被交通部授予"部级优质运输先进集体"和"文明站"的称号。1992 年,宜昌港务局主动与各客运相关部门联系,抓住三峡旅游热潮和"1992 国际观光年"的契机,采取了增开航班和扩大水陆联运网络等措施,从而有效提高了旅客运量。当年,出口人数达到了 112 万,组织了 23 个旅游团,游客人数达到了 1 万,并荣获了省、市"双文明单位"的称号。1993 年,经湖北省经委组织评审,宜昌港被评定为国家"安全级"企业。

2003 年,宜昌港务管理局与枝城港务管理局合并并改制,组建了宜昌港务集团。枝城港作为全资子公司,融入了集团运营的广阔舞台,与宜昌港务局携手共创企业发展的新篇章。随着两港的合并,财务关系得到了重新梳理与划转,资产实现了无偿移交,而债务则由港口企业承担,确保了企业运营的稳健与连贯性。基建管理工作严格按照国家及省级交通建设的相关规定执行,保障了港口建设的安全性与高效性。同时,所属的船舶运输企业也被纳入了地方行业管理范畴,实现了行业内的规范化与统一化。宜昌港务集团开始崭露头角,成为全市港口统一的管理机构,肩负着引领港口发展新阶段的重任,为宜昌港的未来发展增添了新的动力与希望。

2008 年 9 月 2 日,经宜昌市人民政府批准,宜昌市国资委、夷陵国资公司、香港保华集团与宜昌港务集团在上海共同签署了协议,确定由香港保华集团以现金出资方式对宜昌港务集团进行增资重组。2009 年 4 月,该合资公司获得湖北省商务厅的批准设立,并在湖北省工商局完成注册,于 4 月 20 日正式挂牌成立。保华集团的全资子公司——保华宜昌投资有限公司,通过增资扩股的方式向宜昌港务集团有限责任公司投资,并持有 51% 的股权。宜昌市人民政府国有资产监督管理委员会及宜昌市夷陵国有资产经营有限公司,则以宜昌港务集团有限责任公司经评估后的净资产作为出资,共同持有剩余的 49% 股权。自此,宜昌港务企业由市属国有企业转变为中外合资企业,开启了从传统机构向活力企业转型的新篇章。

宜昌港务局的变革历程波澜壮阔,映射出时代的变迁。宜昌港口九码头在应对新的发展需求和挑战中,不断调整和完善自身,持续创新,与时俱进。站在新的历史起点上,我们展望未来,宜昌港口九码头将继续在变革中砥砺前行,以更加开放、包容的姿态迎接新的挑战和机遇，为宜昌港口的可持续发展注入新的活力。

四、兴建葛洲坝——宜昌城市东扩

据史料记载，从唐代至清代长达 1300 年间，长江流域共发生了 223 次洪灾。清同治九年（1870 年），长江三峡流域遭遇了一场历史上罕见的特大暴雨。历史文献中常用"猛雨""雨如悬河""狂风雷雨，连日不息"等词句来形容那场特大暴雨。这场特大暴雨造成的灾情为数百年所罕见，不仅影响了长江中上游的巴东、秭归、宜昌等地，还导致洪水泛滥至洞庭湖、鄱阳湖，给长江中下游地区带来了重大灾害。

为了尽快根治长江水患，在毛泽东主席的提议下，兴建葛洲坝以及长江三峡水利建设工程被提上了新中国的议事日程。1969 年 10 月，毛泽东听取了湖北省委书记张体学等一行三人的汇报，关于兴建葛洲坝水利枢纽工程的计划，他站起身来笑着说："有道理，赞成兴建此坝。"这一指示传到宜昌后，宜昌人民兴奋不已，既憧憬着水电之都的美好未来，又深感肩负的责任重大。

不久，葛洲坝工程建设者们从四面八方会聚而来，聚集在宜昌沿江的各个码头周边。由于人数众多，宜昌城内的各大小旅馆和客栈迅速"客满"，建设者们一时之间难以找到合适的住处。正值寒冬腊月之际，宜昌市委、市政府以及众多机关单位纷纷伸出援手，将他们的会议室、接待室等改造成建设者们的临时住所。1969 年 12 月，宜昌军分区司令员都志成、宜昌市委副书记马维清紧急召集城区公社负责人召开会议，要求全市上下以最快的速度、最优的质量兴建旅社，以解决葛洲坝建设者们的住宿难题。

当时宜昌市共有 44 个居委会，除江南的清静庵居委会未承担任务外，其余 43 个居委会均迅速接受了为建设者安排暂住的任务。会议结束后的 3 天内，宜昌市迅速开办了 24 家旅社，可容纳 900 人入住。这些旅社统一配备了全新的被子、床单、枕头以及脸盆、水瓶、口杯等生活必需品。

居委会紧急筹建的旅客服务站，其服务员由街道干部、群众和退休人员组成。他们自己动手砌水池、修洗澡间，有人甚至从家中带来铺板、桌椅和被子，竭尽全力将服务站打造成一个温馨如家的葛洲坝建设者之家。从 1970 年 12 月中旬开始，九码头区域的男女老少齐动员，开山劈石，填平堰塘，筑路修桥，全力修筑东山大道，以确保葛洲坝工程建设的车辆能够畅通无阻。从万寿桥往东，沿着东山西麓一直延伸到伍家岗白马山，数万宜昌人组成了浩浩荡荡的义务劳动大军，经过 45 天的大干苦战，成功铺设了泥结路面，使东山大道顺利通车。宜昌城敞开了东大门，热情迎接葛洲坝建设者进入工程施工现场。

图 3-6　葛洲坝断流 [1]

　　1988 年底，葛洲坝水利枢纽工程全面竣工。葛洲坝工程是中华民族大规模治理长江的第一个大型工程，建坝后，航道水位得以提升，彻底消除了过去三峡航道上的险滩，使得货运量由原先的 400 万吨左右激增到 5000 万吨以上。发电是建设该坝的一个重要目的，在此期间，葛洲坝工程创造了众多中国第一，并荣获了多项国家奖励。

　　葛洲坝水利枢纽工程的兴建，有效推动了宜昌市的经济发展，并提升了宜昌市的战略地位。在葛洲坝工程落成的那一年，宜昌市从一个仅有 17 万人口的中小城市，迅速发展成为拥有 50 万以上人口的中等城市。

　　随着葛洲坝水利枢纽工程的兴建，宜昌城区的城市框架迅速扩展，工业布局也得以调整和优化。工程竣工后，昔日葛洲坝工程所在的"十里工区"，逐渐蜕变成为繁华的"十里长街"。

　　葛洲坝工程建设对宜昌的发展产生了深远的影响，不仅在经济和社会层面推动了城市的现代化进程，还在文化、教育、科技、环境、人口以及基础设施建设等多个方面带来了显著的变化。

　　工业结构的优化升级是显著成效之一，葛洲坝工程带动了宜昌及周边地区电力、建材、机械设备制造等相关产业的快速发展，使宜昌成功转型为一个工业城市，摆脱了传统农业城市的标签。

　　在就业与人口增长方面，葛洲坝工程的推进吸引了大量劳动力涌入宜昌，促进了就业机会的增加，带动了人口的增长，为城市提供了丰富的劳动力资源，推动了城市规模的扩大。

---

[1]　来源：人民日报网，长江干流第一座大型水电工程 .http://politics.people.com.cn/n1/2019/1007/c1001-31385577.html。

为了适应葛洲坝工程的建设和后续运营需求,宜昌加快了城市基础设施的建设步伐,包括道路、桥梁、供水、供电等,这些设施的提升显著增强了城市的综合承载能力,改善了居民的生活质量。

葛洲坝的建设还吸引了大量科技人才和教育机构的入驻,推动了宜昌教育与科技水平的提升,为城市培养了大量高素质人才,为后续的城市发展奠定了坚实的人才基础。

随着城市经济的发展,宜昌在医疗卫生、社会保障、文化娱乐等社会服务方面也取得了显著改善,提高了居民的幸福感和城市的社会福利水平。

在文化繁荣方面,葛洲坝的建设吸引了全国各地的建设者,促进了不同地域文化的交流与融合,丰富了宜昌的城市文化内涵,形成了开放包容的城市文化氛围。

葛洲坝的建设对宜昌这座城市的发展产生了全方位的影响,不仅推动了经济的快速增长和社会的全面进步,还促进了文化的繁荣和生态环境的改善。它不仅是中国水利建设史上的里程碑,也是宜昌城市现代化进程中的重要推动力。

葛洲坝的建成,不仅改变了宜昌的城市格局,也为九码头区域的经济发展带来了深远的影响。宜昌城市向东扩展,这一举措意义重大。随着城市道路和护岸工程的修建及不断延伸,九码头以下的伍家岗地区迅速崛起,展现出了蓬勃的发展态势。

1. 东山大道

东山大道始建于1958年,但于1961年暂停施工,导致道路未能完全贯通。1970年,随着葛洲坝水利枢纽工程的启动,东山大道的修建工程也得以复工,由葛洲坝工程局与宜昌市共同承担建设任务,在原有基础上完成了全线的铺设,其路基采用土层块石或砂垫层结构。当时,宜昌市成立了工程会战指挥部,各系统也设立了相应的分指挥部,广泛发动群众参与义务劳动。机关团体、工矿企业、学校医院、街道居民等社会各界积极响应,分段负责,从北端的葛洲坝工区镇境山下,沿着东山西麓,一直延伸到东南的伍家岗白马山下,劈山填塘,筑路架桥。经过仅45天的艰苦奋战,这条道路便建成通车。自1972年起,东山大道又逐步进行了升级改造,铺设成了水泥混凝土路面。

作家李华章回忆修建东山大道的情形:

当时,城市规划决定修建东山大道,全市上下动员,掀起了一场"人民战争"。那时,我正在镇境山脚下的"宜昌二高"任教。各单位负责各自包干的路段,而我们学校的师生也连续奋战了十多天。白天,我们头顶烈日,在旱地和水田中或开挖土方,或填平沟壑,或挥汗如雨地打夯;夜晚,我们披星戴月,挑灯夜战,一锄挖下去汗水滴落在泥土中,一车石头搬起来浑身湿透。打夯的声音震耳欲聋,劳动的号子响彻山谷,飞越河流。那种不怕苦、不怕累的革命精神,正如工人诗人黄声笑所描绘的那样,"太阳装了千千万,月亮卸了万万千";"就是泰山碰到我,也要粉碎化成泥"。我心中暗自思量,一个国家的富强,一座城市的繁荣,除了依靠先进的科学技术,更离不开人民群众的团结与奋斗精神。正所谓人心齐,泰山移!人总是要有那么一股子不屈不挠的精神的。

2. 沿江大道

1960 年,拆除了原大公路河坡一带的木板房,将大公路取直,并浇筑了一段从一马路至胜利四路、宽 9 米的水泥混凝土路面。1967 年,原环城西路、南门外正街、滨江路以及辖区内的大公路、复兴路被统称为东风大道。到了 1973 年,这条路被正式命名为沿江大道。那时,整条道路不仅狭窄,而且沿江一侧也并非公园,只有一个接一个的码头、铺满碎石和沙子的荒滩,以及破旧的吊脚楼。江岸边停靠着各式各样的轮船和木帆船。住在江边的人们,能听到船家在江面上高唱"摇橹歌":"正月里来珍珠岭,二月里来二架坊……"这歌声既让人感到几分亲切温暖,又带着几分原始的苍凉。

沿江大道的修建,主要得益于葛洲坝开挖的土石方。当时,宜昌市委、市政府作出重大决策,将葛洲坝基坑开挖中一时难以处理的土石方用来填充沿江护岸,修建沿江大道。若干年后,这条绵延数十里的沿江大道,靠长江一侧已建成了风景秀丽的滨江公园。1984 年,利用葛洲坝基坑开挖的大量泥沙回填后,三江口至大公桥的沿江防护岸一期工程竣工。1985 年,沿江大道中段开始动工修建。1986 年 9 月 28 日,沿江大道竣工通车,上起葛洲坝公园,下至九码头。路面交通线采用白色大理石镶嵌,给排水、电力、电信管道也于当日完工。沿江大道与护岸工程、滨江公园、绿化带相得益彰,共同构成了一道别具一格的独特风景线。如今的滨江公园被誉为"万里长江第一廊",它宛如一条蜿蜒的玉带,沿着长江黄金水道铺展开来。沿长江岸边的诸多自然风貌呈现于眼前,犹如一颗颗美丽温润的珍珠,点缀在这条玉带上。这里既有自然风光之美,也承载着丰富的历史人文元素,成为宜昌这座城市最具代表性的景观之一。

3. 夷陵大道

夷陵大道坐落于市区中部,与东山大道平行,是一条跨区间大道,全长 10772 米。该大道是在汉宜公路(原先为碎石泥路面)的终点段基础上扩建而成的。1967 年至1973 年期间,它曾被称为东方路。1978 年,伍家岗至云集路段被命名为汉宜路,而云集路至西陵二路段则被命名为大冶路。到了 1981 年 4 月,汉宜路和大冶路被合并,并延伸至东湖一路,统一命名为夷陵大道。然而,在 1984 年 3 月 16 日,它又被更名为夷陵路。1993 年,夷陵路进行了改扩建工程,并在 1996 年正式恢复为夷陵大道的名称。2004 年,夷陵大道再次经历了改扩建。

4. 护岸工程

据《宜昌市志》记载：沿江护岸工程坐落于葛洲坝水利枢纽下游的长江左岸，上接三江下航道口的镇川门，环绕着宜昌城区的西南部。1979 年 8 月，沿江护岸工程正式启动建设，至 1987 年底，已修筑至万寿桥北侧江边，总长达 3.8 公里。该工程涵盖了填滩、护岸、港口码头的兴建以及排水管涵的改造。沿江护岸与滨江公园、沿江大道共同构成了一个三位一体的独特风景线，为宜昌城区增添了一抹亮丽的色彩。此后，城区的沿江护岸又经过了多次修葺和扩建。

1990 年，宜昌城区的防洪堤总长达 9.1 千米。第一期护岸工程填筑了 190 万立方米的土石方，新填河岸的宽度为 /9 米，护脚石达到了 18.8 万立方米，护坡面积为 11 万平方米，砌筑了 2800 米长、1 米高的花岗岩岸顶防洪护栏。自 1985 年起，第二期工程开始顺江而建。至 1987 年，沿江护岸工程已修筑到万寿桥北侧江岸，其中护岸工程抛石护脚 280 米。二期工程的建设面积达到了 15.6 万平方米，使沿江护岸上下连为一个整体。

沿江护岸第一期工程批准的总投资为 1200 万元，而实际完成的工程量达到了 1440 万元。第二期工程则获得了国家拨款的 200 万元支持。护岸工程上下相连，形成一个整体，展现出雄伟壮观的景象，兼具防洪、排渍以及防止岸滩冲刷的多重功能。同时，沿江护岸与滨江公园、沿江大道相互映衬，共同构成了一道独特的滨江城市风景线。整个工程的设计工作由武汉市建设局与宜昌市政工程设计科研所共同承担，该工程设计还荣获了湖北省和国家建设部优秀设计项目三等奖的殊荣。

万寿桥街道杨岔路段的长江防洪护岸工程于 2013 年 12 月 20 日顺利竣工。至此，全长 12.5 千米的沿江护岸亲水走廊已全线贯通，防洪标准得以提升至百年一遇的水平。杨岔路段的长江防洪护岸工程作为宜昌城区段防洪护岸一期工程的收尾项目，已完成了一级挡墙的浆砌石修筑工作，对高程 48.5 米以下的土方进行了回填，对坡面进行了整形，铺设了青石踏步，并且高程 48.5 米以下的预制块铺设任务已基本完成。

宜昌城区段防洪护岸一期工程是一项针对长江北岸宜昌主城区段岸坡进行综合整治与防护的公益性水利项目，同时也是中共宜昌市委、市人民政府精心打造的城市精品工程，是助力创建世界水电旅游名城的重要基础设施项目。

该防洪护岸工程西起镇江阁，东至白沙路出口，全长达 12.5 千米。它主要针对长江干流宜昌主城区段的岸坡进行综合整治与防护，以确保城区的防洪安全。工程位于长江北岸，其核心建设内容包括新建万寿桥辖区太平桥溪出口至临江溪的 8.54 千米长江护岸工程。整个工程的概算总投资为 1.92 亿元。

2011年,已建成的沿江护岸工程荣获了湖北省水利优质工程奖——江汉杯。人民网以及《湖北水安全》期刊的专题报道组曾专程前往宜昌进行采访,沿江防洪护岸工程已成为长江干流岸边一道亮丽的风景线。

五、伍家岗的三线建设

2024年4月,伍家岗区档案馆面向全社会发出了征集函,旨在公开征集与伍家岗区"三线建设"相关的历史文献、老照片以及老物件。在此之前及之后,伍家岗街道还计划在白马山社区举办一系列关于伍家岗区三线建设的展览,集中展示该区域内原树脂厂、开关厂、纺机厂、猴王集团等企业的发展历程、产品照片及老物件。征集函一经发布,迅速在社会上引起了广泛反响。宜昌经纬纺机有限公司党委书记聂俭主动捐赠了《宜纺机厂志》(1966—1986),这部志书详尽地记录了三线建设企业——宜昌纺织机械厂20年来的建设与发展历程,全面反映了该厂的发展历史、生产、建设及管理工作等方面的情况,堪称一部极其珍贵的建设史资料汇编。

"三线建设"是指中国在20世纪60年代至70年代期间,为应对国家安全和国防需求,于内陆地区建设一系列军工基地和工业设施的国家战略。作为湖北省的重要城市,宜昌也积极参与了这一战略的实施。

三线建设对宜昌而言是一次重大的发展机遇,同时也是宜昌经济首次实现腾飞的起点。它初步改善了宜昌工业基础薄弱、交通滞后、资源开发水平较低的状况,为宜昌现代工业的发展奠定了坚实的基础。三线建设为宜昌带来了前所未有的机遇与发展,这一时期,众多军工企业和工业设施在宜昌拔地而起,为当地经济注入了强劲的动力。宜昌的工业产值和就业率因此大幅提升,成为湖北省的重要经济增长点之一。与此同时,三线建设还引入了大量的科技人才,促进了技术创新,为宜昌的科技发展奠定了坚实的基础。

通常人们误以为三线企业仅指军工企业,但实际上这个概念并不准确。"三线"指的是位于内地的工业企业布局。由于沿海、东北、华北地区靠近国界线,容易受到外部威胁,而当时我国的工业建设主要集中在这些地区,为了保障工业安全,国家决定将部分位于一线地区的企业(包括军工企业)整体搬迁至中西部,以建立完整的工业体系。宜昌地处平原与山区的接合地带,具备优越的防御条件,历史上也曾是中国实业界大撤退的重要地点,因此成为三线建设的重点区域,即工业建设的重点区域。

正如研究三线建设的宜昌文史作家陈军娥所言,"对宜昌来说,三线建设相当于一次工业革命"。

伍家岗工业的崛起与三线建设紧密相连。20世纪60年代中期至70年代,是宜昌市伍家岗工业片区进行整体"布局"的关键时期。在此期间，一批"三线"军工企业相继建成，同时，钢铁、橡胶、电子、造纸、水泥等工业企业也如雨后春笋般涌现。经过规模扩建和技术改造，这些企业逐渐发挥出显著的效益，不仅壮大了全市的工业骨架，还丰富了工业门类，改变了工业结构。国家"三五""四五"计划的实施，特别是"三线建设"战略的布局，为伍家岗辖区的工业发展带来了前所未有的机遇。在此期间，原本停建的企业有的得以重建，市内其他辖区的企业也纷纷迁入，原有规模较小的企业则开始扩建。大部分"三线建设"项目以及地方兴建的企业都在这一带选址。事实上，这一时期伍家岗辖区的工业发展已全面进入整体布局阶段，并被国家列为"三线"建设的重点地区。在这片土地上，宜昌纺织机械厂、湖北开关厂、宜昌棉纺厂、湖北红卫化工厂、湖北轴承厂、宜昌市第一砖瓦厂等企业先后筹建并兴建；其中，重建的工业企业中影响最大的是宜昌八一钢厂和宜昌市水泥厂。20 世纪 70 年代，宜昌纺织机械厂的投产标志着宜昌结束了只能生产部分纱布机和配件的历史。同时，大型橡胶制品企业中南橡胶厂、大型棉纺企业宜昌旭光棉纺厂等三线建设企业也相继建成。

伍家岗三线企业的故事丰富多彩，这里仅以在宜昌地区享有盛誉的两家大型企业——宜昌棉纺织厂和中南橡胶厂为例，简要概述它们艰难创业、努力奋斗的历程。

1. 宜昌棉纺织厂

该厂创建于 1966 年 8 月，并于 1971 年 2 月 4 日正式被命名为湖北省宜昌棉纺织厂，坐落于伍家岗区李家湖路 8 号。由于棉纺织厂女工众多，她们每天迎着朝阳或身披晚霞走在大路上，宛如一簇簇盛开的鲜花，因此被宜昌人亲切地称为"鲜花盛开的工厂"。在 1998 年底进行砸锭改造前，该厂拥有超过 5 万枚纱锭和近 1500 台织机，年生产能力达到棉纱 10000 余吨、棉布 4500 余万米。

1967 年元旦刚过，尚处于规划图纸阶段的宜昌棉纺织厂开始寻找其落地生根之地，最终征用了伍家公社 155.5 亩土地，用于兴建厂房等基础设施。同年 4 月，纺织部建筑安装工程公司第二工程处的施工队伍进驻李家湖，伴随着推土机的轰鸣和人们的欢声笑语，主厂房正式破土动工。与此同时，中纺部从郑州、武汉等城市调集了 100 多名技术和管理人员，成为宜昌棉纺织厂生产经营的中坚力量。9 月 18 日，招收的第一批新工人陆续前往武汉国棉四厂、六厂以及上海、郑州的国营大型棉纺织企业接受学习培训。1970 年，该厂安装了设备并开始试产。6 月 17 日，宜昌棉纺织厂成功纺出了第一批纱，这标志着宜昌地区产棉不产纱的历史从此结束；同年 7 月底，该厂又成功织出了第一批棉布，从而结束了宜昌"家家纺纱，户户织布"的手工业历史。

棉纺织厂的厂区环境优美，绿树葱茏，鸟语花香，是宜昌市首批荣获"花园式单位"

称号的工厂之一。作为一家大型棉纺织厂,这里曾会聚了数千名如花似玉的女工。尽管上班时她们身着雪白的工装,朴素无华,但成群结队的年轻女工们下班后,在厂区马路上轻盈漫步,笑声清脆,构成了一道迷人的风景线。这些纺织女工不仅美丽动人,还聪明能干,她们中间涌现出了许多先进模范。细纱挡车工许素珍出席了党的十一大,并被团中央授予"新长征突击手"称号;罗军首创了5万米无疵布的佳绩;准备车间的向少荣在全省穿筘操作竞赛中荣获全项第一;此外,向少荣、李汉荣、刘盛敏、汪宁、樊桂玲、孙桂珍、陈冬玉、王永芳等人还获得了全省操作能手的称号;张蓉则荣获了"全国五四奖章";织一车间的挡车工黄雪松更是跻身于宜昌市首届"十大杰出青年"之列。

回忆宜昌棉纺织厂时,霜晨先生并未提及纺织女工,而是向我们讲述了宜棉威猛英武的男职工的故事:

那是20世纪70年代的往事了。当年的宜昌棉纺织厂十分重视企业文化建设,职工们经常参与各种丰富多彩的文艺体育活动,且颇有水准。尤其是男子篮球队,屡战屡胜,一度在宜昌市的企业篮球队中难寻敌手,在全市群众体育界小有名气。1972年,正在宜昌市进行封闭训练的湖北省男子篮球二队,听闻宜棉男篮是全市著名的业余强队,便主动上门挑战。不料,在纺织女工啦啦队的热烈助威声中,名声显赫的省男篮二队竟意外败给了宜棉男篮,场面颇为尴尬。不久后,湖北省男篮一队特地从武汉赶到宜棉,试图为二队挽回颜面,并在赛前放出豪言:若省一队得分未能超过宜棉男篮一倍以上,便算省一队输。然而,省一队虽最终胜出,但比分并未拉开太大差距,远未达到一倍的大胜。棉纺织厂职工中虽以女性为主,但在拥有七八千名职工的宜棉,男职工们也并不逊色,在业余体育竞赛中大放异彩,令人赞叹不已。当然,也有人戏称:因宜棉美女众多,男子汉们才个个精神抖擞,奋力拼搏,在美女面前尽情展现自我,从而成就了男子篮球队的辉煌。

获得湖北省纺织技术操作能手称号的退休女工刘盛菊,向我们讲述了她的故事:

刚进厂不久,我就被派往郑州国棉五厂接受培训,每人跟随一位师傅学习技艺。我的师傅是一位大约三十岁的女工,她的操作技术极为精湛,她手把手地教我,对我既严格又耐心,待我极好,好得无法用言语来形容,就像我的亲姐姐一样。培训期满,当我返回宜昌的那天,由于集体活动繁多,我竟然忽略了与师傅道别。当我上了火车,火车即将启动时,突然一个小姐妹对我说:"刘盛菊,你看站台,你师傅来送你了。"我向车窗外望去,只见一个瘦弱的女子提着一个大袋子,明亮的眼睛透过车窗在寻找着我。我连忙探出头,激动地大喊了一声"师傅",眼泪当场就涌了出来。我这位师傅,我竟然忘了向她告别,连一声招呼都没打,而她却始终记得来为我送行。她递给我她精心准备的礼物,有水果、郑州的特产糕点,还有用纸包着的油条,那是让我在车上当早餐吃的，油条还冒着热气……

听着刘盛菊讲述她过去的故事，我们也被当年那份真挚的师徒情谊所感动。这样的师徒关系，或许正是促使她成为省级纺织能手的重要因素吧。

曾经创造过无数辉煌的宜棉，从 1994 年开始启动了企业改制。到了 2003 年底，宜棉集团的企业改制进入了产权改制的深层次阶段，同年实施了民营化改制，宜棉厂至此完成了它的历史使命。

2. 中南橡胶厂

中南橡胶厂坐落于宜昌市城区中南路 55 号，厂区占地面积达 459963 平方米，建筑面积为 238822 平方米。作为国内橡胶化工行业的佼佼者，它也是宜昌市首家产值及销售收入均超过亿元的企业，并曾长期占据宜昌市属工业企业利税榜首的位置，是 20 世纪 80 年代宜昌城区中备受瞩目的"中字牌"明星企业。

1967 年的冬天，那是一个晴朗的日子，冬日的阳光温柔地洒落，将蔚蓝的天空映衬得分外明亮。在宜昌城区上空，一架军用直升机嗡嗡作响，它在伍家公社旭光大队胡家冲一带上空盘旋，一圈又一圈，时而爬升，时而俯冲。地面上，一位放牛的老人清晰地看到飞机上的几个人正对他比画着手势，这让他既感到得意又有些害怕。三天前，中南橡胶厂筹备处的几位同志前往当阳军用机场，请求空军部队提供援助。三天后，部队便派来了直升机，从直升机上俯瞰拟建的厂址地形地貌，这种体验真是难以言表。

中南橡胶厂在筹建初期，被命名为燃化部中南橡胶制品厂，到了 1970 年更名为中南橡胶厂。由于该厂的立项在燃化部橡胶制品业中位列第 137 号，因此在建设之初成立了"一三七工程指挥部"。后来，"一三七厂"这个名号在宜昌市声名远扬，人们习惯于用"一三七厂"或简称"一三七"来指代中南橡胶厂。

1968 年 2 月，随着开山炮的轰鸣，山沟沟里的沉寂与荒凉被彻底打破，中南橡胶厂正式破土动工。中国人民解放军八〇一部队、化工部第六化建、湖北第二建筑工程公司、宜昌市第三建筑队、宜昌县民工工程队等建设大军仿佛一夜之间全都涌进了这个山沟沟。不久之后，青岛第六橡胶厂的工程师、技术团队和熟练工人也带着神圣的使命来到这里。同时，化工部北京橡胶设计院的资深工程师们放弃了京城优越的工作和生活条件，举家迁往这里，住进了简陋的芦席棚房子。创业者们来自祖国的四面八方，像西安、沈阳、天津……他们操着不同的口音，风尘仆仆地会聚于此……

中南橡胶厂生产的产品主要包括三大类别：输送带（涵盖钢丝绳输送带、钢缆输送带、环形输送带及普通输送带），年产量为 200 万平方米；三角带，年产量为 500 万平方米；胶管（包括夹布胶管、棉线编织胶管、钢丝编织胶管、吸水引水胶管、石油钻探胶管),年产量为 400 万寸米。老职工们至今记忆犹新,1969 年初,当生产车间尚在建设中时,为了尽早落成当时亚洲规模最大的胶管生产车间(长达 245 米),全厂召开动员大会,组织技术人员以及管工、钳工、焊工、电工等各工种师傅们夜以继日地辛勤工作,突击队员们清晨上岗,白天黑夜连续奋战,直至深夜方能归家。疲惫时,他们便就地小憩;饥饿时,食堂为每人准备了三个包子和一碗汤。正是凭借着这样的奉献精神,亚洲最大的胶管生产车间仅用了三个月的时间便响起了轰鸣的机器声。当工人们目睹乌黑亮丽的胶管在流水线上络绎不绝、井然有序地生产出来时,车间内响起了雷鸣般的掌声……

1970 年至 1972 年的三年内,输送带、夹布胶管、棉线编织胶管、传动带、汽车橡胶配件、输电带、三角带、印刷橡皮布、埋吸胶管、工业杂品以及出口纯胶板等各类产品相继投产。到了 1978 年,设计的产品已全部投入生产,并达到了设计的生产规模。1979 年,该厂创造了 7375 万元的产值,并上交了 1800 万元的利润。截至 1980 年底,国家对该厂的基建投资累计达到了 5639 万元。从 1969 年开始试生产至 1986 年,该厂累计上缴利税超过了 2.3 亿元,这一数额约为国家对该厂投资总额的 4 倍,相当于又建成了 4 个中南橡胶厂,为国家经济建设做出了显著的贡献。

中南橡胶厂在业界素有"人才济济"之美誉,会聚了大量兼具理论与实践经验的橡胶制品工程技术人员。这里吸引了来自国内高分子材料科学与工程教学实力雄厚的华南工学院、山东化工学院等高等学府的众多毕业生,以及化工部北京橡胶设计院、桂林橡胶设计院等科研院所的数百名科技人才。令人瞩目的是,科技情报翻译团队中还包括了 20 世纪 60 年代毕业于外交学院、北京外国语学院的精英。在全国被誉为"橡胶大王"的专家共有三名,其中一位便坐镇中南橡胶厂,他便是宜昌市首位荣获国务院特殊津贴的国家级专家、中南橡胶厂总工程师宋景隆。此外,该厂还会聚了包括李传玺在内的十余名国家级专家,以及多位湖北省、宜昌市中青年专家。凭借这些实力雄厚的科研团队,中南橡胶厂勇于瞄准并挑战国际同行业的高新技术,其科技成果的数量与质量、产品的技术含量以及优质品产值率等,曾长期稳居国内同行业的前列。在"中国质量万里行"荣誉榜上,橡胶管带制品业中仅有中南橡胶厂一家企业荣登榜单。

1986 年 12 月 10 日,这一天让中南橡胶厂的职工们难以忘怀,他们迎来了自己亲手创建并亲眼见证成长的企业二十周年的纪念日。这一天,职工们热情接待了来自化工部、湖北省政府、宜昌市政府的各级领导,以及中央电视台新闻联播的知名播音员薛飞,还有来自中央到地方各级新闻媒体的记者们。客人们从四面八方风尘仆仆地赶到宜昌市,参加中南橡胶厂的庆祝活动。中南橡胶厂为此举办了隆重的剪彩仪式,庆祝从英国芬纳国际有限公司引进的 PVC 整体带芯抗静电难燃输送带技术装备生产线试车成功。这一天，还是中南橡胶厂建厂二十周年的纪念日，"厂庆"活动与当时国内最先进的煤矿井下难燃输送带生产线试车成功的庆祝活动一同举行，可谓是双喜临门，整个厂区沉浸在一片喜庆的氛围中。当晚，厂里举办了焰火晚会，职工们在俱乐部前兴奋地向上空发射了 200 发礼花弹，礼花弹在空中绽放出五彩斑斓的花朵，就像职工们心中怒放的花朵一样。此外，中央电视台还在黄金时段播出了长达 15 分钟的专题节目《充满活力的中南橡胶厂》。

在中南橡胶厂工作，成为一名"中南人"，是无比自豪且光荣的事情。职工们的幸福感并非源自高薪或优厚的福利，而是源于一种精神的满足。与当时所有的国企一样，中南橡胶厂的广大职工发扬了工人阶级的优良传统，他们乐于奉献，艰苦创业，始终坚持"先生产后生活"的原则。老一代的创业者、该厂的领导班子和广大职工都秉持着只讲奉献、不求享受的精神，正如俗语所说，"吃的是草，挤出的是奶"。凭借着该厂的经济效益与经济实力，职工们的收入得到了不断的提高。在 20 世纪 70 年代初，四口之家能挤在 10 多平方米的房子里就已经算是不错的条件了。然而，到了 1981 年，职工们的住房条件有了显著的改善，人均住房面积达到了 5.4 平方米；1983 年更是进一步增加到了 6.2 平方米。此外，该厂还为职工提供了完善的生活福利、服务、文化以及教育设施，包括职工食堂、招待所、商店、职工医院、子弟学校（涵盖小学、初中、高中）、职工文化活动中心、职工大学、幼儿园以及托儿所等。在这样的工作环境中，中南橡胶厂的职工们从内心深处感受到了自豪与满足。

在市场经济转型的大背景下，该厂与众多地方国企一样，经历了改革的艰难过程。1985 年 1 月，中南橡胶厂被下放至宜昌市管辖，转变为市属国有企业。1993 年，中南橡胶集团公司宣告成立，并设立了董事会；1997 年，中南橡胶集团有限责任公司也应运而生，公司按照现代企业制度的要求，建立了完善的法人治理结构，包括董事会、总经理办公会和监事会等。

六、宜昌工业的黄金年代

八一钢铁厂的前身是宜昌钢铁厂，始建于 1958 年。在建厂初期，宜昌市委、市政府投入了 300 万元的资金。按照市委的要求，市内的一些企事业单位积极响应，纷纷派出人力、提供物资，在艾家咀地区修建起了小高炉。同年 7 月 13 日，这些土高炉成功地产出了铁水——这也是宜昌市利用土高炉炼出的第一炉铁水。到了 10 月，为了加速宜昌钢铁厂的建设，上级从各个企业抽调了一批骨干人员集中到宝塔河地区，建设进度因大家的齐心协力而显著加快。全市冶炼、机械、建筑等系统的职工,以及来自秭归、宜都、长阳等地的煤炭、炼焦工人,都积极响应政府的号召,纷纷前来支援钢铁厂的建设。终于,在当年的 11 月,宜昌钢铁厂正式宣告成立。

宜昌钢铁厂成立的第二年,便与原位于官庄的湖北军区八一钢铁厂进行了合并。这一合并过程在宜昌市政协文史资料《宜昌五十年回眸》一书中已有简要记载:1959年,在全国"大跃进"的背景下,中共湖北省委于 2 月作出决定,将湖北军区八一钢铁厂从官庄迁至伍家岗,并与原宜昌钢铁厂合并,新厂定名为宜昌八一钢铁厂。合并后的新厂设有 15 个部、科、室,以及 9 个生产单位,职工总数达到了 3516 人。这次优质资源的重组使得新更名的八一钢铁厂实力大增,当年就被列为湖北省冶金工业的两大重点项目之一。

若干年后,一位参与过八一钢铁厂建设的老者回想起当年艰苦创业、修建厂房的点点滴滴,内心的激动依旧难以平复。

在他为家人亲手抄写的回忆录中,有这样一段记载:

1959 年 4 月的一天,宜都工业区工交战线的 160 余名干部,在工委书记处书记李函若的带领下,前往八一钢铁厂的建设工地,参与红旗二号炼焦炉的土地平整工作。大约下午一点半,他们抵达了工地,建炉工地的连长代表全体工人向他们表达了热烈的欢迎,并随即为干部们分配了挖掘土方的任务。李函若、工委工业部部长魏西、行署秘书长郭东俊等人迅速组织起了一支推车运输队,与工地上的青年运输队展开了一场"多装快跑"的劳动竞赛。推车劳动结束后,他们又拿起扁担,与工人们一同挑土。尽管连长一次次吹响休息的哨声,但他们总是不愿放下扁担,希望能多出一份力,加快建设的步伐,让炼焦炉早日投产使用。直到夕阳西下,傍晚时分,收工的哨声在工地上空回响,参与劳动的干部们才与工人们挥手道别。区机关的领导干部亲临工地参与劳动,极大地鼓舞了工人们的生产热情,使得这一天的劳动效率异常高涨。

尽管宜昌八一钢铁厂在建成投产初期生产势头良好,到 1960 年上半年,全厂已成功生产钢锭 23.89 吨,然而,由于原材料供应匮乏,资金严重短缺,以及技术设备相对落后,从 1960 年 1 月至 11 月,该厂共亏损 73651.32 元,这使得宜昌市政府的地方财政难以承受。当时,国家正处于经济困难时期,在中央于 1961 年对国民经济进行全面调整的背景下,该厂被迫终止生产,暂时关闭。

到了 1963 年,随着国民经济的逐步好转,宜昌市开始筹划建设地方小型钢铁厂,并将目光投向了两年前已经关闭的八一钢铁厂。1965 年底,重新筹建的工作正式启动,计划利用原宜昌八一钢铁厂的人员和设备,首先恢复轧钢生产,以满足本市对小型钢材的迫切需求。通过组织会战,在 1970 年和 1971 年两年间,宜昌八一钢铁厂先后建成了 0.5 吨和 3 吨的电炉车间。这些车间的设计能力为每年 0.6 万吨,主要以废钢和生铁为原料,进行钢水的冶炼和钢锭的浇铸。

已退休多年的勾光荣,是 1966 年初被招进八一钢铁厂的一名女工。回忆起那段艰难岁月,她说:"车间里没有行车,我和同时进厂的几个二十多岁的姑娘,在轧钢车间用娇嫩的肩膀扛起沉甸甸的钢坯。一百多斤重的钢坯,姑娘们双手甩来甩去地搬运,工人们亲切地称我们为'铁姑娘'。虽然辛苦,但我们也很快乐。"到 1975 年,八一钢铁厂已形成年产钢 7000 吨、钢材 3000 吨、矽铁 1200 吨的生产规模,并具备了生产铸钢件、铸铁件、电石等产品的能力。从 1975 年到 1985 年,该厂多次对开坯生产设备进行了技术改造。通过技术改造,开坯产量从 1978 年至 1985 年增长了近 5 倍。

1996 年,拥有 3000 多名员工的八一钢铁厂宣布停产。那一刻,众多曾为之努力奋斗的工人、干部,伤心地流下了眼泪。时代的洪流滚滚向前,其中既有狂飙与洪涛,也有漩涡与泥沙。如今,经过企业改制,八一钢铁厂已以崭新的面貌重新出现在企业界。正如伍家岗区政协编辑的文史资料所归纳的那样:"宜昌八一钢铁厂虽已退出经济建设的大舞台,但它一路风雨兼程,从历尽艰辛的创业到顾全大局的战略撤退,从气势磅礴的收购兼并到最终黯然谢幕,在起起伏伏、曲折前行的奋斗历程中,展现了工人阶级艰苦奋斗、无私奉献的壮丽篇章。宜昌八一钢铁厂对宜昌经济发展的杰出贡献,以及在艰苦创业、奋力打拼中形成的宝贵精神遗产,都将永远铭记在宜昌的史册上。"

伍家岗区所经历的"黄金工业时代",既见证了历史潮流的波澜壮阔,也留下了时代曲折发展的深刻印记。回顾那些令人回味无穷的故事,至今仍如战地黄花般鲜艳夺目,让人难以忘怀。

20 世纪七八十年代,特别是中共中央十一届三中全会之后,宜昌市工业发展遵循"对内搞活,对外开放"和"调整、改革、整顿、提高"的方针,积极调整产业结构、产品结构和工业技术结构。这一时期成为宜昌地方工业发展的黄金时期,同时也促使伍家岗区的工业步入了快速发展的轨道。

1986 年,辖区驻有部、省、地、市、县属企事业单位 495 个,全市 21 家骨干工业企业中,辖区占 11 家,这里集中了众多各级重点企业及大批先进设备、优质产品和优秀人才。辖区工业的拳头产品主要有纺织机械、高低压开关柜、钢材、线材、冷弯型钢、焊管、活性干酵母、轴承、棉纱、棉布、印染布、针织品、电焊条、输送带、胶管、印刷胶版、汽车橡胶配件、电动机、树脂粉、烧碱、长丝、毛涤纶、针织内衣、机制纸、加工纸、经编绒织物、水泥、控制仪表、工业锅炉等。全年,辖区企业共完成工业总产值 67212 万元,实现利税 11348 万元,分别占当年全市工业总产值和工业利税的 48.8% 和 58%。在全国性的工业产品创优活动中,辖区有 200 多个品种的工业产品荣获国家优质产品奖、部省优质产品奖、优良产品奖以及国家优秀新产品奖、省市精品名牌产品等荣誉称号。

1992 年宜昌地市合并之前,伍家岗区是原宜昌市最为重要的工业密集区域,拥有部属、省属、市属工业企业 300 多家,占宜昌市工业存量的 70% 以上,涵盖了纺织、轻工、冶金、化工等行业的骨干企业和知名品牌。经过企业结构调整、兼并重组、招商引资等一系列改革举措的实施,辖区工业以科技进步和创新为引领的新型工业体系得到了不断提升。到 2005 年,已形成了机械电子、食品医药、纺织服装、精细化工、新型建材等支柱产业,生物食品、电子机械、土工材料、纺织服装、精密仪器等产品畅销国内外市场。伍家岗区域内工业企业数量接近 200 家,其中销售收入 500 万元以上的工业企业有 38 家,资产总额达到了 502740 万元,生产能力高达 42 亿元。

辖区工业产品和产业结构在发展过程中不断调整与优化。伍家岗区内支柱产业的大致变化情况如下:"七五" 期间以轻工业和纺织服装业为主导;"八五" 期间则以建材业、纺织服装业、日用机械业及轻工业为主;"九五" 期间转变为建材制品业、纺织制品业、造纸印刷与纸质制品业、机电仪表业占据主导地位;"十五" 期间,纺织制品业、机电装备业、建材业、化工业成为支柱产业,其中,纺织品与服装制造业在全市范围内处于领先地位。

2000 年,宜昌市委、市政府决定对总资产 1 亿元以下的市直工业企业实施下放属地管理。伍家岗区接收的 20 家下放企业,其资产总额和职工人数分别占全市 30 家下放企业总数的 51% 和 74%。这 20 家企业具体为:宜昌市变压器厂、宜昌市冶金工业供销公司、宜昌市食品糖果总厂、宜昌市宏业气体有限公司、宜昌市制漆厂、湖北红雅交通安全设施公司、宜昌市水泥总厂、宜昌市合力建材股份合作公司、宜昌市塑料一厂、宜昌市包装印刷工业公司、宜昌航海仪器厂、宜昌市夷新印刷厂、宜昌市手表元件厂、宜昌市达能电池制造有限公司、宜昌市扁丝织袋厂、宜昌永明装饰材料总公司、宜昌三峡瓷器厂、湖北力特塑料制品有限公司、宜昌瓦楞纸箱厂、湖北宜昌微型电机有限责任公司。

2003 年 8 月,又有 10 家市属企业下放至伍家岗区管理,包括中南橡胶集团有限责任公司、宜昌化纤厂、昌龙氯碱化工有限公司、湖北轴承厂、宜昌市恒昌标准件厂、夷鹏工贸公司、宜昌热电厂、宜昌市一针厂、宜昌市柠檬酸厂和纱布调拨站。这 30 家市直企业的下放,为伍家岗区带来了丰富的土地、厂房、技术装备以及人才、技术和品牌等资源,有效弥补了伍家岗区在企业经营管理人才和技术人才方面的不足,对全区的经济结构、发展方向以及政府工业经济工作的重心产生了深远的影响。市属企业下放本区属地管理后,驻区的部、省、市属企业数量显著减少。至 2005 年,仅剩下 5 家国有部属、省属和市属企业。

在产业结构调整过程中,民营经济总投资额达到 22 亿元,已成为伍家岗区的投资主体、就业主体和税收主体。辖区内的民营工业已经从单一的自然人所有制经济转变为混合所有制经济,从单一的国内市场拓展到海外市场,从传统的生产经营型转变为科技创新型,从经济的"有益补充"发展成为主体经济。截至 2004 年底,全区共有民营工业企业 120 家,其中规模超过千万元的达到 20 家。在这些民营工业中,涌现出山水投资、劲森灯泡、建鑫实业、天鹿锅炉、宝塔纸业、前锋钢球、光明金属粉末等一批龙头工业企业。此外,劲森灯泡、燕狮科技、兆峰仪表等一批民营企业还被省、市科技部门认定为高新技术企业。2004 年 5 月,区政府撤销了宜昌花艳工业园区,原宜昌花艳工业园区的所有工作人员并入三峡民营科技园进行管理。同年 7 月 30 日,省政府通报确认湖北三峡民营科技园为省管园区。2005 年,该园区顺利通过国家和省市组织的全国开发区清理整顿验收,并升格为省级开发区,更名为湖北伍家岗工业园区,成为湖北省 38 家重点乡镇工业园区之一。

猴王焊接股份有限公司,位于宜昌市宝塔河夷陵路 304 号,其历史可以追溯到 1958 年 3 月。那是一个春光明媚的日子,一群居民在居委会主任的带领下走进了城区二马路附近的强华里。那里有一座盐业局曾经用于存放物资的陈旧仓库,基本上长期处于闲置状态。经过市政府主管部门的协调,这座仓库被用来创办一个手工作坊式的小厂。小厂在本街道的各个社区招收了几十名工人,安装了几台二手设备,主要包括十多台拉丝机和制钉机,还建造了镀锌槽和壁炉,从而形成了一个专门制造铁丝的拉丝车间和一个专门制造铁钉的制钉车间。从此,这个小厂开始正式生产各种规格、质量上乘的铁丝和元钉,并被赋予了一个光荣的厂名:宜昌市七一拉丝厂。该厂年产铁丝 300 多吨,元钉 200 多吨。1959 年,在这个基础上,组建成立了宜昌冶金制品厂,其隶属关系也由街办转变为隶属于宜昌市冶金局。

1962 年,工厂开始增加生产品种,并引入了一台皮带传动的简易机械装置来生产"长江"牌电焊条。然而,由于工艺落后且品种单一,加之原厂址强华里的那座面积有限的仓库已无法满足生产需求,工厂于 1965 年进行了迁址,将生产设备搬迁到了宝塔河。那里原本有三间红砖瓦房,是一家因经营困难而停产关闭的街办软木小厂,留下了简陋的厂房。此时,从武汉调来了覃昌茂担任厂党支部书记。他到来之前,工厂已经开始生产电焊条。覃昌茂看到电焊条市场销路好,产品供不应求,而当时湖北省内仅武汉市城建系统拥有一家电焊条厂,于是,他向市主管局提出了书面建议,建议将铁丝、元钉的生产设备分离出去单独办厂,以便迅速扩大电焊条的产量,将工厂建成专业生产电焊条的厂家。他的建议得到了主管局的支持,于是铁丝、元钉制造工段被划出。随后,该厂迅速组织人员前往上海、天津等城市购买拉丝机,并安排本厂的机修工人制造了一批可以自制的设备。同时，厂里还派遣了一批工人前往上海电焊条厂进行技术培训，学习生产操作技术。

机遇总是青睐有准备的人。在上海电焊条厂期间，覃昌茂得知该厂曾有一批技术水平相当高的熟练工人，他们最初是从上海郊区招收的农业户籍工人。然而，在全国动员部分工人回乡的政策背景下，这些工人获得了一笔安置费后返回了家乡。覃昌茂听后喜出望外，立即通过相关渠道，前往上海郊区挨家挨户地招收这批曾经的上海电焊条厂熟练工人。每个主要工种他都招收了两三名，总共招收了八九人。这批工人来到宜昌市冶金制品厂后，迅速成为生产技术骨干。通过他们的"传帮带"，该厂成功建立了一支技术精湛的工人队伍。1966年前后，宜昌市冶金制品厂又在城区招收了大约200名青年新工人，进一步扩大了企业的生产规模。

1965年12月，宜昌市冶金制品厂正式更名为宜昌市电焊材料厂。至1980年，企业员工数量已增加至400多名。此时，工厂已拥有一条相对完整的焊条生产线，包括拉丝车间、焊条车间、配粉车间以及配套的机修车间。主要生产设备包括从黄石市购入的4台涡轮式传动拉丝机、七八台老式切丝机、3台焊条生产设备、1台螺旋涂压机和1台龙门式涂压机。其中，大部分是上海生产的老式设备，已相当陈旧，而配粉工艺则仍为手工操作。1980年，该厂已拥有10名工程技术人员，并具备了年产6个品种、共8000吨焊条和焊丝的生产能力。全年共生产焊接材料7630.37吨，完成工业总产值1449.57万元。由于市场需求旺盛，该厂面临着迅速扩大产能、加快发展的机遇。经宜昌市革委会批准，企业名称再次变更为宜昌市电焊条厂。

宜昌市电焊条厂生产的电焊条在性能和质量方面在用户中享有极高的美誉度，其中"猴王牌"结422电焊条自1974年起，在全国同行业检查评比中一直名列前茅。1979年，该电焊条被国家第一机械工业部评定为一等品；1980年9月，经美国霍巴特焊接公司检验部门进行研究试验后，对宜昌市电焊条厂生产的"猴王牌"结422电焊条作出高度评价："这种焊条工艺性能极佳，电弧平稳，熔渣易于清除，属于一流产品。"此外，该电焊条还经国家船舶检验局鉴定为三级船用焊条。为了进一步提升技术水平，宜昌市电焊条厂迈出了技术改造的步伐。他们从上海市引进了一台当时最先进的高速拉丝机，并自行设计图纸，在宜昌市第一机床厂、中南冶金机修厂等制造厂定制了多台切丝机、涂压机、自动烘烤机和200吨油压机。其中，4台远红外烘烤机械设备采用了煤炭烘烤焊条的工艺，将手工及部分机械拌、配粉改进为称式流水配粉，从而大幅提高了配粉能力和生产效率。

1983年7月，36岁的易继纯出任宜昌市电焊条厂厂长。作为猴王集团辉煌时期的领军人物，易继纯以其胆识过人，被称为"易大胆"，他既是推动猴王集团超常规快速发展的关键人物,也为企业后来的衰落埋下了隐患。上任伊始,易继纯便敢于创新,明确提出了自己的经营策略——"攻势经营"战略与"夹缝中求实干"的战术,并选择了负债经营的道路。宜昌市电焊条厂由此开始了大刀阔斧、高起点的技术改造征程。尽管1983年该厂的生产设备与技术工艺在原有基础上有所提升,但与世界先进水平相比仍存在较大差距。面对这一现状,工厂决定通过大规模引进国外先进技术装备来实现突破。

通过广泛搜集全球电焊条生产商的信息,并经过一系列的大胆探索与实践,宜昌市电焊条厂成功实现了从单一焊条生产向多品种焊接材料综合性企业的转型。至1985年,该厂已基本淘汰了效率低下的老式设备,新增了40多台先进的检测试验设备,并建成了科技大楼、引进车间、多品种车间、焊丝车间和钢材料库等,新增建筑面积达1.06万平方米。同时,工厂采用了远红外烘烤技术替代电阻炉,建成了3条焊条低温烘烤炉生产线,并新增了液压式涂压机以及拉丝、切丝、对接机等关键设备。

1983年以前,该厂仅生产17个品种、85个规格的产品。然而,到了1987年,宜昌焊条厂已经成功建成了7条生产线,具备了年产2.5万吨电焊条的能力,能够生产超过100个品种、350多个规格的电焊条产品。因此,该厂被列为宜昌市政府"七五"期间计划重点发展的十二家骨干工业企业之一,并在全国同行业中排名第六。1988年,该厂更进一步,跻身全国行业前四名。到了1989年,该厂已具备年产电焊条3万吨、电焊丝0.5万吨的综合生产能力,成为省级先进企业和国家二级企业。同时,它还被机械电子工业部指定为定点生产焊接材料和设备的公司,成为国内焊接材料的主要生产基地。截至1990年底,该厂的产品已经发展到14大类、468个品种、1070个规格,成为全国同行业中品种最多、规格最齐全的厂家。其产品质量达到了国内一流水平,荣获6个省优产品和3个部优产品称号。其中,奥102不锈钢焊条获得了同类产品全国首个"部优"荣誉,猴王牌焊丝新产品研发也荣获了国家级科技进步奖。此外,猴王牌焊条和焊丝还被中国职工技术协会指定为全国焊工比赛的专用焊条和焊丝。

易继纯对于常规的快速发展已感到不满,他积极推行四处扩张的"攻势经营"战略。1986年,他瞄准了多年亏损、资不抵债的海南通用机械厂,与该厂合资创办了海昌电焊条厂,该厂当年投产便见效。1988年,他又与武汉市南湖机械厂联手创办了洪山电焊条厂,目标是实现年产一万吨电焊条。1991年,他与重庆江北观音桥企业公司合作,合资创办了猴王公司重庆电焊条厂。1992年,他在上海浦东设立了猴王焊接公司上海恒大电焊条厂。此外,他还在黄石市创办了猴王焊接公司,在仙桃成立了湖北猴王焊材有限公司,以及在石家庄、芜湖、绵阳、北京朝阳、柳州等地分别设立了猴王焊接公司的电焊条厂。猴王的足迹不仅遍布神州大地,还跨越了国界。1991年10月,猴王在叙利亚设立工厂,随后又在蒙古签订了兴办制钉厂的协议。同时,猴王还与中国台湾客商合作,在深圳兴建了猴王不锈钢丝厂;与英国 ESAB 公司合资,创办了中英猴王焊接实业有限公司;并在美国设立了办事处,派驻了商务代表。

经过多年的力量积蓄,猴王迎来了腾飞的时刻。1990 年 2 月 28 日,经国家机械电子部批准,猴王焊接公司在宜昌电焊条厂的基础上正式成立。作为机电部指定的国家重点企业,该公司专注于生产不锈钢、铸铁等焊条、焊丝、焊剂、特种焊材以及焊接设备。其下属单位涵盖了宜昌电焊条厂、宜昌焊丝厂、宜昌有色焊接材料厂、武汉洪山电焊条厂、海口海昌电焊条厂、焊接设备制造厂、宜昌焊剂厂、宜昌包装厂、焊接材料研究所和焊接设备研究所。公司总部设在宜昌市伍家岗区夷陵路 344 号,即宜昌电焊条厂的原址。

猴王焊接公司成立后,迅速着手进行股份制改造。1992 年 8 月 28 日,股份制改造圆满成功,猴王股份有限公司正式宣告成立。该公司由 19 个全资子公司(厂)和一个控股 50% 的企业共同组成,是猴王集团的重要成员。早在 1990 年,猴王股份有限公司就被评为机械工业部的出口创汇基地企业;1992 年,它获得了外贸出口经营权;1993 年,更是荣获了"全国产品质量百家优秀企业"的称号。猴王集团随后在全国范围内相继成立了 30 多家规模各异的电焊条厂,并拥有了 52 家工贸企业,其中包括 2 家中外合资企业,这些企业遍布全国各大中城市,总资产达到了 7.32 亿元。1996 年 6 月 27 日,国家经贸委发文,正式确认猴王集团为全国 300 家国有重点企业及全国 500 家最大型工业企业之一。

1992 年 8 月,猴王焊接公司成功跻身全国 120 家股份制改造试点企业名单,并申请公开发行股票。经过国家证监会和湖北省证券委的批准,公司将发起人净资产和现金折合为国家股 4256 万股、法人股 2915 万股,以及定向募集的职工股 1075 万股。1993 年 11 月 18 日,猴王股份有限公司完成了每股面值 1 元的人民币普通股 3000 万股的发行工作,每股售价为 3.8 元,本次发行总市值达到 1.14 亿元人民币。扣除发行费用后,实际募集资金为 11280 万元。11 月 30 日,猴王股份有限公司的 A 股在深圳证券交易所成功上市,A 股代码为 000535,简称"鄂猴王"。上市首日,开盘价为 12 元,最高价达到 12.5 元,最低价为 11.85 元,收盘价为 12 元,当日成交量高达 805.77 万股。猴王股份有限公司于 1992 年 8 月完成改制,本次上市流通的股份为 3000 万股。上市时,公司总股本为 11246 万股,而职工股则于 1994 年 10 月 5 日开始上市交易。

猴王股票在深圳证券交易所正式挂牌上市交易,成为全国焊材行业以及宜昌市首家上市公司。该公司上市后,曾被选为深市成分股之一。猴王股份有限公司已具备年产 12.6 万吨焊接材料的能力,其中焊条生产能力为 10 万吨,焊丝生产能力为 2.6 万吨。其主营业务收入在 1994 年达到了历史最高峰，即 3.5 亿元，一度成为证券市场上的佼佼者。

1995 年，面对国民经济的高通胀压力，猴王股份有限公司适时调整了经营策略，从追求规模型经济效益转变为提高企业素质型经济效益。同年 3 月，该公司完成了 1994 年度的 10 配 2 配股工作，使得公司股本总额在年末达到了 252269352 股。当年，公司实现主营业务收入 3.43 亿元，净利润达到 4123.2 万元。由于原任董事长易继纯的职务变动，公司董事会决定由朱黎阳担任新一任董事长和总经理。

经过近两年的调整与准备，猴王股份有限公司自 1997 年起逐渐显现成效，主营业务收入达到 1.92 亿元，净利润实现 5531.42 万元。猴王牌焊材在黄河小浪底工程、长江三峡工程、芜湖长江大桥、秦山核电站二期工程等国家重点项目中连连中标，展现出广阔的市场前景。

然而，好景不长，良好的业绩仅维持了两年，到 1999 年便开始出现亏损。2000 年，该公司的焊材主业生产时断时续，主营业务收入锐减至 4229 万元，仅为企业生产经营最佳时期的一个零头。普遍认为，该公司的衰败与巨额资金被第一大股东猴王集团占用有着密切关系。截至 2000 年底，资金总额仅为 3.7 亿元的猴王集团贷款本息已累积至 14.18 亿元。猴王集团利用与上市公司"三不分"（即管理、财务、人员等方面未明确区分）的条件，通过合伙炒股、资产套现、往来挂账、借款担保乃至直接以上市公司名义向银行借款等手段，累计从猴王上市公司套取资金约 10 亿元。

1999 年 3 月 22 日，国务院稽查特派员开始对猴王集团进行稽查。

截至 2000 年 12 月底，猴王集团资产总额为 3.7 亿元，但贷款本息高达 14.18 亿元，负债总额达到 23.6 亿元，累计亏损超过 25 亿元，涉案金额高达 14 亿元，成为被告的经济纠纷案件多达 230 余件，涉及金额超过 14 亿元。2001 年 2 月 27 日，宜昌市中级人民法院下达民事裁定书，宣布猴王股份有限公司的第一大股东猴王集团因严重资不抵债而破产。猴王集团的破产直接导致了猴王上市公司的严重困境，曾经被誉为"美猴王"的猴王股份被戴上了 ST 的帽子。

如果说猴王集团曾经是全国焊材行业中的一棵参天大树，那么随着这棵"大树"的轰然倒塌，依附其上的众多分公司、子公司也纷纷遭遇了关门的厄运。然而，在这股倒闭潮中，曾经是上市公司猴王 A 全资子公司的宜昌猴王焊丝有限公司却独树一帜，生产经营持续繁荣，展现出了顽强的生命力。该公司产品注册商标包括"猴王牌"和"大江牌"，涵盖气体保护焊丝、埋弧焊丝、不锈钢焊丝和特种焊丝四大系列，共计 59 个品种、236 个规格。

2007 年 9 月 28 日，宜昌市产权交易中心受宜昌市人民政府国有资产监督管委员会的委托,对宜昌市夷陵国有资产经营有限公司所持有的宜昌猴王焊丝有限公司49%的股权进行了公开拍卖,最终由一家民营企业成功竞得。至此,该公司的国有股权已完全退出,彻底实现了民营化转型。

猴王焊接股份有限公司,从20世纪50年代一家生产铁丝、铁钉的名不见经传的手工作坊式街办小厂,发展成为如今以生产优质焊材产品为主业的全国知名大型企业,历经了数十年的风雨兼程,走过了创业、发展、辉煌与衰落的坎坷历程。"钢铁针线,猴王焊接"的广告语,曾在中央电视台黄金时段频频响起,成为时代的记忆。作为宜昌市较早在中国证券市场发行股票的上市公司,猴王焊接股份有限公司的前世今生充满了传奇色彩。

沿着滨江公园的彩色大道漫步至九码头、大公桥一带,空气中似乎弥漫着一股"食品糖果"的香甜气息。这一区域,曾是宜昌市食品糖果总厂的所在地。

我们有幸采访到了该厂的原厂长黎祥华。老人虽已年近八旬,但精神矍铄。尽管退休多年,每当提及食品糖果总厂的历史,他的眼中总是闪烁着光芒,仿佛能穿透岁月的迷雾,重现那些充满激情与成就的岁月。老人的心中藏着无数的故事,既有自豪的回忆,也不乏深沉的感慨。

黎祥华出生于宜昌县三斗坪的一个小山村里。1947年,年幼的他为了生计,离家前往宜昌市大公路的云城食品店做学徒工。这是一家采用前店后厂经营模式的家庭作坊式企业。黎祥华在学徒期间虽然没有工资,但店里管饭。他十分珍惜这三年的学徒时光,吃苦耐劳,勤奋学习。出师后,他成为一名技艺精湛的糕点糖果制作师傅,为他日后逐步成长为宜昌市国营食品糖果厂的技术与管理骨干,乃至成为城区业界闻名的技术高手,奠定了坚实的基础。

1952年,在社会主义改造资本主义工商业的浪潮中,经宜昌市政府牵线搭桥,黎祥华所在的云城食品店与本市其他十多家同类个体微型企业合并,共同组建了糖果商店——这是本市唯一一家糖果糕点产销兼营的企业,厂房建于解放路新华书店后方,由市政府投资8000元兴建。这是一家公私合营的小型前店后厂式工商企业。

1956年,糖果商店进一步进行了产权改革,由公私合营转变为地方国营企业。随着企业加速发展的内在需求,它搬迁至城区仁寿路,更名为"地方国营糖果商店",这标志着宜昌市食品糖果厂的雏形已经形成。然而,由于地盘狭小,生产受限,1957年企业再次搬迁至新民街办厂。此时,企业已拥有糕点、糖果两个生产车间,正式员工上百人,并雇用了一批临时工。黎祥华作为技术骨干,被任命为生产班长。

位于仁寿路的宜昌市糕点糖果厂,因其生产的糕点糖果口感好、质量优而深受消费者喜爱,产品供不应求,企业发展势头强劲。为满足消费者需求,亟须扩建厂房、提高产能。然而,企业再次面临地盘狭小的困境。对此,宜昌市委、市政府高度重视并给予大力支持。1960 年,市委、市政府作出决策,将位于胜利四路与沿江大道交会处大公桥段的西陵化工厂易地建厂,其原厂房转交给宜昌市食品糖果厂进行生产经营。当年,企业即从仁寿路搬迁至新址。经过多次搬迁的宜昌市食品糖果厂,终于在大公桥拥有了宽敞的厂房。随着生产装备的更新和生产能力的提高,企业经营规模逐渐扩大,其隶属关系也由原宜昌市商业局变更为宜昌市第一轻工业局。

20 世纪 70 年代初,黎祥华出任宜昌食品糖果厂厂长,开始引入机械设备生产糖果和糕点。到了 20 世纪 70 年代中期,硬糖的生产和包装已全面实现机械化,同时饼干和墩糕也头坝了连续生产。当时,糖果的年产量达到了 500 吨,糕点 1891 吨,流体葡萄糖 869 吨。此外,该厂还开始生产具有宜昌地方特色的高档点心和糖果。1979 年,西陵香糕被评为湖北省轻工局优质产品,其芝麻馅更是畅销省内外,同时,该厂还推出了维 C 健儿奶糕和维 C 奶糖。黎祥华作为一位技术精湛的厂长,他制作特色糕点的手艺在全厂乃至全市业界都享有极高的声誉,每当厂里遇到生产工艺技术难题时,他总能迅速解决。

1980 年,为了推动轻工企业的发展,走"分支发展,内涵扩张"的道路,一轻局将该厂的啤酒车间和汽水车间分别迁至伍家岗和宝塔河,扩建为啤酒厂和饮料厂。这两个厂的筹建工作均由黎祥华负责,征地等事宜也是他亲自办理的。起初,这两个厂作为宜昌市食品糖果厂的分厂存在,其技术、管理干部与熟练工人均来自该厂。随着两个分厂的成立,宜昌市食品糖果厂更名为宜昌市食品糖果总厂。一年多时间后,这两个分厂才从总厂分离出去,成为隶属市一轻局领导的宜昌市啤酒厂和宜昌市饮料厂。其中,1980 年 7 月投产的宜昌市啤酒厂,在初期生产经营十分红火,其生产的葛洲坝牌啤酒更是一度畅销。

20 世纪 80 年代初期,食品糖果总厂开始分三个阶段对车间进行技术改造。在此期间,他们先后引进了 12 台机械设备,扩建了食品车间、糖果车间和葡稀车间,总面积达到 7700 平方米,并成功建成了糕点生产线和威化饼干生产线。1983 年,该厂购置了钢板炉和链条炉,主要用于烧烤成型手工产品、面包和月饼等,同时还自制了蛋酥机,实现了从手工生产到机械化生产的转变。到了 80 年代中期,该厂开始推行计件工资、岗位工资以及满负荷工作法,这使得劳动生产率得到了大幅提升。此外,他们还开设了销售网点,在市内以及当阳、恩施、枝城等地设立了 8 个门市部和一个招待所,这些网点都实行独立核算、自负盈亏、利润分成的经营模式,为 60 人提供了就业机会。1988 年,该厂投资 20 万元建立了纸盒印刷车间,为厂内产品提供包装配套服务,并引进了一条小型汽水生产线。

随着厂房设备的更新和环境卫生的改善,慕名而来的客户数量达到了 540 家。该厂的糕点、糖果等产品不仅畅销省内各地,还远销至 20 多个省外县市。宜昌市食品糖果总厂被列入"湖北土特产"名录的优质产品包括威化饼干、圆麻酥、西陵麻片和三峡饼。其中,威化饼干和圆麻酥在 1984 年的省一轻系统同类产品评比中荣获第一名,而圆麻酥在 1989 年更是获得了轻工业部的优质产品奖。

1993 年 4 月,宜昌市食品糖果总厂与八一钢厂合并,原本期望借助钢铁企业的资金优势推动食品糖果业的发展,实现"背靠大树好乘凉"的愿望,然而,八一钢厂在合并后不久也陷入了困境,最终不得不停产并宣告破产。在依赖大企业带动发展的希望破灭后,宜昌市食品糖果总厂充分利用其位于码头的地理位置优势,创办了以食品为主的综合性市场——金山市场。该市场作为商品批发和零售的集散地,于 8 月 8 日正式开业,有效缓解了企业的生存危机。

随着金山市场规模的不断扩大,该市场通过规范经营、倡导文明经商,为经营户提供了工商服务、商品信息、银行代办、包储服务、消费品投诉处理以及办公商住等全方位的配套服务。这些举措使得金山市场逐渐发展成为三峡区域最大的副食批发市场,并连续多届被评为湖北省文明市场。

至此,宜昌市食品糖果总厂的业务涵盖了冷库、食品车间和金山市场三大板块,主要从事食品糕点制作、房屋租赁以及市场管理服务。金山市场每年的收入约为 280 万元。金山市场在创办的十年间,连续三届荣获省级文明市场的称号,市场年成交额接近 3 亿元,为社会提供了 2000 多个就业岗位,并每年为国家上缴税款超过 200 万元。

2000 年 10 月,宜昌市食品糖果总厂被下放至伍家岗区进行属地管理。2005 年初,该厂启动了改制进程:整体出让企业资产,全员置换职工身份,以偿还部分债务,同时收购方承诺保留并继续发展金山市场。原宜昌市食品糖果总厂位于宜昌城区沿江大道 244 号的国有土地使用权,面积 10363.55 平方米(折合 15.55 亩),在市行政服务中心交易大厅成功拍卖。此次拍卖吸引了 3 家房地产开发商参与竞标,经过 5 轮激烈的举牌竞价,最终由宜昌万友滨江大厦置业有限公司以 2800 万元的价格竞得,并当场与市国土资源交易中心、市土地储备中心签署了成交确认书。

随着国家经济体制的转型,宜昌市食品糖果总厂逐渐在市场经济的大潮中退出了历史舞台。然而,作为宜昌市城区的一家老牌食品工业企业,它在社会主义经济建设过程中所作出的贡献是不可磨灭的。

当老人讲述起自己的光辉岁月时,他的身体语言变得更加开放和放松,嘴角也会不由自主地微微上扬,露出温暖而满足的笑容。这微笑不仅是对过去美好时光的怀念,更是对当下平静生活的深深感激。

七、九码头区域繁华的商贸

"客行野田间，比屋皆闭户。借问屋中人，尽去作商贾。"唐朝诗人姚合在《庄居野行》中的这几句诗，描绘了诗人在田间行走时，无意中发现村庄里的许多人家空无一人的情景。他向路过的村人打听，才得知农户家的人都外出做生意去了，以至于土地无人耕种，田地任由行人往来，最终变成了道路。姚合这首诗中的意境，虽然并非直接描写宜昌，却恰如其分地反映了旧时九码头民间经商的状况。它不仅描绘了古代商业贸易的景象，还深刻揭示了当时社会的经济状况和人们的生活水平。

暂且抛下旧时的故事不说，1949年之后，九码头区域的商贸翻开了崭新的一页，卷起了时代的风云。中华人民共和国成立后，社会主义的改造之手，宛如细雨润物，悄然改变了九码头的商业格局与经营方式。九码头区域的商贸活动因此变得生机勃勃。国营商店与各种类型的合作社如雨后春笋般涌现，稳稳地支撑起了居民日常生活的方方面面。尤其是改革开放以来，九码头的商贸更是焕发出了前所未有的活力。市场经济的引入如同晨曦的第一缕阳光，照亮了一度沉寂的商业世界。私营企业与外资企业如潮水般涌现，它们带来了先进的经营理念与高效的管理模式，让九码头的商业生态焕然一新。

在计划经济的年代，九码头地区的商贸活动受到统购统销制度的严格规范。这一制度虽然确保了居民基本生活需求的满足，但也不可避免地导致了效率低下和缺乏灵活性。随着改革开放的浪潮汹涌而来，市场机制逐步取代了旧有的统购统销模式，九码头区域的商贸活动因此获得了新的生命力。

商品零售是商品流通的最终环节，是商品与消费者直接接触并实现其价值的场所。九码头地区的大部分商品零售采取开放式供应方式，消费者可以自由选购。然而，对于某些关键生活必需品和供应紧张的商品，政府采取了特殊的配给措施。

以棉布及其制品为例，自1954年起，宜昌市依照全国性的规划，开始实施棉布的计划供应政策。这一措施通过发放布票来执行，消费者需凭布票购买棉布。每年的布票配额因个人情况而异，1954年最高，每人可领取27尺布票，而到了1960年，这一数字降至每人仅3尺。1957年，购买布制品开始实行部分打折收取布票的政策；1960年，针棉织品也开始采取类似措施。到了20世纪70年代末，购买针棉织品已不再需要布票；从1984年开始，棉布也实现了开放式供应。

另一个例子是猪肉的计划供应。自1956年起，宜昌市对猪肉实施了凭票定量供应的政策。根据猪肉的供应情况，每人每月的配额有所不同，通常为一市斤。在五一劳动节、十一国庆节和元旦期间，每人的配额会增加一市斤；春节期间则增加二市斤。在猪肉供应特别紧张的年份，每人每月的配额可能会降至半市斤。这些措施反映了当时商品供应的紧张状况以及国家对关键生活物资的严格管理和调配。

改革开放激活了沉睡的市场经济贸易,经济实体面临着市场竞争的严峻挑战。为了生存与发展,这些经济实体开始踏上改革的征途,引入市场竞争的活力,以期在市场经济的大潮中乘风破浪。这一变革,不仅是体制的革新,更是思想的解放。它标志着九码头地区的商贸活动迈出了从计划经济向市场经济过渡的关键步伐。在这里,每一家店铺,每一个市场,都成为改革的亲历者与见证者,它们的故事共同编织了宜昌这座城市经济转型的宏伟篇章。这个曾经在计划经济庇护下的商贸区,如今以春天百花齐放般的姿态,迎接市场经济的洗礼。它的每一次变革,都是对过往的告别,对未来的热切拥抱,彰显了宜昌人民敢于创新、勇于变革的时代精神。

九码头区域传统服务业主要包括以下几类:旅店业,提供住宿服务,满足人们的住宿需求;饮食服务业,提供各种餐饮服务,满足人们的日常饮食需要;商贸服务业,涵盖零售、批发等商业活动,满足人们的购物需求。

1. 旅店业

九码头作为宜昌市的一个重要商贸中心,其旅店业发挥着举足轻重的作用。它为过往的商人、游客以及当地居民提供临时或长期的住宿服务。九码头作为长江的重要水陆交通枢纽,吸引了大量的商旅和船员,这为旅店业的兴起与发展提供了得天独厚的市场条件。

民国时期,宜昌城内顶尖的旅馆包括位于二马路的泰安、德明、大陆等,以及通惠路的神洲、夷陵,还有济良路上的美华。除此之外,还有多家中等和低档次的旅馆,价格从每日 0.5 银圆至 3.6 银圆不等。到了 1957 年,为了满足外交事务的需要,宜昌地区新建了一座八层高的宾馆,起初被称作专家大楼,后来更名为桃花岭饭店。这家饭店设施较为完善,专门用于接待专家学者和重要领导人,成为宜昌首家高档宾馆。

人们对九码头印象最深刻的是人民旅社。1958 年,为了应对轮船码头周边流动人口的住宿需求,宜昌市政府投资在九码头建立了宜昌市人民旅社。该旅社建筑面积达 2939 平方米,营业面积为 1910 平方米,拥有 87 个房间,提供 300 个铺位,其中大部分为四人间,少数为两人间。旅社还配备了从服务台直通房间的有线电动开门装置,这在当时是一项先进的服务设施。

人民旅社是宜昌市首家国营旅社,它的建立是宜昌旅店业的一个重要里程碑。旅社地理位置优越,紧邻九码头轮船码头,旅客沿江岸码头步梯走上街道,迎面即可见到三层楼气势雄伟的人民旅社。旅客们争先恐后地涌入其中登记住宿。特别是在征兵季节和春节期间,人民旅社的房间总是供不应求,甚至不得不在走廊里加铺以容纳如潮的旅客。1978 年春节,笔者赵志满送哥嫂一家迁居至浙江宁波,当他们从香溪河来到九码头时已是傍晚,绚丽的晚霞映照在大河水面上,折射出变幻莫测的红色、橙色和金黄色光芒。他前往人民旅社登记住宿,服务员指着被挤得满满当当的走道,尖声喊道:"满了,全都满了!"服务员毫不留情地请他离开,一家四口人无奈,只好到对面港务局的候船室地板上度过了一夜。

尽管笔者在人民旅社的遭遇不尽如人意,但这并不妨碍九码头的人民旅社仍然是宜昌第一家真正意义上为普通民众服务的国营旅社。它不仅是旅人歇脚住宿之地,也是宜昌对外交流的一个重要窗口,见证了那个时代宜昌的城市发展和社会变迁。人民旅社的每一个角落都弥漫着人间烟火的气息,珍藏着游子旅居的故事,留存着无数人的码头记忆。

出生在九码头的范强,如今已年近古稀。从童年到少年,九码头给他留下了无穷无尽的回忆。作为土生土长的九码头人,范强对这里有着深厚的眷恋。谈及人民旅社,他眼中闪烁着光芒,既有怀旧之情,也有对往昔的骄傲与荣光。他回忆道,九码头的人民旅社是一座三层高的建筑,在那个年代的宜昌,高楼罕见,人民旅社的高楼在遍地低矮木板房的老城里显得鹤立鸡群。

范强老人于 1979 年进入人民旅社工作,那时的人民旅社被称作人民旅社革命委员会。到 1983 年,人民旅社顺应时代潮流改制为股份公司,领导职位也由原来的主任、副主任变更为经理与副经理。

范强老人回忆说,他刚进入旅社时,工资每月 18 元,转正后涨到 22 元。随着时间的推移,工资逐年上涨,到 1986 年,他每月的工资已达到 32 元。而当时的经理,每月工资为 35 元,虽然不算丰厚,但足以维持一家人的生计。那时,人民旅社员工总数50 多人,采用全包模式接待客人,吃住一体。为保证服务质量,领导安排职工三班倒,确保日夜都有人为旅客提供服务。旅社内设有自己的食堂和锅炉房,用锅炉烧水做菜,供应旅客和职工的日常饮食。虽然食堂不对外营业,但其美味佳肴却让许多客人难以忘怀。当时,宜昌像这样规模的旅社堪称一流,仅次于著名的宜昌饭店。一位旅客入住一天的费用在 8 元左右,在那个年代,这个消费水平相对较高。因此,普通消费者很少选择在这里消费,一般都是单位公差人员或商务人士前来入住。为方便各县的客人,人民旅社还在各县设立了办事处。

码头旅店作为城市的驿站,在繁忙的经营之余,默默承担起一份沉甸甸的社会责任。公安机关将其视为维护社会治安的重要防线之一,其重要性仅次于交通部门和公共场所。人民旅社及其旗下的旅店,数十年来始终如一,以勤勉和尽责的态度,坚守着这份使命,为社会治安贡献着自己的力量。

1981 年,人民旅社协助公安机关破获了一起诈骗案,揭露了一名自称"中央调查团团长"的诈骗犯。该诈骗犯名叫方军,他在旅社登记入住时,自称是方毅的儿子,并留下了一张条子,声称有六位同志将来访。同时,他在房间内故意留下两封未封口的信件,一封声称是写给国家领导人的,另一封则是写给其家人方毅夫妇的,试图以此增加自己的可信度。然而,旅社员工的警觉性和高度责任心使得方军的行骗计划未能得逞。在旅社的积极配合下,市公安机关及时介入,在方军采取行动前将其抓获。经过审讯,方军被证实是一名长期流窜作案的诈骗犯。

20 世纪 80 年代起,随着改革开放的春风拂面,宜昌的旅店业迎来了新的发展契机。私营旅店开始崭露头角,与国营旅社形成竞争态势,民营与国营并存共荣,构成了一道独特的风景线。国营的人民旅社虽然在九码头地区服务业中发挥了重要作用,但南来北往的流动人口仍给九码头带来了巨大的住宿压力,旅客住宿难的问题未能得到根本解决。于是,辖区胜利公社组织港务局家属开办集体旅社,由周大礼负责,在胜利一路成立了胜利旅社。除在胜利一路分设三家分店外,还在辖区外另设了三家分店,共有 43 间客房。这是宜昌市区最早由街道办起的旅社服务业。

截至 1988 年,宜昌市区共有 15 家国营旅社,若将胜利旅社旗下的 6 家集体合作分店计算在内,则旅社总数达到了 21 家,共提供 456 间客房。在这些旅社中,位于现今伍家岗区的有 12 家(国营和集体旅社各占一半),共拥有 217 间客房。这些旅社的数量和房间数量分别占到了市区总数的 57.14% 和 47.59%,显示出伍家岗区在市区的旅店业中占据了显著地位,其客房数量几乎占据了半壁江山。旅社主要集中在九码头和胜利一路地区,其中九码头有 4 家旅社,胜利一路有 3 家,大公路和汉宜路各有 1家。此外,在环城东路还有 3 家旅社,尽管它们位于伍家岗辖区之外。九码头地区的旅社包括人民旅社、交通旅社、临江旅社和顺江旅社,这些旅社的分布情况反映了当时该区域作为商贸和交通枢纽的重要性。九码头地区的旅店业不仅是当地经济的重要组成部分,也是宜昌市历史文化的一个重要窗口。随着城市的发展和旅游业的兴起,旅店业将继续在九码头地区发挥其重要作用。

2. 饮食服务业

从 1950 年起,九码头区域的饮食服务业踏上了变革与发展的道路。在那个激情燃烧的年代,社会主义改造如春潮般涌动,国营与集体经济逐渐成为饮食服务业的主导力量。众多餐馆和饮食店纷纷转型,肩负起满足人民群众基本生活需求的重任。饮食服务业的内涵丰富多样,不仅涵盖了基本的餐饮服务,还包括了茶馆、小吃摊、糕点店等多种业态,为居民的餐桌增添了丰富多彩的选择。在计划经济的框架下,粮食、肉类等食品实行定量供应,顾客需凭票证购买,这是那个时代特有的历史印记。

随着经济的蓬勃发展和市场供应的日益丰富，曾经的限制逐渐放宽。改革开放的春风为九码头饮食服务业带来了新的生机与活力。进入 20 世纪 80 年代，私营和个体饮食业如雨后春笋般涌现，为九码头区域的饮食服务业发展注入了新的动力。这里的每一道菜肴，每一杯茶水，都承载着宜昌人民对美好生活的热切向往，讲述着九码头饮食文化源远流长的故事。

1956 年，宜昌市对带有资本主义性质的私营餐馆和旅栈进行了社会主义改造，并成立了"宜昌市公私合营餐馆服务总店"。该总店下辖 20 个经营网点，这些网点依据所在街道和编号进行了命名，具体包括：北门的一店、东山的二店、镇川门的三店、献福路的四店、小南门的五店、学院街的六店、大南门的七店、陶珠路的八店、解放路的九店、云集路的十店和十一店、一马路的十二店和十三店、八码头的十四店和十五店、大公桥的十六店、九码头的十七店、胜利路的十八店、十三码头的十九店以及土街头的二十店。到了 1964 年，公私合营总店及其所有门店全部并入国营宜昌市饮食服务公司。

同年，个体饮食商贩开始走向合作化道路，陆续建立了七个合作食堂，并特别设立了一个为伊斯兰教徒服务的食堂。1958 年，宜昌市熟食业进行了大规模整合，成立了宜昌市饮食合作总店，该总店下设六个中心门市部，共计管理 42 个门店。饮食合作总店先后由综合公司和饮食服务公司进行管辖。到了 1984 年，饮食合作总店从饮食服务公司中分离出来，开始独立运营，并更名为宜昌市第二饮食公司。宜昌市第二饮食公司旗下设有 21 个门店，其中包括 14 个专门的饮食店。

1961 年 7 月，宜昌市饮食服务公司正式成立。公司内部设立了四个主要部门：人力资源股、行政管理股、业务经营股和财务会计股，以确保公司运营的各个方面都能得到有效管理。在其下属的经营网络中，囊括了三峡饭店、江峡饭店和人民旅社等知名餐饮和住宿场所。进入 1971 年 12 月，宜昌市饮食服务公司进行了结构调整，拆分为两个独立的机构：宜昌市饮食公司和宜昌市服务公司，各自专注于饮食和服务业的不同领域。然而，这种分割并未持续太久。1982 年 8 月，两家公司重新合并，再次成立了宜昌市饮食服务公司，旨在实现资源整合和效率提升。重组后的宜昌市饮食服务公司旗下管理着九家国营餐馆，分别是江峡餐馆、三峡餐馆、陶珠酒楼、小洞天餐馆、东升餐馆、城乡餐馆、回民餐馆、锦春餐馆和伍家餐馆。这些餐馆不仅为居民提供了丰富多样的餐饮服务，也成为宜昌市饮食文化不可或缺的一部分。

江峡餐馆坐落于九码头胜利一路与长江路口的东侧，门前矗立着一块硕大的招牌——"江峡餐馆"。其西侧紧邻人民旅社。人民旅社与江峡餐馆不仅是九码头地区的标志性建筑，更在宜昌全城享有极高的声誉，一度成为九码头商贸繁荣的象征。

江峡餐馆的历史可追溯到 1955 年春，起初名为宜昌第一合作食堂，位于 13 号码头,由李志春担任组长,团队共有 8 名成员。该食堂因 24 小时不间断供应小吃和家常菜而闻名遐迩。1956 年,田印谭接任食堂经理一职。至 1957 年江峡餐馆正式成立时,职工队伍已壮大至 26 人。江峡餐馆的成立,标志着宜昌第一合作食堂由集体经营模式成功转型为国营餐馆。1963 年,江峡餐馆迁址至胜利一路与长江路口的东侧,并进行了重建。新建的江峡餐馆占地面积达 865 平方米,为一栋三层建筑,总建筑面积为 1142.5 平方米。迁建后的江峡餐馆专注于服务过往旅客,一层提供小吃和大众菜肴,二层则设有雅厅,专门提供宴席服务,成为宜昌首家开设雅厅的餐馆。

图 3-7　20 世纪 90 年代九码头江峡饭店（沈传诚 摄）[1]

1960 年,江峡餐馆迎来了一位烹饪大师——向立法。年轻的向师傅自 15 岁起便在饮食店开始了他的学徒生涯,其间积累了丰富的烹饪知识和经验。他的烹饪技艺南北兼容,在面点制作方面尤为精湛。1960 年,他被调往公私合营的自立村餐馆工作,不久后,便担任了江峡餐馆的红案部长,负责核心的烹饪业务。向师傅的加入,为江峡餐馆的菜肴制作技艺带来了革新,极大地提升了餐馆的风味特色,使其成为宜昌美食的一张闪亮名片。

1963 年,一场全国规模的炒鸡大赛在江峡餐馆热烈举行。参赛师傅们从宰鸡到成菜上桌,一气呵成,动作娴熟,速度惊人,令人难以忘怀。据向立法回忆,从 1970 年开始,宜昌兴建葛洲坝工程,吸引了众多建设者以及大量民工前来。其中,恩施的民工都是乘船而来,并在江峡餐馆用餐。餐馆摆的是八人桌,每桌八菜一汤,荤素搭配,每人仅需支付二角五分钱,一桌下来才两块钱,经济实惠,因此大受欢迎。向师傅的卓越贡献,不仅提升了江峡餐馆的声誉,更为他个人未来的职业道路奠定了坚实的基础。1972 年,向师傅离开江峡餐馆,转至宜昌市商业学校担任烹饪教师,后升任烹饪教研

---

[1]　来源:宜昌老照片:跨越世纪的老城,每一个点滴都是宜昌人无尽的回忆.http://www.360doc.com/content/23/0819/09/63377256_1093049412.shtml。

组长。他的成就不断累积,最终被省商业厅授予特级厨师的荣誉称号,并当选宜昌市第八届政协委员。

江峡餐馆的美食巧妙融合了川渝的麻辣与江汉的甜淡口味,形成了别具一格的风味。在 20 世纪 50 至 70 年代间,江峡餐馆声名远扬。进入 80 年代,九码头火锅成为市民们饮食打卡的热门之地。随着宜昌港运中心的迁移,江峡餐馆进行了重大改造,开始实行昼夜营业。其热闹的氛围与美味佳肴,几乎成为那个时代宜昌饮食文化的代名词。

老百姓记忆深刻的还有谢记火锅。在九码头地段下游,不过两百米之遥,便是十码头的所在。这里江水潺潺,岁月静谧,一排排木结构的吊脚楼沿江而建,支撑着小本生意和餐馆的烟火气,构成了一道独特的江边风景线。谢记火锅便坐落在这些吊脚楼之中,名声尤为响亮。房东是地道的宜昌人,而经营这家餐馆的老板则来自四川,带来了巴蜀之地的麻辣风情。谢记火锅,凭借其地处上下码头繁华地段的优越位置,人流如织,生意兴隆。

每当夜幕降临,谢记火锅便迎来了最为热闹的时刻。木制的吊脚楼里灯火辉煌,欢声笑语不绝于耳。锅中的红汤翻滚,腾腾热气中弥漫着麻辣的香气与江水的清新。食客们围坐一桌,畅谈着一天的所见所闻,享受着火锅带来的温馨与满足。谢记火锅,不仅仅是一家餐馆,它也是宜昌码头文化的一个缩影,是江边生活的一种真实写照。它见证了九码头与十码头的昔日繁华,承载着宜昌人对美好生活的憧憬与追求。在这里,每一次涮煮都是一次享受;每一口麻辣都是一次味蕾的旅行。谢记火锅,以其独有的方式,讲述着宜昌的故事,传递着宜昌的独特味道。

九码头地区的饮食服务业,不仅是味蕾的盛宴,更是文化的大熔炉。在这里,著名作家黄声笑和鄢国培等人,用他们的生花妙笔将九码头工人的生活点滴与饮食文化描绘得淋漓尽致,呈现在全国乃至全世界的读者面前。商业服务业的持续繁荣,与对传统美食的传承与创新并行不悖,使得九码头不仅成为宜昌市的经济亮点,更成为文化传承的重要舞台。改革开放后,九码头饮食服务业的蓬勃发展,充分展现了宜昌市在经济发展和文化繁荣方面的双重辉煌成就。

3. 商贸服务业

首先映入眼帘的是九码头民众的生活大卖场——胜利百货公司。在 20 世纪 60 年代初人们的记忆中,胜利一路两旁矗立的木质结构平房曾是那条街道的标志性景观。它们静静地伫立,诉说着往昔的岁月。到了 20 世纪 70 年代中期,随着时代的发展,砖混结构的房屋开始大规模建造,并逐渐取代了昔日的木质结构平房。胜利一路、胜利二路等地段的街道因此焕然一新,呈现出新的面貌。胜利百货公司后来更名为滨江百货大楼,成为该地段一个重要的商业地标。

这栋两层高的楼房,在当时已算是颇具规模的建筑。二楼的木质地板上回响着顾客的脚步声,而收银台则设在高处,可以俯瞰整个百货商店的情景。百货商品按照类别摆放,通过一根根铁丝与收银台相连,每根铁丝上都配有夹子,用于传递顾客的货款和票据。在工作人员的一抛一滑间,货款和票据便沿着铁丝飞快地滑向收银台,结算完毕后,又顺着铁丝滑回顾客手中。这种独特的滑夹子结算方式,凝聚着那个时代劳动者的智慧,为顾客带来了极大的便捷。然而,到了 20 世纪 80 年代,随着现代化结算方式的普及,这种结算方式渐渐淡出了人们的视野,消逝在时光的长河中。

九码头的记忆中还有红光照相馆。1963 年,市饮食服务公司在江峡餐馆的二楼创办了国营红光照相馆,这个小小的照相馆为这座城市增添了一抹独特的文化色彩。这家照相馆不仅是一个商业场所,更成为城市记忆的一部分,记录着宜昌的变迁和市民的生活点滴。岁月如歌,据吴承喜老人回忆:1976 年底,他与同学们、邻居们一同走进红光照相馆,青春被定格成一张张黑白照片,成为他们共同珍藏的宝贵记忆。四年后,他从军校毕业回家休假,和家人再次踏入这家照相馆,拍下了他们家的第一张全家福。那张照片,不仅是对家庭团聚的纪念,也是时代变迁的见证。

吴承喜老人还回忆道,他曾采访过时任市饮食服务公司总经理的邹祥坤先生。邹先生作为红光照相馆的元老,讲述了自己当年创办照相馆的经过,言谈间意气风发,仿佛又回到了那段激情燃烧的岁月。20 世纪 80 年代初,武汉已经掌握了彩色照相技术,邹祥坤萌生了从武汉引进这项技术以改善红光照相馆服务条件的想法。他向上级部门递交报告,并在接下来的两年里,多次往返于宜昌与武汉之间,历经千辛万苦,盖了800 多个公章,最终成功将彩扩项目引入宜昌。增加了彩扩业务的红光照相馆,从此在宜昌声名大噪,成为九码头的一个标志性文化符号。

20 世纪 70 至 80 年代,红光照相馆犹如一颗璀璨的明珠,镶嵌在城市的繁华之中。那时,它与另外两三家照相馆并肩而立,共同成为城区摄影艺术的代表。作为一家国营照相馆,红光照相馆拥有一支稳定的职工队伍,20 多名员工各司其职,共同维护着这家老店的声誉与秩序。红光照相馆生意兴隆,门庭若市。无论是喜庆的结婚照、温馨的全家福,还是庄重的工作照,人们都愿意选择这里,来记录人生中的重要时刻。一楼的接待营业厅总是熙熙攘攘,顾客络绎不绝,他们在这里咨询、预约,期待着在摄影师的巧手下捕捉生活中的美好瞬间。而二楼,则是一个充满神秘与浪漫的世界。那里摆放着专业的摄影器材,墙上悬挂着各式各样的背景布,营造出一种梦幻般的氛围。每当摄影师按下快门，那一刹那的光影便凝固成了永恒。在物质相对匮乏的年代，照一张工作照需要花费四五元，而结婚照的价格则更为昂贵。然而，对于当时的老百姓来说，这些都是值得的投入。因为在他们心中，结婚是一生中最重要的时刻之一，而照片则是留住这一刻最美回忆的珍贵方式。

4. 名优特产品

名优特产品即那些具有地方特色、品质优良、市场知名度高的产品，对一个地方的影响及意义是多方面的。它们不仅能够推动当地经济的发展，提升地区形象，还能够传承和弘扬地方文化，促进社会就业，增强地方居民的自豪感和归属感。20 世纪九码头区域曾流传甚广但后来逐渐消失的名优特产品，人们至今记忆犹新。

三游春酒凭借其独特的口感和丰富的历史文化背景，深受广大消费者的喜爱。它以多种谷物为原料，采用自酿白酒作为酒基，并加入当地特产的"芳香叶"和冰糖等精心调配，属于半植物药材配制的酒品，展现出"醇、柔、浓、香"的独特风味。三游春酒的名字源自宜昌著名的三游洞，寓意着三峡旅游的文化精髓。三游春酒的酒瓶是著名的"宜昌彩陶"制品，将清香宜人的酒液装入犹如艺术品的彩陶挂釉瓶中，令许多品酒者赏心悦目，在酒桌上不禁会多喝几口。

三游春酒的来历并非虚构的神话。1949 年的一个金秋时节，战争的阴霾刚刚散去，一位略懂酿酒技术的荆州人吴某来到宜昌探访亲戚。当他从九码头原盐局码头边经过时，望着长江波光粼粼、浮光跃金的水面，一时间诗兴大发，深感长江的滚滚流水与岸边富饶的土地处处蕴藏着财富。注意到九码头附近有一块闲置的空地，他暗自思量：宜昌人似乎未能充分利用这里的潜力，何不自己迁居此地开设一家酿酒坊呢？于是，他找到沙市的一位老同行商议此事，两人一拍即合，立即决定携手前往宜昌进行筹划。他们招募了两名吃苦耐劳的工人，分工合作，积极筹备。有人砌炉灶，有人购置设备，经过三个多月的紧张筹备，最终选定 7 月 1 日正式进行试产。采用传统方法酿造，他们成功酿出了第一锅白酒。然而，由于当时的技术条件限制，用 100 斤苞谷仅酿出 25 斤白酒，远未达到预期的 50% 出酒率。这次尝试不仅未能获得利润，反而亏损了一至两成。

面对这一困境，他们共同分析了酿酒的全过程，查找原因后再次进行了试验。这次情况稍有好转，出酒率有了一定提升，这让他们备受鼓舞。于是，他们更加专注地投入到提高产量的工作中，不断努力，以期取得更好的成果。

1953 年末，宜昌市合作总社传来了好消息，决定扶持这家私营酿酒作坊，并派遣了一名得力干部前来协助工作。这位干部名叫房德进，工作极具魄力。他提议老板增强技术力量，添置生产设备，并承诺产品可由市合作总社包销，货款亦可预付一部分。两位老板听后非常高兴，决定全力以赴，大展拳脚。为了适应生产需求，他们陆续从沙市引进了 8 名酿酒技术工人，并增设了 8 名挑水工（当时宜昌尚未建立自来水公司，需靠人力从长江挑水至工厂）。职工总数达到了 23 人，并决定在 1954 年 7 月 1 日正式大规模出酒。当天场面热闹非凡，共酿造出白酒 200 多斤，全厂职工欢天喜地，气氛喜庆。鉴于当天是党的生日，7 月 1 日，厂领导提议将工厂命名为"七一酒厂"，其性质为地方国营。

1957 年，酒厂继续扩大生产规模，再次招聘了 20 多名技术工、包装工和挑水工，使得全厂职工人数达到了 80 人，是初创时期的 4 倍。

当时，四川的酿酒出酒率在全国位居前列，且经验丰富。厂领导冯润生先后三次前往四川成都酒厂、永川酒厂、隆昌酒厂参观学习，收获颇丰。回厂后，他根据四川的酿酒工艺方法，逐一对照改进，并深入车间亲自指导。同时，他破除迷信，坚决抵制"女人进酒厂出不了好酒""说话不吉利出不了好酒"等传统观念。冯润生一再强调，只要工艺到位，出酒率必定可以提高。1957 年的实际成果验证了他的说法，100 斤粮食的出酒率已经从早先的 30 斤提升至 53～58 斤。然而，到了 1960 年，由于酿酒的主要原料粮食短缺，酒厂不得不将大部分职工派遣到当阳玉泉寺，与和尚一同开荒种田，以应对饥荒。

1962 年，国民经济形势开始好转，之前下放到当阳玉泉寺的职工也陆续被召回，继续按照计划经济指标组织生产。然而，在此后的十余年里，酒厂一直未能跳出这种小作坊式的生产方式。直到 1972 年，在冯润生副厂长的组织带领下，全厂职工发挥积极性和创造性，终于成功酿造出了两个新产品："西陵特曲"和"三游春"。

到了 20 世纪 80 年代，中国白酒专家、白酒协会名誉会长秦含章品尝并鉴定了"西陵特曲"，认为其绵甜爽口，香悠味长，质量上乘。他还即兴赋诗一首："葛洲一坝福无限，峡地山江别有天。赊得葫芦盈特曲，长恨太白缺诗篇。"由于"西陵特曲"品质卓越，味道醇厚，它在 1984 年、1989 年和 1994 年的三届全国评酒会上连续荣获国家银质奖。1989 年，它还在中国首届食品博览会上夺得金奖，并在南斯拉夫卢布尔雅那举行的第 35 届国际博览会上获得铜奖。同时，"西陵特曲"还连续四届荣获湖北省优质产品称号，其名声享誉海内外。在北京的人民大会堂、友谊宾馆、北海仿膳饭店等各大宾馆饭店，宜昌的"西陵特曲"葫芦瓶与贵州茅台白酒一同成为招待中外嘉宾的美酒。

1988 年 9 月，"西陵特曲" 荣获 "湖北省质量管理奖"，同年还获得了 "轻工业部质量管理奖""计量管理合格证书" 以及 "科技进步奖"。

1989 年，酒厂晋升为 "国家二级企业"，其名称也由原来的 "七一酒厂" 更名为 "宜昌市酒厂"。随之，企业管理也迈上了一个新的台阶。在保持传统工艺中的精华——"泥窖泥香" 操作方法的同时，酒厂引进了先进的质量检测设备——气相色谱仪，专门用于分析酒的各种成分，以确保 "西陵特曲" 的香、醇、浓、绵、甜、净等六大特色得以保持。此外，酒厂还建立了一整套技术管理机构，对产品进行有效的监督与检查。设立总工程师办公室，配备总工程师 1 人、副总工程师 3 人，下设技术科、质检科、科研所、中心化验室等部门。产品出厂前，实行总工程师负责制，由总工程师及 14 名工程师组成的品尝小组进行严格把关，对未达标的产品，一律不允许装瓶出厂。各车间也设有专职质检员进行严格的初步检验。这样一来，就有效地保障了出厂产品的质量。

1994 年 9 月 1 日，宜昌市酒厂再次更名为 "湖北西陵酒业总公司"，成为一家国营与集体联营性质的经济实体。

"三游春" 是一款中等优质的好酒。它配方独特，口味纯正，具有消除疲劳、滋补身体的功效，因此深受广大工薪阶层的喜爱，市场行情一直畅销，荣誉也纷至沓来。广告语 "宜昌人要喝宜昌人自己酿造的酒" 广为流传。20 世纪 90 年代，在宜昌城乡的酒桌上，几乎都能见到那种彩陶挂釉的葫芦瓶装的 "三游春"。没有它的存在，似乎就缺少了宜昌人应有的礼仪。在九码头匆匆登船的旅客中，几乎人人手中都提着宜昌特产 "三游春"，准备带回家作为节日礼物。那时，大街小巷回荡着电视剧《济公》的主题曲：鞋儿破，帽儿破，身上的袈裟破。你笑我，他笑我，一把扇儿破。南无阿弥陀佛，南无阿弥陀佛。无烦无恼无忧愁，世态炎凉皆看破……济公那看透世事的歌声与三游春酒，共同构成了当年九码头的一道独特风景线。

节煤炉（又称蜂窝煤炉）是伍家岗区婆婆妈妈们共同打造的名牌产品。20 世纪 80 年代末，笔者赵志满在山区县工作时，经常驾车前往宜昌城区联系工作，每次都会到伍家岗区万寿桥的一家小企业门口排队购买 "蜂窝煤炉"，再将其带回山区。如果不这样做，回到山区老家后，似乎就无法向街坊邻居交代。有时因为时间紧迫、事务繁忙，来不及购买蜂窝煤炉，不仅街坊邻居会埋怨，自己也会感到十分懊恼。

生产蜂窝煤炉的企业是宜昌市民用炉灶厂。这家企业原本是宜昌市第十七中学（即胜利中学）的校办企业，厂址位于胜利三路，后来搬迁至果园一路。为了推动节能工作,市煤建公司派遣技术员熊毅威协助十七中建立起校办炉灶厂,这也是宜昌市民用炉灶厂的前身。该厂的工人主要由居委会的婆婆妈妈们组成。1978 年,十七中的炉灶厂下放至胜利公社(即万寿桥街道办事处的前身)。炉灶厂选址在万寿桥街道运河新村靠近医专的院墙边,填平了两个大堰塘后建起了厂房。

为了推广市民使用蜂窝煤,市煤建公司鼓励炉灶厂在技术员熊毅威的指导下对生产炉灶进行技术改造,开展节能蜂窝煤的试验。以下为作家韩玉洪于 2010 年采访炉灶厂副厂长王端蓉时的记述:

"当时,在靠近医专的院墙下,我们搭建了一个简陋的棚子作为实验室。里面摆放了十几个燃烧着的炉子,我们蹲在外面观察火势,收集数据,并认真记录。即使下雨,也不得不冒雨坚持记录。火灭了,我们还得在雨中重新生火,烟雾熏得眼睛都难以睁开。那时,宜昌的煤质量很差,只有 3000 大卡,而武汉的煤一般能达到 6000 大卡。因此,使用武汉的蜂窝煤烧宜昌的煤,很难起火。我们根据宜昌煤的质量,进行了无数次的试验,但都没有成功。当时技术书籍匮乏,最广泛使用的科普书就是《十万个为什么》。技术员熊毅威反复研读《十万个为什么》,终于从中受到启发,找到了光线聚焦的原理。按照这个原理,我们又经过多次试验,终于找到了最佳的炉胆设计,生产出了西陵牌 E 型节能炉。之所以将这种品牌的炉灶称为 E 型,是因为它前面还有 ABCD 四代产品,但它们的节能效果都没有这一代好。E 代炉灶一经投入市场,就深受市民的欢迎。

1979 年,我们得知 9 月份将举行全国节能比赛,便想报名参加。但国家不承认我们这个民办企业,拒绝我们参赛。于是,我们想办法挂靠宜昌市二轻局,并由湖北省节能办推荐列席参加。比赛共有五项指标,即上火速度、燃烧时间、火力强度、热效率、每分钟蒸发量。比赛结束后,我们取得了四项全国第一,只是上火速度稍慢。但上火速度只是指炉子生火后起强火的速度,并不是一个关键指标,最重要的指标是热效率。这次比赛后,我们的产品在全国引起了轰动。一时间,西陵牌 E 型节能炉在全国各地畅销,尤其是在湖北和四川两地销售更为火爆。"

"由于炉灶厂缺乏机械设备,炉胆主要是依靠人工制作的,因此一天只能生产上百个炉子,效率低下,导致供不应求,市民往往难以购买到。尽管工人最多时达到了 70 多人,但由于采用手工制作,产量依然无法大幅提升。在此期间,有位来自汉川的老人,每次随卡车前来进货时,总是会把大门锁上,不让任何人进入,直到他所需的货物装满后才开门放行。另外,有位经常往返于武汉的船员,每当船只停靠在九码头时,为了帮武汉的朋友进货,他都会用扁担挑着炉子上船,因此大家戏称他为'棒棒军'。"

"有一次,市政府徐行副市长老家的亲戚请他帮忙买几个炉子。这本来不是什么难事,炉子再紧缺也不至于凑不出几个。但这次却真的巧了,当徐市长来到厂里时,恰巧遇到汉川的那位老人把门给锁了,任何人都不准进去。结果,徐市长竟然没能买到炉子。不过,当他从门缝里张望时,心里萌生了一个念头:这个炉灶厂虽然简陋,但产品却如此畅销,为什么就不能给予扶持呢?于是,他不动声色地安排市经委、计委的领导到厂里来调研,以便对炉灶厂进行扶持。这样一来,市计委给炉灶厂批准了扩建厂房所需的钢材计划;市经委也帮助炉灶厂推进机械化生产。为了促进厂里的科研攻关,1980 年、1981年,我们通过相关渠道向省有关部门争取资金,并得到了省节能办的支持。1982 年,省经委派人来了解我们厂的科研情况后,下拨了 10 万元资金,从而使我们厂得到了彻底的改造。炉胆机制成后,炉灶的年产量达到了 15 万多只,每只炉子的出厂价为 5.5 元,零售价为 6.5 元,年产值超过 100 万元,利税占产值的比例超过 50%,在当时位居行业前列。"

1990 年底,区属工业企业共研发出 125 个新产品(即"四新"产品),并创造了 3 个优质产品,其中炉灶厂生产的民用炉灶和大中型节煤炉分别荣获部级优质产品称号。随着企业产品的热销,市场上出现了冒牌生产和销售的现象。为了保护品牌,维护企业利益,炉灶厂为其西陵牌 E 型节能炉产品申请了国家专利。1999 年 9 月 28 日,中华人民共和国国家知识产权局正式公布了宜昌市民用炉灶厂的节煤炉专利。这一公告的发布,有效保护了炉灶厂的产品。重庆万州区就曾有人因冒牌生产和销售这种节能炉而受到查处。

由一群婆婆妈妈们创办的宜昌市民用炉灶厂,取得了如此显著的成就,得到了党和政府有关部门的充分肯定和表彰。1990 年,炉灶厂被评为省级先进企业。

5. 商业街区

胜利一路街区是九码头著名的传统商业街,街道两旁林立着 20 余家商铺,其中包括大型商业门面如胜利副食商场、滨江百货大楼、胜利粮店和胜利煤店,此外,小吃摊和瓜果摊点也密集分布在这一区域。20 世纪 90 年代,九码头客运站沿江地带聚集了 10 余家以重庆火锅为特色的火锅店,这些火锅店在全市范围内都享有较高的知名度。到了 20 世纪 90 年代中后期,宜昌市黄浦开发公司对胜利一路进行了开发。2004 年,随着沿江大道延伸段的修建,原本沿江经营的门店陆续迁离。

胜利一路与夷陵路交会处坐落着宜昌市中心人民医院和宜昌医学专科学校,在这附近的约 200 米路段内,汇聚了十余家餐饮店,为码头旅客和周边居民提供餐饮服务。20 世纪 90 年代,天立物业公司对胜利一路与夷陵路交会处进行了开发,建成了面积约 500 平方米的天立花鸟市场,该市场主要经营奇石和工艺品。市场临街处有一家麒麟超市,占地面积 100 多平方米,主要销售副食、百货和服装。麒麟超市是较早采用开架销售模式,并引入连锁超市业态的私营企业之一。2001年,宜美家生活广场以位于胜利一路和夷陵大道交会处的天立市场和麒麟超市为基础,进行了改扩建,建成了占地5000平方米的大型综合超市,该超市主要经营日用消费品和生鲜食品。

胜利三路街区全长1100米,拥有大小经营门店140个,总经营面积达4360平方米。其中,60%的门面主要经营机电产品、农机、管材和汽车配件,其余门面则分门别类地经营日用商品和提供便民服务,如美容美发、打字复印、宣传广告设计制作以及维修服务等。胜利三路下段,经过宜昌市物资局及其下属的机电公司、化建公司、农机公司、汽车配件公司和中药材公司等多年的经营,形成了机电、建材、农用机械和电缆线等产品的经营特色。而胜利三路上段的建筑相对零散,基础设施也相对较差,主要以张家店农贸市场为依托,沿街门面主要经营烟酒副食、冷饮等日用品和百货。

胜利四路街区,特别是隆康路和胜利四路片,是居民密集的街道,也是宜昌市传统的商业区。街道两旁的商店主要经营日常生活用品,主要服务于本地区不同消费层次的居民。1994年8月,位于沿江大道与胜利四路交会处的金山副食批发市场建成。1995年9月,银海市场也建成开业。随后,1996年10月,长虹市场也开业了,这三个市场相互间仅有一墙之隔,位于胜利三路与胜利四路之间。当时,金山、银海、长虹市场是三峡地区最大的副食和小百货批发市场。1995年8月,宜昌市城区颇有名气的稻香阁酒店从解放路迁至胜利四路与隆康路的入口处。1996年1月,位于隆中路与胜利四路交会处的隆中路生活小区建成,同时,位于小区一楼、由市商业网点发展公司主管的隆中路市场也建成开业。隆中路市场占地面积30000平方米,建筑面积2800平方米,设有固定门面40个,固定摊位168个,年成交额达到18000万元。1998年,北山超市在隆中路开设了连锁分店。1999年,沙龙宴酒店在胜利四路建立了连锁店。2000年9月28日,隆中路三峡小吃广场也正式开业。

杨岔路街区是摩托车经营一条街,位于亚栈路至汽渡路段。该街区组建于1998年6月,截至1999年12月底,摩托车销售客商已从最初的几家发展到32家专营公司,代理销售各类知名品牌50余个,实现销售收入2.5亿元,从业人员达到120余人。摩托车一条街汇集了国内各大摩托车厂家生产的产品,品种多达50余种,并拥有洛嘉、嘉陵、建设等摩托车生产厂家在湖北地区的总经销权。1998年12月,各经销客商联合成立了宜昌市摩托车销售协会,实行自我约束和规范管理。

到了2005年,摩托车销售门店向杨岔路的两端扩展,聚集了30多家专营公司,代理销售知名摩托车品牌50多个,年销售摩托车6万余辆,成交额接近5亿元,销售网络覆盖宜昌、鄂西、渝东、川东、荆沙等地区。

2009年，摩托车销售门店转型为电动车销售，电动车销售覆盖了夷陵大道一条街，共有17家门店，经营面积约为1900平方米。众多品牌销售商会聚于此，包括绿源、新日、雅迪、澳柯玛、星月神等品牌。各经销商家提供销售、维修、上牌照等一体化、专业化的电动车销售服务，解决了100余人的就业问题，年销售电动车54900余台，成交额达到1.9亿元，有力地促进了辖区经济的快速发展。

6. 农副产品市场

1958年，九码头建立了国营蔬菜收购站。1959年，宜昌市蔬菜公司正式成立。1960年，由于粮食供应紧张，政府实施了"瓜菜代"政策，居民需凭粮证定量购买蔬菜。1965年，国有商业恢复了蔬菜的正常供应，九码头菜场也由集体经营转为国有经营。1983年6月，宜昌市政府决定在市郊区实行菜农自产自销的政策。1985年6月，市政府又决定恢复蔬菜公司的蔬菜经营业务。然而，到了1989年，市政府决定撤销蔬菜公司，将蔬菜的产销一体化交由农业部门经营。在伍家岗区，先后设立了金桥农产品市场、大公桥蔬菜水果批发市场、隆中路集贸市场、张家店集贸市场、河运新村集贸市场、宜港集贸市场等多个农副产品市场。这些市场的建设不仅促进了农副产品的经营，还带动了周边第三产业的发展。市场主要经营来自周边各县市及高山地区的无公害蔬菜基地生产的粮食、豆类、时令蔬菜、肉类、禽蛋、豆制品、水产、家禽、水果、干鲜制品、熟食以及花鸟鱼、山杂、土特产等，形成了批零兼营、配套完善的市场服务体系，同时也涵盖了饮食业等多个领域。

金桥蔬菜果品批发市场于1994年5月建成，最初位于大公桥，名为大公桥果菜批发市场，占地面积为3000平方米。1999年3月，该市场搬迁至东山大道221号，并更名为金桥蔬菜果品批发市场。金桥蔬菜果品批发市场是国家农业部指定的"鲜活农产品批发市场"，也是湖北省30家农业产业化重点龙头企业中的骨干项目，同时还是宜昌市的"菜篮子"重点工程。通过金桥蔬菜果品批发市场，宜昌的高山蔬菜等农副产品行销至全国10多个省市。市场总占地面积达到28000平方米，其中蔬菜水果交易区面积为13000平方米，设有交易大厅3000平方米、蔬菜大户用房60套、水果大户用房80余套，以及经营摊位和门店250余个。市场从业人员达到900余人，直接联系着宜昌各县市区9万多亩的果菜基地，带动了5万多农户蔬菜种植业的发展，有效地促进了宜昌果菜等农副产品的流通。如今，金桥蔬菜果品批发市场已经成为宜昌及渝东、鄂西地区的农产品集散中心、价格调控中心和信息指导中心。市场内还设有业务部、民警室、管理部、招待所、蔬菜农药残留检测室等服务机构,为市场的运营提供了全方位的保障。

张家店集贸市场坐落于胜利三路 18 号的张家店小区内。该市场于 1991 年 2 月建成并开业,初期投资额为 61 万元,占地面积 488 平方米,设有 22 个经营摊位。1999 年,市场进行了改造,经营面积得以扩大,经营摊位也随之增加,农贸产品的年成交额攀升至 1776.9 万元。到了 2005 年,市场占地面积已扩大至 2000 平方米,建有一座蔬菜交易大棚,并设有江南菜农自产自销摊位 30 多个,固定经营摊位达到 350 个。市场内外共有经营户 650 余户,服务于辖区内的 10 万多居民,日平均人流量高达 15000 人次,年交易额更是达到了 6000 万元。

宜港集贸市场则成立于 1991 年 10 月 30 日,位于夷陵大道 204 号,即夷陵大道与沿江大道的交会处。市场紧邻万达商圈,周边小区众多,交通便利,地理位置优越。市场的产权面积为 2721.99 平方米,占地面积 5000 平方米,营业面积 4500 平方米。随着时间的推移,宜港农贸市场的经营规模逐年扩大。1993 年,市场已设有固定摊位 240 个,每天客流量达到 2500 人次。市场内设有鲜肉销售摊位 4 个,水产销售摊位 1 个,活禽销售摊位 1 个,豆制品销售摊位 2 个,山杂干货销售摊位 2 个,调味品销售摊位 1 个,粮油食品销售摊位 2 个,以及其他经营门店 380 余户。市场从业人员总数超过 600 人。1999 年,市场的交易额达到了 10013 万元,年利税额高达 150 万元。市场主要采用零售兼批发以及派送等灵活多样的经营方式。

7. 工业消费品市场

1956 年,九码头地区开设了一些为职工生活服务的商店,逐渐形成了新的街道市场。这些商店将大公桥、九码头、万寿桥、杨岔路等地连成一片,商业网点遍布整个辖区。这些网点经营的商品种类繁多,包括百货、文化用品、针纺织品、五金交电、化工产品、烟酒茶、副食品以及燃料等工业消费品。在辖区内,比较集中的商品市场有胜利三路、胜利一路、九码头和杨岔路,这些街道的商店门类齐全,基本满足了居民吃、穿、用的需求,形成了配套的商业格局。同时,商业企业开始逐步推行承包经营,实行经理负责制,并引入了竞争机制和风险机制,以增强企业的活力。

到了 1990 年,辖区内的个体百货商店以及其他行业兼营的百货商店如雨后春笋般竞相开业,沿江一带的商业网点达到了 30 余家。1993 年以后,辖区商业更是蓬勃发展,全民、集体、私营、个体等多种经济成分共同参与,形成了多种经济成分共存、相互促进、共同发展的良好局面。到了 20 世纪 90 年代后期,辖区内基本形成了金山市场、银海市场、长虹市场、江海市场、恒昌建筑装饰材料市场以及宜昌汽贸城等一批以工业消费品为主要经营特色的商品市场。

金山市场坐落于沿江大道与胜利四路交会处,于 1994 年 8 月正式开业。市场占地面积达 12000 平方米,拥有 228 个门面,营业面积总计 4200 平方米。这里主要经营糖、酒、副食、小百货等四大类商品,共计 5000 多种,年交易额平均达到 2 亿元,上缴税费约 200 万元。截至 2004 年,金山市场的总交易额已累积至 19 亿元。市场集工商管理、商品信息、税务监督、银行代办、仓储服务、消费者投诉处理、货物运输、办公商住、餐饮娱乐等多种功能于一体,连续多年荣获省级文明市场的称号。然而,2005年金山市场面临拆迁,大部分商户随后搬迁至开发区的金东山市场。

银海市场则位于沿江大道 248 号,紧邻金山市场,于 1995 年 9 月开业。市场占地面积同样为 12000 平方米,建筑面积达到 4850 平方米,设有固定门面 280 个,主要经营小商品的批发业务,年成交额平均约为 2.5 亿元。

长虹市场坐落于胜利四路 66 号,与金山市场相邻,于 1996 年 10 月正式开业。市场占地面积 6072 平方米,建筑面积 5900 平方米,拥有固定门面 144 个,年成交额达到 9000 万元。

恒昌建筑装饰材料市场坐落于九码头,自 2000 年 4 月开业以来,日平均客流量超过 1000 人次。该市场销售范围广泛,涵盖了装修业所需的所有品种,其产品更远销至全国 10 多个省市,年缴纳税费高达 160 余万元。

江海装饰材料市场同样位于九码头,具体地址为夷陵路 188 号,于 2003 年 3 月18 日正式建成开业。市场紧邻恒昌建筑装饰材料市场,占地面积达 5 万平方米,建筑面积为 9800 平方米,仓储区面积更是高达 2 万平方米,拥有经营门店 500 余个,从业人员达 500 人。2003 年,该市场的成交额就达到了 2500 万元。江海装饰材料市场是在原江海日用小商品批发市场的基础上进行改扩建后转型而来的,与恒昌建筑装饰材料市场紧密相连,共同构成了三峡地区规模最大的装饰材料市场集群。到了 2004年,江海装饰材料市场与恒昌建筑装饰材料市场集群的年交易额已攀升至 3 亿元。

宜昌汽车贸易城则位于港窑路 5 号,占地面积达 28000 平方米。其建筑采用大框架结构,全玻璃外墙设计,一期工程于 2001 年 11 月 1 日动工,建筑面积为 5007 平方米,总投资额为 580 万元。该贸易城设有展厅 23 间、办公室 10 间以及一个占地5000 平方米的展场。其中,一号豪华展厅沿港窑路布置,共有 13 间展厅,每间面积206 平方米;后排的二号展厅则有 10 间,分为上下两层,每间面积 80 平方米。一、二号展厅之间是一个大型展场,可容纳 300 余台车辆展出,展出的知名品牌包括上海大众、神龙风行、一汽红塔、瑞风现代、福特全顺、北京福田、天津夏利、郑州日产、东风轻卡、长城皮卡、柳林系列、猎豹系列以及长安系列等。

　　金山市场、银海市场、恒昌建筑装饰材料市场在九码头曾是具有重要地位的工业消费品市场。尽管这些市场如今已经不复存在,但它们在老九码头人的心中留下了深刻的印象,让他们时常怀念曾经的生活和那个已逝的年代。随着城市建设的不断推进,大型超市和商场如雨后春笋般涌现,如北山超市、雅斯超市、明珠超市以及沙龙宴餐饮等连锁企业脱颖而出,逐渐取代了旧时的各类市场,老市场淡出了人们的视线。然而,对于念旧的宜昌人来说,他们总是难以忘怀老市场的热闹氛围、温馨感觉、井然有序以及趣味横生的场景。对于许多老宜昌人而言,20 世纪 50 至 90 年代的九码头区域市场不仅仅是一个进行贸易的地方,它更像是一个老朋友,记录着一种独特的生活方式,承载着几代人的希望与梦想,象征着九码头人土生土长的地域文化。当人们怀念过往的岁月时,无论是发出"往事如烟"的感慨,还是表达"往事不堪回首"的忧伤,都蕴含着深刻的人生哲理。不同的人对此有着不同的理解和答案。尽管岁月已经改变了九码头的面貌,但它无法改变宜昌人对九码头的深厚情感和炽热的爱。

Jiumatou · Shehuijuan

第四章

在时间的长河中

一、伍家岗区的崛起

对于许多宜昌人来说，九码头是家乡的记忆，是童年游戏的乐园，是离家求学的起点，也是游子回家的归宿。九码头江岸边，涛声连绵不绝，风云不断变幻。父母叮嘱的话语，恋人送别的身影，友人相聚的时光……数不清有多少动人的故事在这里发生，一个个令人难忘的瞬间飘荡在风中，如怨如慕，如泣如诉。

九码头区域隶属伍家岗区管辖。民国时期，伍家岗区一带为宜昌县城郊区，境内有宝塔河、沈家店、临江坪等小镇。

1926 年 12 月，共产党员吴定臣到南乡（今花艳冲至杨岔路一带）开展农民运动，建立党团组织和农民赤卫队。

1937 年底，日本占领南京后，国民政府迁往重庆，宜昌成为西迁转运的重要基地，政府机关和沿海地区的企业经由宜昌内迁进入四川。著名的"宜昌大撤退"就发生在辖区大公桥江岸。

1949 年 7 月 16 日，中国人民解放军解放伍家岗区域。随后，宜昌市人民政府成立，今伍家岗区的大公桥到万寿桥一带被划为宜昌市域，属宜昌市第一区（信义镇），其余区域则属宜昌县第八区。

1950 年，撤销市辖区建制，废除保甲制度。同时，武汉至宜昌的汉宜公路修通，使得伍家岗一带与城区连成一片。

1951 年，今杨岔路一带被划入宜昌市域。1952 年，汉宜村由宜昌县划入宜昌市。

1956 年 3 月，宜昌县白洋乡联合社及今宝塔河一带被划入宜昌市。同年 4 月，复兴路街道办事处（今大公桥街道办事处）等城区五个街道办事处开始以街名命名。1958 年 10 月，宜昌县伍家乡的共前、共勤、共强三个农业生产合作社，以及白洋乡的火光、联丰、旭光、万年、合益五个农业生产合作社被划入宜昌市。1960 年 4 月，城区成立了 3 个人民公社，其中胜利公社管辖原复兴路、滨江路两个街道办事处的区域。

1970 年，宜昌专署将宜昌县伍家公社的共强大队，花艳公社的共联、共谊大队等区域划入宜昌市。1971 年，宜昌县花艳公社的共升、共和、共同、合益大队，以及白洋公社的旭光、联丰大队等区域也被划入宜昌市。至此，原宜昌县的伍家、花艳、白洋公社一带的部分地区分别被划入宜昌市郊后，伍家岗逐渐发展成为一个综合工业区和鄂西地区的商贸、交通中心。

1974 年 1 月，伍家岗街道办事处成立，管辖范围包括汉宜路至伍家岗工业区。1975 年，伍家、白洋、花艳公社合并组建成新的伍家人民公社，下辖共前、共勤、共谊、共升、共和、共强、共联、共同、联丰、合益、旭光、火光等 12 个大队。1980 年 8 月，城市人民公社改为街道办事处,万寿桥街道办事处成立,管辖原胜利公社的区域。1984年3月,撤销郊区各人民公社,伍家人民公社被改为伍家乡。

伍家岗自远古的历史长河中一路走来,至1986年,迎来了历史的重大转折。这一年的12月13日,国务院发布国函[1986]第188号文件,正式批准设立宜昌市伍家岗区。

伍家岗区成立之初,下辖宜昌市原有的万寿桥街道办事处、伍家岗街道办事处以及伍家乡。1987年6月8日,大公桥街道办事处宣告成立。1991年3月30日,宝塔河街道办事处也正式成立。2005年,中共湖北省委、省政府将宜昌市定位为省域副中心城市。截至2022年3月8日,伍家岗区下辖大公桥、万寿桥、宝塔河、伍家岗4个街道办事处以及1个伍家乡,共设有48个社区居民委员会和16个村委会。全区国土面积达到84.77平方千米,具体包括4个街道(下辖40个社区)、1个乡(下辖8个社区和16个村),以及1个省级开发区——湖北伍家岗工业园区。实有耕地面积为166.25公顷,而森林(包括林地、草地、园地、湿地)面积则达到2653.29公顷,森林覆盖率为31.30%。根据2023年公安户籍统计数据,伍家岗区年末总户数达到88908户,年末户籍总人口为217657人,城镇化率达到了100%。

伍家岗区作为宜昌的主城区,风景优美,宛如画卷。它拥有得天独厚的地理位置,上接巴蜀,下行荆襄,南通湘粤,北达中原;濒临长江这条黄金水道,拥有绵延约15千米的长江岸线。此外,318国道、宜黄高速公路、荆宜高速、沪渝高速、宜万铁路、汉宜铁路在此交会穿越,宜昌火车东站、宜昌汽车客运中心站、三峡游客中心均坐落于伍家岗区,且紧邻宜昌三峡国际机场,形成了水陆空立体交通的无缝对接,从而汇聚了人流、物流、资金流、信息流,成为鄂西、渝东地区的区域性物流中心和交通枢纽。伍家岗区拥有丰富的旅游景点,如天然塔、五一广场、夷陵长江大桥、伍家岗长江大桥、宜万铁路大桥、滨江公园、龙盘湖风景区、宜昌大撤退纪念园以及世界和平公园等。其中,天然塔已被列为"全国重点文物保护单位",与沿江的高档江景居住区交相辉映,共同构成了"一线串珠"般的滨江画廊。伍家岗区综合经济实力显著,城市功能日益完善,人居环境优美,已成为宜昌走向全国、走向世界的一扇重要窗口。

2022年,伍家岗区的56家规模以上工业企业共计完成工业总产值166.38亿元,在城区中排名第二,全市中排名第四。在这些企业中,有19家的工业产值超过亿元,具体包括1家产值超过80亿元的企业,4家产值超过5亿元的企业,3家产值超过3亿元的企业,以及11家产值超过1亿元的企业。此外,有16家企业的营业收入超过亿元,共实现利润总额11亿元,并缴纳税款3.4亿元。

伍家岗区辖区内拥有1家国家级单项冠军企业,8家省级单项冠军企业,15家省级及以上专精特新中小企业,以及 16 家市级创新型中小企业。在信息化与工业化融合方面,该区拥有 3 家通过国家两化融合管理体系贯标认定的企业,1 家国家级两化融合试点示范企业,1 家国家级智能制造示范企业,18 家省级两化融合试点示范企业,3 家省级智能制造示范企业,以及 2 家省级上云标杆企业。

伍家岗区内的企业分布主要如下:

装备制造业:包括中南橡胶集团有限责任公司、宜昌南瑞永光电气设备有限公司、宜昌市恒昌标准件有限责任公司、湖北昌耀电工有限公司、宜昌市燕狮科技开发有限责任公司、宜昌中威清洗机有限公司、宜昌利民管业科技股份有限公司、宜昌力道起重机械有限公司、宜昌春生机电设备有限公司、宜昌市致远新技术有限公司、中南橡胶集团中字橡胶汽车配件有限责任公司、中南橡胶集团长征橡胶制品有限责任公司、宜昌市五环钻机具有限责任公司、宜昌兆峰自动化仪表有限公司、湖北红旗电缆有限责任公司、宜昌神达科技有限公司、宜昌市国方人防设备制造有限公司、宜昌经纬纺机有限公司、宜昌猴王焊丝有限公司、湖北睿能电气有限公司、湖北用芯物联科技有限公司、宜昌环胜科技有限公司、湖北红旗恒瑞电线电缆有限公司、宜昌佳晟鑫铁合金有限公司、湖北佳亮电气有限责任公司、湖北亿科环保有限公司以及宜昌中威智能装备集团有限公司等共计 27 家企业。

生物食品业:涵盖安琪酵母股份有限公司、宜昌绿源饮品科技股份有限公司、湖北民大农牧发展有限公司、宜昌三欣食品有限责任公司以及安琪纽特股份有限公司等 5 家食品企业。

绿色建材业:包括宜昌鑫大兴混凝土有限公司、葛洲坝宜昌伍家岗商品砼有限公司、宜昌瑞建商品砼有限公司、宜昌市新喜瓦业有限责任公司、宜昌恒瑞有色金属有限公司、湖北美力防护设施科技有限公司、宜昌市佳成商品砼有限公司、宜昌锦城商品砼有限公司、宜昌华峡玻璃工程股份有限公司、宜昌鹏远建材工业有限公司、宜昌市新高强建材有限公司、宜昌益智建材有限责任公司、宜昌市宝业建筑工业化有限公司以及湖北拓伦智科技有限公司等 14 家企业。

其他产业:涉及湖北集防科技有限公司、宜昌富艺制衣有限公司、宜昌市蓝天彩印股份有限公司、宜昌中燃城市燃气发展有限公司、宜昌市统领像俬有限公司、宜昌兴联包装有限公司、鑫鼎新能源有限公司、宜昌市天台包装制品有限责任公司、湖北迪晟环保科技有限公司以及宜昌欣宇星环保包装有限公司等 10 家企业。

值得一提的是,2022 年 12 月 2 日,安琪酵母凭借其智能仓储、数字基础设施集成以及质量精准追溯等场景成功入选优秀场景名单,成为伍家岗区首家国家级智能制造试点示范企业。

2022 年,伍家岗区的商贸流通业及第三产业实现了增加值 313.33 亿元,这一数值占全区生产总值的 76.4%。全年社会消费品零售总额达到了 238.67 亿元。该区拥有限额以上批发零售和住宿餐饮单位共计 216 家。此外,全年进出口总额为 49.49 亿元,而利用外资的金额为 5 万美元。在劳务输出方面,伍家岗区外派培训并推荐了 809 名各类劳务人员,其中 707 人成功外派出国。

二、科教文卫全面发展

科学技术是人类智慧与实践的结晶。伍家岗区的科学技术机构以宜昌市科学技术协会、中南冶金地质研究所、长江流域规划办公室、宜昌水文站等为代表。这些机构为促进伍家岗全区科学技术的进步做出了重要贡献,并在提升市民生活水平方面发挥着重要作用。

1958 年,宜昌市科学技术协会(简称"市科协")在万寿桥街道悄然成立。尽管"市科协"的成立并未引起太大的轰动,但它对九码头区域乃至整个伍家岗区的影响却是深远的。这座汇聚智慧与力量的科技殿堂,由学会、协会、研究会三部分构成,会聚了一批享有盛誉的专家教授以及在国家、省、市级获得杰出成就的科技工作者。这些精英跨越多个学科领域,涵盖了理工农医、经济、法学等多个方面。"市科协"与宜昌市内的各大专院校、科研机构及大型企业紧密合作,共同编织了一张覆盖广泛的科技网络,闪耀着璀璨的合作光芒。

图 4-1　宜昌市科学技术协会 （张悦 摄）

在时间的长河中,宜昌市科学技术协会始终密切关注着宜昌市经济和社会发展的关键问题,并坚持不懈地为其提供服务。2008年,市科协组织编撰了一部珍贵的蓝皮书,其中收录了24篇科技文章,深入探讨了多个重要议题。这部专集内容丰富,涵盖了推动"长江三峡地质公园"申报、推广生物慢滤水处理技术、构思建设和谐旅游城市、构想建设区域物流中心城市、加强城市道路边坡生态景观建设以及发展宜昌循环农业等多个方面。这些建议为市委、市政府提供了重要的参考和科学依据,在宜昌市重大决策过程中发挥了不可或缺的作用。

中南冶金地质研究所,亦称湖北冶金地质研究所,于1965年在九码头胜利一路正式成立。该所隶属于冶金工业部,其前身可追溯到中南冶金地质勘探公司检验所,后经过与北京地质研究所的资源整合而发展壮大。中南冶金地质研究所在矿产资源勘查、选冶加工试验、工业矿物材料研发等多个领域持续深耕,不断探索。其业务范围还广泛涉及工程地质、地球物理勘查等领域,为勘查事业倾注了无限的热情与力量。如今,该所已成为湖北省科技厅直属的一类公益事业单位,为宜昌的科研事业增添了光彩,并为矿产资源的勘探开拓出了新的领域。

图4-2 中南冶金地质研究所（张悦 摄）

中南冶金地质研究所会聚了 220 名专业职工，技术储备雄厚，成功发现了宜昌多个县市丰富的矿产资源，这些资源蕴藏着巨大的经济价值。该所为宜昌的发展贡献了一系列引人注目的科研成果。这些成果包括珍贵的研究报告、具有前瞻性的勘探建议以及洞悉行业动态的精练行业简报，它们如同一幅幅用智慧和汗水绘制的壮丽画卷，彰显了无限的智慧与潜力。这些科研成果并未仅仅停留在理论层面，而是被成功转化为实实在在的经济效益，不断推动生产经营的提升与完善，为宜昌地方经济以及伍家岗区的经济发展带来了繁荣与活力。

图 4-3　长江委三峡勘测研究院（李永红 提供）

长江流域规划办公室（简称"长办"），坐落于宜昌市伍家岗区沿江大道，是长江水利委员会下属的一个重要科研机构。"长办"成立于 1958 年，其起源可追溯至党中央在成都会议上提出的三峡枢纽工程和长江流域规划任务。如今，该机构已更名为"长江委三峡勘测研究院"（简称三峡院）。关于三峡院的职责，长江委三峡勘测研究院的李永红介绍道：

"作为积极响应与实践者，'三峡院'肩负着推进三峡水利水电枢纽工程的科研与勘测工作的重任，专注于水利资源的开发与综合利用。我们为规划、设计和建设大中型水利枢纽工程提供了宝贵的基础数据与科研成果，这些成果背后凝聚着无数辛勤的测量、地质勘查和地震监测工作。随着社会的不断发展，'三峡院'的使命也在不断拓展，我们承接了众多国家重大科技项目，并承担了越来越多的工程勘测与岩土工程项目。三峡院的名字在历史上也经历了多次变更，曾被称为'长办三峡指挥部''长办505'，直至现在的'长江委三峡勘测研究院'。"

图 4-4　地质人员在永久船闸工地现场查勘 [1]

　　"三峡院"于2005年改制为有限公司,其主要任务是开发和综合利用长江三峡及其周边地区的水利资源,为大中型水利枢纽工程的规划、设计和施工提供必要的勘测资料及科研成果。同时,它还承担着国家和相关部门下达的重大科研任务,承接各类工程勘测、岩土工程项目等。在长江三峡、葛洲坝等重要水利枢纽工程的地质勘测中,"三峡院"展现出了卓越的实力和专业素养。凭借在地质勘测领域的杰出成就,"三峡院"屡获国家级和省部级重大奖项,为中国水利水电事业与基础设施建设作出了不可磨灭的贡献。

　　宜昌市水文站位于滨江公园,是长江中游干流第一个大河控制站,也是大国重器三峡工程、葛洲坝工程的设计代表站,同时还是长江三峡水利枢纽工程的总出库控制站。这些信息充分展示了宜昌水文站在长江流域水资源管理和保护中的重要地位和作用。宜昌水文站自1877年4月起开始有系统的水文观测资料。测验方式为驻测,主要观测项目包括水位、降水量、水温、流量、悬移质与推移质(沙质、卵石)的输沙率,以及泥沙(悬沙、推移沙、床沙)的颗粒级配分析、水化学(水质)指标等。1981年1月4日,长江葛洲坝工程大江截流成功,宜昌水文站作为截流水文测报的主要承担单位,圆满完成了任务。

图 4-5　三峡工程永久船闸建设 [2]

[1]　来源:微信公众号"长江设计集团"。

[2]　来源:微信公众号"长江设计集团". https://mp.weixin.qq.com/s/GtTGNApyFkgUipV2iMFdtw。

1998 年夏天，长江再次遭遇了全流域性的大洪水，其水位之高、持续时间之长、洪峰次数之多均为历史所罕见。宜昌水文站自 6 月 4 日起，连续奋战了三个半月，全程施测了八次洪峰，特别是在抢测洪峰时，工作人员冒着生命危险进行了十次夜间测量，为长江中下游的防洪工作及时提供了宝贵的流量资料。因此，宜昌水文站荣获了长江水利委员会水文局 1998 年防汛抗洪先进集体荣誉称号。2001 年，该站在长江水利委员会水文局全审站资料评比中获得了总分第三名的好成绩；2002 年，又荣获了长江水利委员会水文局第五届全江水文成果质量优胜杯评比中的水文站一等奖；2004 年，再次获得长江水利委员会水文局第七届水文成果质量优胜杯；2012 年，被授予中国农林水利气象工会长江委员会"工人先锋号"的荣誉称号。

教育是培养人才、传承文明的关键事业，是社会发展的基石。教育事业的发展不仅关乎个人的成长，也关乎国家的未来。九码头地区的基础教育和高等教育发展历程曲折，但在政府、企业、学校、教师、家长以及社会各界的支持和参与下，九码头地区的教育事业不断实现创新与发展。

图 4-6　1963 年"港小"建校十周年庆祝活动合影 [1]

胜利小学创办于 1972 年 8 月，隶属于长江水利委员会综合勘测局三峡勘测研究院。2005 年 12 月，三峡勘测研究院子弟小学正式移交给伍家岗区人民政府，并更名为伍家岗区胜利小学。该校占地面积为 3600 平方米，建筑面积为 1152 平方米，设有 6 个教学班，共有学生 296 名，教职工 19 人，其中包括 4 名本科以上学历的教师、12 名小学高级教师以及 1 名特级教师。然而，由于 2009 年 3 月的城市规划发展需求，学校布局进行了调整，伍家岗区胜利小学被改建为伍家岗区青少年学生校外活动中心。因此，胜利小学的 15 名教师和 296 名学生分别被分流到伍家岗区的万寿桥小学和大公桥小学继续工作和学习。

---

[1]　来源：微信公众号"长航文学". https://mp.weixin.qq.com/s/TnXkPmxOrffjVSFp6rWOeg。

大公桥小学始建于 1959 年 8 月,坐落于大公桥街道 17 号,是宜昌市伍家岗区的一所公办普通小学。学校全面贯彻执行国家教育方针,以"精良队伍、精细管理、精美环境、精彩课堂,打造教育质量精品"为办学目标。校园文化建设独具特色,彰显诗香氛围,建有以欧阳修《夷陵九咏》为主题的文化墙、诗风词韵文化长廊以及长江诗语等景点,每个班级都成立了诗社。学校积极搭建多元平台,广泛开展体育、艺术等特色活动,既传承传统又融合现代,推动学校在继承与创新中快速发展。

学校目前拥有 15 个教学班,617 名学生。教职员工总数为 46 人,其中高级职称 1 人,本科学历 17 人,专科学历 19 人,研究生学历 1 人。教师队伍中,区级骨干教师 7 人,占专任教师总数的 17%,校级骨干教师 8 人。学校荣誉斐然,曾被评为中央教科所小语学法指导先进学校、湖北省教育科研试验基地学校、湖北省写字教育实验学校、宜昌市名牌学校及示范学校等。

在艺术教育方面,学校表现突出,被评为省黄鹤美育节先进单位,其排演的《共享阳光》《小小茶博士》等节目分别荣获国家、省、市一等奖。学校还高度关注流动人口子女教育,德育课题《流动人口子女人格塑造》荣获第七届未成年人思想道德建设一等奖。在科技教育方面,学校的科技实践活动如《校园植物的鉴别与护理》《心心相"饮"》等也分别荣获国家、省、市一等奖。此外,学生刘冰鉴的作品《爱的力量》在全国中小学信息技术创新与实践活动小学组中荣获一等奖。

学校培养了一支朝气蓬勃、积极向上的教师团队,教育教学成果丰硕,形成了欣欣向荣的发展前景。然而,因城市规划发展需求,大公桥小学于 2019 年 8 月搬迁并终止了办学。

图 4-7 港务局办学时期 [1]

[1] 来源:微信公众号"伍家教育". https://mp.weixin.qq.com/s/jxSdhBins--980TbcOrT6g。

万寿桥小学坐落于建设新村 31 号。其历史沿革如下：1946 年 9 月，万寿桥小学由私人创办，初名宝丰小学；1953 年 9 月，学校被公私合营的民生宜昌公司接管，更名为民生子弟小学；1955 年 8 月，学校再次更名为复兴路小学；1960 年 9 月，学校成为宜昌市第十中学的附属小学；1964 年 9 月，学校更名为新村小学；1972 年 2 月，随着中学的更名，新村小学也随之更名为"红港附小"；1983 年 9 月，宜昌港务局接管了学校，红港附小因此更名为"港务局子弟小学"；1995 年 8 月 29 日，宜昌港务局小学正式移交伍家岗区政府管理，并更名为宜昌市伍家岗区万寿桥小学。

学校占地面积 8381 平方米，建筑面积为 3527 平方米。1995 年，全校设有 6 个年级，共 17 个教学班，拥有 709 名学生和 48 名教职工。至 2015 年，学校仍设有 6 个年级，但教学班减少至 14 个，学生数为 541 名，教职工数为 37 名。学校配备了音乐教室、计算机教室、实验室、荣誉室、档案室等功能室，并建有汪国新画室、追梦书吧、炫梦独轮车等 8 个特色功能教室。学校的塑胶操场面积达 2793.47 平方米，绿化面积为 2515 平方米，因此在 2000 年被评为宜昌市"花园式"学校。

1996 年，学校在师德教育方面进行了大量有益的探索，致力于铸就教师崇高的精神境界。教育教学质量稳步提升，学校的少儿舞蹈《小螺号》《磨》等一系列文艺节目不仅在宜昌市内广受好评，还走上了湖北省的舞台。学校秉持"五尚"文化内涵，即尚德成就友善梦、尚学成就智慧梦、尚体成就健康梦、尚美成就艺术梦、尚技成就生活梦，为学生搭建了广阔的圆梦舞台，助力每个孩子在追梦的路上全面发展。学校的"旋转独轮"车队在湖北省中学生运动会开幕仪式上精彩亮相，还登上了宜昌市"谁来上春晚"的电视大舞台，并受邀参加了 2015 年全国青少年"未来之星"阳光体育大会的开幕式。

图 4-8　宜昌市伍家岗区万寿桥小学（张悦 摄）

宜昌市第十中学位于夷陵大道 201 号，创办于 1958 年 10 月。1966 年，随着国家"三线"建设的推进,大型厂矿企业迁入宜昌市,同时葛洲坝水利枢纽工程也开始兴建,这促使宜昌城区厂矿及企事业单位办学热潮兴起。同年10月,宜昌港务管理局创办了红港中学。1972年,宜昌市第十中学与原宜昌港务局红港中学合并,在宜昌市第十中学的校址上组建了宜昌港务局中学,成为一所企业办学校。1986年,学校设有12个教学班,在校学生520人,教职工59人,其中专任教师35人。1995年9月,学校移交地方政府管理,并恢复为宜昌市第十中学的建制,成为宜昌市第一所完成企业改制的学校。

图4-9 宜昌市第十中学(张悦 摄)

2002年,学校被指定为接收进城务工子弟的定点学校,当时学生中70%为外来农民工子女。针对这一特点,学校确立了"关注弱势群体,关心平民子弟,关爱贫困学生"的办学理念。2004年,学校新建了宽敞的教学实验大楼,配备了较为先进的教学实验设备,并全面改造了校园环境,形成了独具魅力的校园文化。自2004年起,学校为农民工子女减免各种学习费用累计达50多万元。

2005年以来,学校开展了以"为务工子弟撑起一片蓝天"为主题的先进性教育活动和"雷锋精神永放光芒"大型系列德育活动,这些活动受到了国家、省市媒体和社会各界的广泛关注。学校以雷锋精神为核心打造校园文化,实施名师工程,围绕"内强素质,外树形象"的目标努力,广大教师立足岗位,爱岗敬业,将无私的爱播撒到学生的心田,为进城务工子弟创造了广阔的学习和发展空间。2006年,学校被命名为宜昌市雷锋中学,成为全国第16所、湖北省唯一以雷锋名字命名的学校。当时学校设有12个教学班,在岗教职工47人,其中具有高级职称的教师20人,占学校教师总数的48.7%。教师队伍中还包括"宜昌名师"2人,宜昌市学科带头人3人,以及宜昌市学生学业发展评价专家组成员 3 人。

2015 年,宜昌市第十中学的"雷锋文化"成为宜昌市德育品牌。宜昌港务局中学(现宜昌市第十中学)对九码头区域的发展和教育做出了重要贡献,不仅是教育的重要支持力量,也成为九码头市民心中难以忘怀的美好记忆。

宜昌师范高等专科学校的前身可追溯到 1946 年创立的宜都师范学校。1950 年 4 月,学校更名为湖北省立宜昌师范学校,1958 年进一步升格为宜昌师范专科学校,校址位于当今宜昌市伍家岗区东山大道的北山坡。学校曾荣幸地获得"延安五老之一"的徐特立亲自题写校名。这个洋溢着书香与青春活力的地方,被学子们亲切地戏称为"北大"(即北山坡大学)。这一独特的昵称不仅彰显了宜昌师范高等专科学校学子对母校的深厚情感,更流露出他们对这片教学与生活环境的深深眷恋。

宜昌师范高等专科学校是教师成长的摇篮。在那个时代背景下,能够进入宜昌师范专科学校深造,对学子们而言是一份难得的荣誉与幸运,社会对他们寄予厚望,他们也对知识及高等教育满怀敬意。宜昌师范专科学校的学子们以卓越的表现,为宜昌教育事业撑起了一片广阔的蓝天,在宜昌人民心中留下了难以磨灭的美好记忆,同时也成为九码头地区传承高等教育的重要标志。

图 4-10　徐特立亲笔题写的校名 [1]

1977 年 11 月,宜昌师范专科学校更名为华中师范学院宜昌分院,随后在 1978 年 4 月再次更名为宜昌师范高等专科学校。1995 年 7 月,湖北省人民政府正式批准将宜昌医专、宜昌师专、宜昌大学合并,共同组建湖北三峡学院。1997 年,经国家教委批准,湖北三峡学院正式成立并挂牌。2000 年 6 月,该校与武汉水利电力大学宜昌校区合并,

---

[1]　来源:https://mp.weixin.qq.com/s/7DNW5zw-Fu0Jz0mx1is-QA。

共同组建了三峡大学,至此完成了其历史使命。在经历变革与重生的过程中,宜昌师范高等专科学校的辉煌历程与沧桑变迁,宛如一部由岁月精心雕琢的不朽篇章。

图 4-11　修缮后的老校门牌坊（张悦 摄）

图 4-12　原宜昌师范专科学校校门[1]

宜昌医学高等专科学校起源于 1949 年 12 月在武昌文昌门正街创办的湖北公医专科学校。1953 年,该校更名为武昌医士学校。1958 年秋,武昌医士学校与湖北省卫生干部学校合并,共同组建了湖北省医学专科学校。1960 年 11 月,湖北省医学专科学校迁至宜昌,并与 1958 年创办的湖北省宜昌医学专科学校合并,合并后继续沿用 "湖北省宜昌医学专科学校" 的名称。1980 年,学校更名为宜昌医学专科学校。1985 年 11 月 25 日,中共湖北省委、省人民政府正式发文,确定宜昌医学专科学校为副地级事业单位,并使其成为省属学校。

1995 年 7 月,湖北省人民政府正式批准将宜昌医专、宜昌师专、宜昌大学合并,共同组建湖北三峡学院。1997 年,湖北三峡学院经国家教委批准正式成立并挂牌,此举进一步整合与优化了教育资源,开启了跨学科、跨领域合作的新纪元。2000 年,湖北三峡学院与武汉水利电力大学宜昌校区合并,共同组建了三峡大学,这一合并将多所高校的优势资源和学术实力汇聚一堂,构建了更为完备的教育体系和研究平台。

三峡大学占地面积达 77337.2 平方米（其中校本部为 62136.4 平方米）,建筑面积为 35485 平方米（校本部为 27745 平方米）。学校设有 31 个教学研究室,1 个中心实验室（电教室）以及 22 个实验室,配备有 30 名实验技术人员。此外,学校还拥有教学、医疗、科研仪器设备共计 3368 台（件）。学校图书馆建筑面积为 1034 平方米,藏书量高达 9.85 万册（其中外文图书 1.5 万册）,并订阅了各种期刊 2100 种（外文期刊

---

[1]　来源:微信公众号"白龙岗纪事".https://mp.weixin.qq.com/s/7DNW5zw-Fu0Jz0mx1is-QA。

175 种）。学校还附设有一所教学实习医院,拥有职工 174 人。

图 4-13　刘锦程诵读祭文 [1]

　　九码头悄然矗立着一座重要的文化殿堂——宜昌市图书馆。该图书馆坐落于九码头万寿桥街道的夷陵大道上,其历史可追溯至 1956 年的创立之初。历经多次迁建,新馆终于在 2008 年对外开放,占地面积达到 17000 平方米,设计藏书量高达 150 万册。馆内设有报纸期刊阅览室、儿童阅览室、电子阅览室、盲人阅览室、旅游文献阅览室、地方文献阅览室、古籍阅览室,以及多功能报告厅和展览厅等多个功能区,提供了 1000 个阅览座位,充分满足了各类读者的阅读和学习需求。每日接待读者人数超过 3000 人次,是湖北省规模最大的地市级图书馆之一,为当地的文化教育事业做出了杰出贡献。

　　宜昌市图书馆始终秉持以读者为中心的服务理念,为市民打造了一个集学习、阅读、交流互动及参与文化活动于一体的综合性文化空间。图书馆致力于提升文化服务水平,丰富文化活动内容,以满足市民日益增长的求知欲望。无论是图书、期刊、报纸等传统资源,还是数字资源,读者都能在这里轻松获取,使得宜昌市图书馆成为广大读者的知识宝库,极大地提升了阅读的便捷性和效率。

　　此外,宜昌市图书馆还推出了"三峡文化讲坛"这一重要文化活动。每期活动都会邀请来自各领域的专家学者、作家艺术家等前来分享交流,为市民搭建了一个思想碰撞、文化交融的平台。这一活动深受市民喜爱,赢得了广泛赞誉,为市民带来了精彩纷呈的文化盛宴。

---

[1]　来源:微信公众号"长盛川湖北青砖茶".https://mp.weixin.qq.com/s/Rd5XJr4Xv6kiEKlhGgrclQ。

图 4-14　宜昌市图书馆（张悦 摄）

　　伍家岗区每年围绕 4 月 23 日世界读书日和 9 月 28 日孔子诞辰日,在全区范围内广泛组织开展全民阅读系列活动,营造了浓厚的读书氛围。据中国出版研究院调查显示,伍家岗区的阅读指数在全市位居第二,因此被评为宜昌市的"书香县市"。大公桥社区、伍家岗区的"明是书屋"以及伍家岗小学的"致远"社团,分别被省全民阅读活动领导小组办公室(省全阅办)表彰为"全省十佳书香社区""全省十佳励志书屋"和"全省十佳青年书香号"。

　　在文艺创作方面,伍家岗区屡创佳绩。依托市级专业力量和辖区内的优质资源,该区创作了一批反映时代风貌和地方民俗的文艺作品。五年来,共获得各级各类文艺奖项 400 余项。其中,《中国民俗志·伍家岗卷》荣获第十二届"中国民间文艺山花奖·民间文学著作奖";电影剧本《禁地解码》在"八一杯"中国军事题材电影剧本征集评选中获得"优秀剧本提名奖";《绿萝的天空》和《西风烈》成功入选湖北省第二届长篇小说重点扶持项目,其中《绿萝的天空》还获得了全市第七届"屈原文艺创作奖";此外,长篇小说《芸芸众生》、评书《说唱宜昌》、渔鼓《喜事新办不铺张》以及龙狮《梅花桩狮》也分别获得了全市文艺精品项目及大众文艺优秀作品扶持。

　　2023 年,《伍家文艺》刊物及其编辑双双荣获湖北文学最高奖——第八届湖北文学奖。网络文化产业已成为伍家岗区新的经济增长点,整个文化产业呈现出良好的发展态势。

　　"宜昌码头文化"墙坐落于沿江大道 142 号,紧邻滨江健身步道。该文化墙上的码头文化浮雕共有 16 块,分为宜昌旧码头文化和新码头文化两大板块。旧码头文化部分包含 6 幅浮雕,依次为"三峡纤夫""峡江绞滩""夷陵古城""帆樯林立""码头兴荣"

和"市井文化";新码头文化部分则由 10 幅浮雕构成,分别是"宜昌新貌""高峡出平湖""龙舟竞渡""滚装船码头""集装箱码头""水陆空立体交通码头""宜昌开埠""亚细亚油罐遗址""宜昌工业起步"以及"宜昌大撤退"。

宜昌是一座码头林立的城市,与这些码头相伴相生的,是一种特色鲜明的码头文化。宜昌地处川鄂咽喉,坐拥黄金水道之便,随着长江葛洲坝和三峡工程的兴建,这座城市孕育出的独特码头文化也日益丰富,并引起了世人的广泛关注。著名的码头工人诗人黄声笑,运用夸张、比喻、借代等多种文学手法,激情满怀地讴歌了那个火红的年代。他创作的诗歌中有这样的句子:"我是一个装卸工,万里长江显威风,左手搬来上海货,右手送走重庆情;我是一个装卸工,干劲冲破九重天,太阳装了千千万,月亮卸了万万千。"宜昌主流的码头文化,正是从这些码头工人一声声强劲有力的劳动号子中呼喊出来的。

九码头区域的体育活动丰富多彩,主要包括民间武术、健身气功以及舞狮花灯等传统项目。这些活动在城区市民、码头工人、船员等群体中拥有广泛的群众基础,且历久弥新。20 世纪 50 年代,九码头区域的群众体育活动项目相当多样。青少年热衷于长跑、爬山、春游、踢毽子、跳绳、拔河以及滚铁环等活动;小学生则偏爱老鹰抓小鸡、斗鸡、捉迷藏、丢手绢和跳皮筋等体育游戏。每当春季来临,九码头沿江地带便成为大人小孩放风筝的理想场所,辖区内还有十多名风筝制作艺人,他们制作的老鹰、燕子、蜈蚣、蝴蝶等各式各样的风筝在空中翱翔,为九码头江岸增添了一道独特而亮丽的风景线。

1956 年,宜昌港务局在单位办公楼大院内修建了一个标准的灯光篮球场,为开展群众性体育活动提供了良好的场所。港务局工会每年组织职工篮球比赛,参赛队伍多达 13 支。1962 年以后,港务局配备了文体专职人员,并由港务局工会组队参加每年的元旦长跑、横渡长江以及全市各类体育比赛活动。为纪念毛泽东主席 1966 年 7 月 16 日畅游长江的壮举,宜昌市从 1973 年至 1979 年连续举办了渡江活动。这些活动由解放军、民兵、工人、学生和妇女等组成的方队参与,数万名游泳健儿劈波斩浪,江面上彩旗飘扬、标语醒目、气球升空,场面蔚为壮观。

九码头街道积极协调文化体育部门及辖区企业,加大对文化体育基础设施建设的投入。辖区内建有社区文化体育活动中心、休闲文化广场、体育健身俱乐部、晨晚练健身站点、社区篮球场和门球场等场所,开展了包括巴山舞、广场舞、太极拳、柔力球、门球、合唱团、舞蹈队、京剧票友会等在内的丰富多彩的文化体育活动。其中,广场舞、柔力球、太极拳、健身气功和健身球等项目在湖北省、宜昌市及伍家岗区的比赛中多次获奖,营造了"我运动、我健康、我快乐"的良好社会氛围,推动了文明和谐社区的建设。

为彰显全民健身的活力,伍家岗区在九码头成功承办了三届宜昌国际马拉松比赛和两届迎新春健身长跑等赛事活动。此外,区男子篮球锦标赛、宜昌足球超级联赛、"长乐杯"门球赛等赛事活动已成为伍家岗区的品牌赛事。竞技体育方面,多名运动员在国际赛场上屡创佳绩,为国家争光。在 2017 年第十三届全运会上,伍家岗区输送的运动员刘灏夺得全国男子 94 公斤级举重冠军,李汶妹、林英诗雨、孙佳俊分别获得羽毛球、游泳项目亚军,创造了伍家岗区运动员参加全运会的历史最好成绩(1 金 3 银)。孙佳俊在 2019 年全国青运会上更是夺得 5 枚金牌。2023 年亚运会上,孙佳俊摘得男子 4×100 米混合泳金牌和男子 50 米蛙泳银牌。2024 年 8 月 5 日,在巴黎奥运会男子 4×100 米混合泳接力决赛中,中国队打破美国队 40 年的垄断,夺得冠军,其中选手孙佳俊是湖北宜昌人,也是伍家岗区首位奥运金牌得主。在湖北省第十五届运动会上,伍家岗区培养输送的 76 名运动员共斩获 17 金 15 银 16 铜的佳绩,创造了伍家岗区参加省运会的历史最好成绩。

九码头区域除了码头以外,在社会影响方面最为显著的是其医疗事业的引领地位,同时也是宜昌市城区医疗单位最为密集的区域。宜昌市中心人民医院是一所集医疗、教学、科研为一体的三级甲等综合医院;宜昌市中医医院是一所集医疗、康复、教学、科研、预防保健为一体的三级甲等中医医院;宜昌长航医院则是国家首批认定的二级综合性医院。这三家医院在宜昌乃至川东、鄂西地区具有深远的历史影响,被广大市民亲切地称为"九码头的健康中心"。

图 4-15　长航医院（张悦 摄）

宜昌长航医院坐落于东山大道 191 号,紧邻市科技馆,依山傍水,位于绿荫覆盖的北山坡上。医院地处宜昌市中心地带,交通便利,环境优雅,绿树成荫,空气清新,鸟语花香。作为首批国家二级综合性医院及基本医疗保险定点医院,宜昌长航医院承载着多年的辉煌历史。其前身可追溯至 1953 年由宜昌搬运公司卫生所、宜昌港务局医务室及民生公司卫生所合并而成的宜昌港务局职工联合医院,直至20世纪80年代更名为宜昌长航医院。

宜昌长航医院医资力量强大,技术精湛。现有职工195人,其中中高级职称医护人员49人,注册医护人员150人(包括注册执业医师45人、注册护理人员80人、医技及药剂人员25人)。医院有2名学科带头人担任宜昌地区学术委员会副主委,3人担任常委。医院设有骨科、妇产科、内科、外科4个住院科室,拥有9个病区及一座300张床位的住院大楼,同时配备功能检查科、检验科、放射科等医技科室以及中西医结合的门诊部。各科室均配备不断更新的先进医疗设备。

宜昌长航医院致力于提供100%患者满意度服务,包括一站式诊疗、患者隐私保护、私密诊疗环境以及满足不同群体需求的病房和套房等人文关怀措施,让患者感受到如家般的温馨服务。医院每年开展"优质服务年"活动,每月评选"微笑天使",患者满意度逐年提升,在民众中享有良好声誉。医院秉承"诚信经营、规范管理、依法执业、服务病患"的办院方针,坚持"优良技术、优质服务、优惠价格、优美环境"的经营理念,勤俭节约办院,以过硬的技术和良好的医德医风赢得患者及家属的广泛赞誉。

特别值得一提的是,宜昌长航医院的骨科部门在医疗技术领域独树一帜,凭借其卓越的团队和先进技术赢得了市民的高度评价。长航医院骨科名声远扬,口碑卓越,已成为宜昌市医疗界备受推崇的品牌科室。

宜昌市中心人民医院坐落于夷陵路162号。1949年,宜昌市人民政府接管了"中华民国宜昌县卫生院",并将其命名为"湖北省宜昌专区公署人民医院"。建院初期,门诊部仅设有内科和外科综合门诊,而到了1950年,医院增设了内科、外科、妇科、儿科等多个科室。在医疗技术方面,医院已能够进行阑尾、疝气、痔疮等手术,同时在检验设备上也能开展血、尿、大便三大常规检查。1959年,中国人民解放军南京总高级步兵学校医院并入本院,自此医院逐步发展成为川东、鄂西地区规模最大、技术力量雄厚、设备齐全、专科设置完善的大型综合医院。1968年,医院更名为"湖北省宜昌地区人民医院"。随着1992年宜昌地市合并,医院再次更名为"宜昌市中心人民医院"。1994年,医院成功被评定为国家三级甲等综合医院。

2003年,医院被纳入三峡大学教学医院体系,并挂牌成立了三峡大学第一临床医学院。2015年,医院又增挂了三峡大学附属中心人民医院的牌子,成为一所集医疗、预防、保健、教学、科研为一体的综合性三甲医院、爱婴医院、美国微笑联盟定点医院以及国际紧急救援中心网络医院。2008年,医院荣获省卫生厅颁发的"三级优秀医院"称号;2012年,又被国家卫生部等多个部委联合授予"全国综合医院中医药工作示范单位"称号。2012年5月,医院被省卫生厅和宜昌市政府确定为建设区域性医疗卫生中心的依托医院。2022年5月,医院再次被湖北省卫健委和宜昌市人民政府确定为建设省级区域医疗中心的委市共建医院,其影响力辐射至宜荆恩、鄂西南及渝东地区。

多年来,医院始终坚守患者利益至上的核心价值理念,推行精细化管理,实现了跨越式发展。医院先后荣获"全国五一劳动奖状""全国文明单位""全国卫生先进集体""全国模范职工之家""中国胸痛中心示范基地""国家高级卒中中心示范基地"以及"湖北省五一劳动奖状""湖北省省级文明单位""全省职业道德建设十佳单位""湖北省第七届长江质量奖提名奖"等多项荣誉。

图4-16　宜昌市中心人民医院（张悦 摄）

医院规模庞大,涵盖了江北院区、江南院区、三峡坝区分院及枝江分院。医院总占地面积为281.57亩,建筑面积达到了43.02万平方米。在学科建设方面,医院拥有1个国家临床重点专科建设单位(心血管内科),35个省级临床重点专科,以及38个市级重点专科。医院开展的升主动脉置换术、先心病介入封堵术、四级妇科腔镜技术等均代表了本学科的较高水平,且已开展新业务、新技术超过300项。

在人才队伍建设上,医院目前拥有博士117人、硕士804人,以及644名高级职称专业技术人员,其中包括二级岗位11人、三级岗位24人。此外,还有3人享受国务院特殊津贴,2人被评为国家卫健委有突出贡献的中青年专家,4人为省管专家,2人为省医学领军人才,8人为市管优秀专家,3人为市中青年高层次人才,18人为市直卫健系统高层次人才,22人为市直卫健系统医学拔尖人才。

医院的诊疗设备配置先进,拥有全球领先的高端医疗设备。在科研成果方面,医院已获得湖北省科学技术奖22项(二等奖7项、三等奖15项),市科学技术奖122项(一等奖 16 项、二等奖 30 项、三等奖 76 项）。医院还承担了一大批高水平科研项目,包括国家自然科学基金项目 40 项,省级科研项目 130 余项,并获得了 1 项科技部重大专项"十二五"计划项目。此外,医院还拥有国家专利 300 余项,并牵头创办了公开发行的《巴楚医学》杂志,是目前省内地市州级医院中唯一一家承办医学类综合期刊的医院。医院还拥有 1 个省级临床研究中心,1 个国家二级中医药实验室,7 个宜昌市临床研究中心,并挂牌为宜昌市生物医药产业中心。

在教学方面,医院主要承担临床医学、医学影像、护理学、药学和中西医结合 5 个专业的本科教学任务。医院具有推荐优秀本科生免试攻读硕士研究生的资格,并拥有临床医学和基础医学 2 个一级学科硕士授予权,以及临床医学一级学科专业型硕士授予权。目前,医院拥有任课教师 570 人,其中教授 35 人,副教授 41 人,博士生导师 3 人,硕士生导师 105 人。

此外,医院还是第一批国家级住院医师规范化培训基地、国家药物临床试验机构,以及国家临床药师培训基地。医院还承担了武汉大学等 10 余所院校的临床实习带教任务,并成为武汉大学医学部研究生培训基地。在学术交流方面,医院与美国梅奥诊所、哈佛大学医学院和瑞典卡洛琳斯卡医学院等院校建立了联系,并与德国 HELIOS 医院签署了合作协议。

宜昌市中医医院坐落于九码头胜利三路 2 号。1955 年,宜昌市人民医院在福绥路设立了公费医疗所,该所设有中医内科和针灸科,并配备了两名专职中医、一名西医以及三名药剂师。1956 年,宜昌市人民医院中医科增设了五张病床,并聘请了著名的老中医韩宝山作为特约医师。同年,多名中医也被调入医院,使得中医科的工作人员总数达到了 11 人。1958 年初,中医科迁至强华里,并于同年 9 月正式挂牌成立了宜昌市中医医院。

1959 年 5 月,医院从强华里搬迁至复兴路(现址为胜利三路 2 号),使用了宜昌市人民医院第二门诊部和葡萄糖厂空置的房屋,建筑面积约为 2000 平方米。当时,医院设有中医内科、针灸科、化验室和中药房等部门。1959 年 12 月 23 日,市人民医院向市卫生局提交了成立独立医疗机构的申请报告。经过市卫生局的请示,1960 年 1 月 13 日,市人民委员会正式批复,同意宜昌市中医医院自 1960 年 1 月 1 日起成为独立的医疗机构,并由市卫生局直接领导。从此,宜昌市中医医院迈入了一个新的发展阶段。

宜昌市中医医院现有职工 723 人,其中正高级职称人员 20 人,副高级职称人员 72 人,硕士及博士研究生 80 人。医院设有 31 个业务科室和 18 个病区,开放病床 549 张,年门诊量达到 35 万人次,年住院量 1.5 万人次。医院学科优势显著,其中烧伤科、脾胃病科、心病科、眼科被评定为国家级中医重点专科,脑病科、肛肠科、骨伤科为省级中医重点专科,而针灸推拿科、内分泌科、中医护理、肾病科、耳鼻喉科、肿瘤科、乳腺病科、妇科月经病专科则为市级中医重点专科(病)。

图 4–17　宜昌市中医医院（张悦 摄）

医院特设"名医堂"等具有中医特色的诊疗平台,并会聚了全国老中医药专家学术经验继承工作指导老师 3 人、全国中药特色技术传承人 1 人、国家中医药管理局会计领军型人才 1 人,以及省中医名师 2 人、省老中医药专家学术经验继承工作指导老师 2 人、省中青年知名中医 4 人和市中医名师 4 人。

医院诊疗设备先进,科研教学实力雄厚。作为国家级中医住院医师规范化培训基地和中医类别全科医师规范化培训基地,医院还是三峡大学中医专业学位硕士的培养单位。医院拥有湖北中医药大学、三峡大学的兼职教授 28 人,硕士研究生导师 16 人。此外,医院还内设了三峡大学中西医结合心血管内科研究所、三峡大学中西医结合骨伤研究所、三峡大学脾胃病研究所、三峡大学针灸研究所、三峡大学中西医结合肛肠病研究所及三峡大学颈腰痛诊疗研究中心。

近年来,医院在科研方面取得了显著成果,完成了国家自然科学基金项目 1 项,省自然科学基金项目 4 项,以及其他厅局级科研项目 40 余项。医院还荣获国家发明专利 3 项,湖北省科技进步奖 2 项,以及宜昌市科技进步奖 8 项。

医院始终秉持发挥中医药特色优势,促进中西医协调发展的办院理念,不断提升综合服务能力。因此,医院先后荣获了"全国中医药系统创先争优工作先进集体""全省知名中医医院""全省中医药工作先进集体""全省卫生系统文明创建先进单位""全省思想政治工作先进单位""市文明单位"以及"宜昌市十佳诚信单位"等荣誉称号。

三、从遍地吊楼子到高楼大厦林立

　　九码头区域的建筑演变是历史变迁最真实的写照。从最初的"吊楼子"到后来的"筒子楼",再到如今遍地林立的"高楼大厦"……传统的"吊楼子",以其独特的建筑结构和蕴含的历史文化价值,已成为九码头历史的印记和标志。随着社会生产力的进步和生产关系的变化,宜昌城市高速发展,九码头从"吊楼子"、"筒子楼"到"高楼大厦"的演变,构成了三部曲,折射出时代的沧桑巨变。

图 4-18　吊楼子[1]

　　"吊楼子",是中国南方地区的传统建筑形式,也是九码头的标志性建筑。改革开放以前,九码头凭借其天然深水码头的优势,吸引了人们聚集到周边。最初,为了方便码头周边的生活,人们搭建起了临时居所——板壁房和吊脚楼。随着时间的推移,当地人在九码头周边建造了大量的吊脚楼和板壁房,形成了独具特色的码头建筑风格。老宜昌人将吊脚楼称为"吊楼子",这种建筑一般是两层,坐河朝坡,平面呈"回"字形。底层架空,上面是木质构架的屋舍,屋顶覆盖着青砖瓦或茅草。房屋外部空间以木柱支撑,木梁和木板构成了房屋的墙面。上层是人们居住和生活的地方,下层则临河或用作厕所。据当地老人回忆,"吊楼子"实际上是多了底层柱子的板壁房,因为人们无钱购买地基,只能将板壁房架设在河边。在清末民国时期,九码头街道靠河的一侧多为"吊楼子",而靠岸边的一侧则多为板壁房,吊脚楼主要分布在瑞符街码头至亚细亚油罐的长江沿岸。

　　九码头的"吊楼子"建造便捷,防水性能良好,深受长江岸边居民的喜爱。然而,由

---

[1]　来源:微信公众号"炎黄研究协会"。

于九码头地势狭窄,常年受到河水涨潮的影响,传统建筑在当时并非十分适宜。"吊楼子"也有不少禁忌。由于大多数"吊楼子"架设于河流之上,因此河水上涨时,最忌讳"吊楼子"下方水域飘来死尸,因为这被认为会带来霉运。由于长江上游流域广泛,"吊楼子"底下飘来死尸是常有的事,所以每当出现这种情况,房主不得不花费重金请人将尸体移走。"吊楼子"的主要支撑是插入河床的木质脚基,因此忌讳外人在楼底下挖沙,也不允许孩童们玩火,以免引发火灾,影响"吊楼子"的安全和寿命。虽然过去的九码头人现在换了环境,生活条件改善了许多,但他们仍然时常怀念过去的"吊楼子"。

板壁房是用木头搭建的房屋,其风格与传统南方的砖混建筑截然不同。20世纪70年代以前,沿长江河岸最常见的房屋类型便是板壁房。板壁房主要采用木板替代混凝土和砖块作为墙壁材料,屋顶则沿用传统的木头加瓦片覆盖方式。昔日九码头的板壁房主要分布在一道巷、二道巷、三道巷、四道巷以及大公路等地区,房屋朝向多为坐坡朝河。

图4-19　板壁房[1]

由于房屋所在位置的不同,房屋修建的方式也有所差异。大公路上的板壁房,通常为二层楼结构。楼房的顶部前短后长,采用三角架梁设计,檐顶装饰有二角卷瓦翘,屋顶覆盖着统一颜色的青瓦。屋与屋之间设有檐水沟,单独建造的房屋会竖柱架梁,而两家相邻的房屋则通过商议共同使用一堵墙壁。板壁房的一楼一般用于商贸活动,二楼则是家庭生活起居的空间。门宽在4~6米不等,多为两扇或四扇门设计,其余部分则安装滑动的梭门。白天做生意时,梭门会全部卸下;晚上则重新装上梭门,并在门

---

[1]　来源:微信公众号"炎黄研究协会"。

后顶上结实的抵门杠。这样的店铺板壁房，进门便是店堂，在边摆放柜台，店铺后左侧开门即可进入居室；居室右侧有一条窄巷通往后面的厨房，厨房一侧有木楼梯通往二楼。二楼既可以住人，也可以存放货物。除了大公路外，其他地方修建的板壁房多为一层，居住者包括船员及其家属、码头工人等。由于板壁房的隔音效果不佳，木板风干后间隙变大，相邻的家庭容易相互干扰，因此出现了"防隔墙有耳、隔壁有眼"的现象。当时，家家户户流行在板壁上糊报纸以减少干扰。同时，由于板壁房主要由木材搭建，因此容易遭受火灾和虫蛀。九码头人充分发挥智慧，每隔三五户人家便设立一个消防沙箱或消防水缸以应对火灾，并且用桐油刷木板，极大地减少了虫蛀现象，使板壁房变得更加牢固。然而，到了20世纪80年代后，这些板壁房已被全部拆除。

筒子楼，是指采用砖混结构建造的楼房，通常层数为三至五层。随着时代的快速发展，九码头迎来了重大的变革。20世纪六七十年代，宜昌的砖厂和水泥厂逐渐发展成熟，所生产的优质且价格低廉的水泥和砖块不断改变着宜昌的居住环境，"筒子楼"便是这一变革中最显著的代表之一。"筒子楼"是九码头及其周边地区工人宿舍的一种典型建造方式，因其外形大多类似于火柴盒或筒状，故而得名。按照这种建造风格修建的建筑包括宜昌港务局办公大楼、长江流域规划办公大楼及其职工宿舍楼等。

图 4-20　筒子楼 [1]

以住宿为主要功能的"筒子楼"，其外部通常为走廊，一层设有七八户人家，中间设有楼梯，楼梯两侧建有两间公共厕所。房型主要包括位于楼房两头的两大套间，这两套间附带一个小厨房，但没有阳台。楼房中间的 4~6 个直套间则隔有小厨房，同样

---

[1]　来源：微信公众号"葛洲坝文旅"。

没有阳台。每个大套间的面积约为 30 平方米,直套间的面积则为 20 多平方米。由于面积较小,家家户户都在走廊上堆放煤球,设置煤灶炒菜。每当一家生火做饭时,其他家庭都能闻到烟味。邻里之间虽然关系亲切、热闹非凡、互相帮助,但也常常因为争夺空间、争夺厕所使用权以及忍受烟味等问题而发生争吵。

作家韩玉洪回忆他在市港务局住宅区居住的情景:

我是土生土长的"九码头人",自记事起便在九码头生活了。我的小学时光是在宜昌港务局子弟小学度过的,并在那里毕业。1965 年,长航系统实施托拉斯改革,鄂航局与长航局合并,位于九码头的鄂航局宜昌分局办公楼随后被改作职工宿舍,我们家也分到了一套房子。我坚持要在新房里庆祝我的十岁生日,于是我们家从大公河坡搬到了九码头。长大后,我去服了兵役,退伍归来后便在宜昌港务局工作,一干就是25 年。港务局大楼依江而建,是一座四层高的钢筋混凝土结构建筑,一楼主要是负责接待的大厅,楼上则主要是办公室。

三峡勘测研究院退休职工李永红回忆:

我爸爸是全国劳动模范,为了支援三峡工程建设,1966 年我们全家从武汉搬到了鄂西的宜昌,我也随之住进了三峡勘测研究院的大院宿舍。高中毕业后,我参加了工作,并考入了中央广播电视大学宜昌港电大班,专业是统计,毕业后我在三峡勘测研究院从事统计工作直至退休。长办大楼这个名字听起来或许有些遥远,但对我来说,它却充满了温馨与亲切。这栋大楼见证了我从小到大的成长历程,承载了我无数的回忆与情感。我记得小时候,刚跟随家人来到这里时,长办大楼对我来说是一个新奇而神秘的地方。我总是好奇地观察着来来往往的叔叔阿姨们,他们或是在各个办公室间忙碌地穿梭,或是专注地投入工作。他们的身影,成为我童年记忆的一部分。长大后,我有幸回到长办大楼工作。这里的一切都显得那么熟悉和亲切。每天早晨,当我踏入大楼的那一刻,心中总会涌起一股莫名的归属感。这里的工作环境井然有序,同事们友善且敬业。我在这里找到了自己的位置,也实现了自己的价值。长办大楼不仅仅是一栋办公大楼,更是我成长的地方。在这里,我学会了独立与自律,也学会了合作与沟通。这里的人们给予了我无尽的关怀与帮助,让我感受到了家的温暖。每当我路过长办大楼的原址时,我总会回想起那些曾经在这里发生的故事。那些笑声与泪水,那些挫折与成功,都成为我人生中最宝贵的财富。

韩玉洪和李永红都是九码头区域的老住户。从他们的回忆文字中,读者能够品味到其中浓郁的情感。建筑不仅是城市历史发展的见证者,也是居民共同记忆的一部分,承载着对过去岁月的独特情感。

宜昌位于长江上游与中游的交界处,是一座历史文化名城,也是长江经济带上的重要节点城市。自21世纪以来,随着宜昌城市化进程的加快,九码头沿江地带众多商务高楼大厦拔地而起,不仅重塑了城市的天际线,还成为宜昌新的城市名片。这些高楼大厦的修建,不仅彰显了城市经济的繁荣,也推动了旅游、文化等产业的蓬勃发展,使宜昌的沿江风景线愈发迷人。这些建筑的设计巧妙融合了现代建筑理念与宜昌的山水文化,既在外观上追求美观与独特,又在功能上注重实用与环保。其中,不乏五星级酒店、高端写字楼、豪华住宅和商业综合体等,它们的涌现,不仅提升了城市的服务功能,也为宜昌的经济发展注入了新的强劲动力。

宜昌国际大酒店坐落于宜昌市沿江大道与胜利四路交会的黄金地段,南临风光旖旎的长江之滨,西靠商贾云集的繁华市区,是一家四星级酒店。酒店交通便利,环境幽雅,占地面积38000平方米,楼高32层,拥有各式客房346间(套),提供550个床位,配备大小餐厅17个,共计930个餐位,以及9个大小会议室。客房内可俯瞰壮丽的长江景观。酒店于1998年4月正式开业,1999年12月加入国际金钥匙组织,2000年6月被国家旅游局评定为四星级旅游饭店。酒店标间面积为20平方米,地理位置优越,紧邻江边与码头,交通极为便利。

金江银座位于沿江大道129号,于2007年建成并投入运营。楼宇高96米,共28层,总建筑面积为20350平方米,其中商务办公面积占20000平方米。目前,该楼宇已入驻45家企业,租售面积达19000平方米,2016年实现了216.43万元的税收。

万达SOHO位于沿江大道166号,于2010年建成并投入运营。楼宇高达99米,共30层,总建筑面积为286700平方米,其中商务办公面积93000平方米。目前,该楼宇已入驻369家企业,租售面积达74300平方米,2016年实现了2126.57万元的税收。

福江铭座坐落于宜昌市伍家岗区沿江大道特162号,紧邻宜昌国际广场与万达广场。作为宜昌市重点工程建设项目,该楼宇总投资约4亿元,其149.7米的高层大楼已成为宜昌市的标志性建筑之一。福江铭座位于伍家岗区沿江大道与亚栈路交会处,总建筑面积约为80600平方米,由一栋43层的地标性写字楼、一栋四层商业裙楼及地下三层停车场构成。该楼宇的容积率为7.93,建筑密度为39.67%,绿地率为20.92%,绿化面积约为1876.13平方米,并设计有366个停车位。福江铭座傲立于滨江九码头商圈的主轴之上,俯瞰着壮丽的滨江天际线。

首信财富中心位于沿江大道182号,于2014年建成并投入运营。该楼宇高99米,共29层,总建筑面积为36000平方米,其中商务办公面积占29000平方米。目前,该楼宇已入驻12家企业,租售面积为13000平方米,2016年实现了179.73万元的税收。目前尚有16000平方米的面积可供租售。

　　九州方园位于沿江大道中南路,于2017年投入运营。该楼宇高99.6米,共28层,总建筑面积为40000平方米,其中商务办公面积占30000平方米。目前,该楼宇已入驻11家企业,租售面积为9000平方米,尚有21000平方米的面积可供租售。

　　外滩领馆位于沿江大道188号,于2013年建成并投入运营。该楼宇高99米,共27层,总建筑面积为31000平方米,其中商务办公面积为10455平方米。目前,该楼宇已入驻22家企业,租售面积为10000平方米,2016年实现了4130.4万元的税收,目前尚有455平方米的面积可供租售。

　　致远广场位于沿江大道189号,于2007年建成并投入运营。该楼宇高59米,共16层,总建筑面积为16000平方米,其中商务办公面积为12000平方米。目前,该楼宇已入驻10家企业,并已全部租售完毕,2016年实现了1636.1万元的税收。

图4-21　福江铭座[1]   图4-22　兴发大厦[2]

　　兴发大厦坐落于宜昌市伍家岗区沿江大道与夷陵大道交会处,西邻金色海岸社区。大厦临江矗立,周边环绕着天然塔、滨江景观带及宜万铁路宜昌长江大桥等风景名胜。大厦总建筑面积为12.3万平方米,高度达198米,地上37层,地下3层,容积率为4.9。裙楼共4层,设有接待大厅、餐饮及宴会等配套设施;塔楼6至15层为酒店客房;17至27层为租售办公区域;29至37层则为兴发集团宜昌总部办公区,可容纳超过1500人同时办公,并已荣获LEED v4(能源与环境设计)金级认证。兴发集团是中国最大的精细磷化工企业之一。2019年12月,兴发大厦在伍家岗区破土动工,以打造鲁班奖为总体目标,秉承"科技智能""低碳环保""人本关怀"的核心价值理念。在建设过程中,大厦充分借鉴了国内领先企业办公大楼的建设经验,融入了光伏发电、节能照明、智慧楼宇系统等多项先进技术,致力于成为宜昌滨江的新地标。兴发

---

[1]　来源:微信公众号"魅力伍家岗"。
[2]　来源:微信公众号"兴发集团"。

大厦的落成吸引了国际高端酒店品牌——法国雅高集团首次入驻宜昌,同时宜昌外滩美爵酒店也于当天盛大启幕。酒店坐拥宜昌滨江的绝美风光,设计灵感源自昭君文化,巧妙融合了宜昌的自然山水与大漠塞北的民族元素,拥有306间客房、6个灵活多变的多功能厅和会议室,以及1400平方米的宴会空间。2023年10月,兴发大厦举行了盛大的落成典礼,标志着宜昌现存第一高楼的正式诞生。

伍家岗区九码头一带的沿江风景,因高楼大厦的矗立而愈发壮丽。站在长江大桥上,你可以一览无余地观赏到沿江高耸入云的建筑群在阳光照耀下熠熠生辉,与远处的山水美景交相辉映,共同绘制出一幅动人的现代都市画卷。尤其是当夜幕降临,沿江高楼的彩色墙壁上灯光璀璨,绚烂的灯光与江面倒影相互交织,幻化出如梦似幻的人间仙境,令所有市民和游客赞叹不已,久久不愿离去。

四、九码头基层组织

伍家岗区设立后,凭借更高的行政地位和更全面的政府服务,显著提升了九码头的形象和知名度。街道办事处,作为人民政府的派出机构,是城市基层政权建设的关键一环。在九码头的区域范围内,最重要的两个街道办事处分别是大公桥街道办事处和万寿桥街道办事处。

大公桥街道地处宜昌城区中心,东起胜利一路,西至一马路,南临长江,北依铁路,上与西陵区的云集街道办事处相邻,下与伍家岗区的万寿桥街道办事处相接。该街道区域面积为2.8平方千米,下辖5个社区,现有居民18780户,共计33308人。大公桥街道的名称源自辖区内一座历史悠久的桥梁——大公桥。据史料记载,该桥始建于民国十九年(1930年),由时任宜昌县县长的赵铁公倡议并主持修建,因而得名大公桥。

大公桥街道的历史沿革颇为丰富,最初隶属于宜昌市人民政府第一区(信义镇)。1950年8月,区政府撤销后,街道工作转由市公安局领导管辖。1952年8月,改属宜昌第一街委会,1953年又改属宜昌市第一人民街道。1955年,行政区划再次调整,第一街道更名为复兴路街道。1960年,复兴路街道撤销,并入宜昌市胜利人民公社。1980年,划归宜昌市万寿桥街道,直至1987年从万寿桥街道独立出来,正式设立大公桥街道,并沿用至今。

自1987年大公桥街道办事处正式设立以来,其辖区经历了数次内部区划调整。1987年,大公桥街道办事处下辖大公桥居民委员会、大公路居民委员会、一马路居民委员会、南湖居民委员会、力行街居民委员会、隆中路居民委员会、胜利一路居民委员会、胜利二路居民委员会、胜利四路居民委员会、八宝塔居民委员会、汉宜路居民委员会、北山坡居民委员会、张家店居民委员会、河运新村居民委员会,共计14个社区。到了 2001 年,这 14 个社区被调整为 8 个社区,分别是力行街社区、大公桥社区、胜利二路社区、隆康路社区、金家台社区、胜利四路社区、北山坡社区和八宝塔社区。其中,原南湖居委会与力行街居委会合并为力行街社区,一马路居委会与隆中路居委会合并为隆康路社区,胜利一路居委会与胜利二路居委会部分区域合并为胜利二路社区,而胜利四路社区、大公桥社区、北山坡社区和金家台社区则保持原状未变。

万寿桥街道坐落于宜昌城区中南部,西起胜利三路中段,东至杨岔路,南濒长江水道,北至铁路干线,辖区总面积为 2.52 平方千米,常住人口达 3.5 万人。万寿桥街道的名字来源于太平桥溪上的"万寿桥"。据史料记载,万寿桥的前身由明朝夷陵知县童世彦于 1596 年修建,成为宜昌城内的第一座石拱桥。为纪念童世彦的功绩,当地人将这座桥称为"童公桥"。1688 年,由于桥身不稳固,时任彝陵总兵的张忠孝进行了重修,并将其更名为太平桥。1713 年,彝陵知州宗思圣因清廉勤政、为民造福,再次重修太平桥,百姓为感激其善行,将重修后的桥梁称为万善桥。然而,在抗日战争期间,这座桥被日军炸毁。1952 年,宜昌市人民政府重新修建了一座单孔石拱桥,并将其命名为万寿桥,寓意着幸福、吉祥与长久,表达了人们对战争的痛恨以及对和平生活的向往。

万寿桥街道最初为宜昌市人民政府第一区政府所辖,后因市辖区建制改革,转为由宜昌市公安局领导管辖。1952 年 8 月,万寿桥街道改属宜昌第一街委会;1953 年,又改属宜昌市第一人民街道,同年 3 月,街政委员会改为宜昌市人民政府的派出机构,更名为宜昌市人民政府第一街道办事处。1956 年 4 月,第一街道办事处更名为复兴路街道办事处,并下设 10 个居民委员会。1960 年 4 月,复兴路街道办事处与滨江路街道办事处的一部分合并,组建了宜昌市胜利人民公社,下辖 12 个居民委员会。1980 年 8 月 15 日,宜昌市胜利人民公社更名为宜昌市人民政府万寿桥街道办事处,至此,万寿桥街道正式得名,并沿用至今。

自 1987 年至今,万寿桥街道办事处辖区经历了三次较大的调整。1987 年,经宜昌市人民政府批准,设立了伍家岗区万寿桥街道办事处,作为宜昌市伍家岗区人民政府的派出机构。当时,街道办事处下辖红港、航运、石马坡、杨岔路、建设、金家台、张家坡、港务、万寿桥、宝塔河、电力、中南路、韩家坝、谭家坝等 14 个居民委员会。1991 年,经宜昌市人民政府再次批准,万寿桥街道办事处辖区进行了调整,由原先的 14 个居民委员会缩减为 9 个。其中,宝塔河、电力、中南路、韩家坝、谭家坝这 5 个社区被划归新成立的宝塔河街道办事处。2001 年,随着居民委员会向社区居民委员会的转型改革,万寿桥街道办事处的辖区再次进行了调整。根据地域和资源分布情况,原石马新村和建设新村的一部分被划入航运社区;建设社区和石马坡社区合并为新的建设社区;胜利一路社区与万寿桥社区合并为胜利一路社区。调整后,街道办事处下辖杨岔路、胜利一路、港务、建设、红港、航运、汉宜、张家店等 8 个社区。2009 年至 2010 年间,由于原红港社区内万达集团的入驻,为了加强对万达广场范围内商户和居民的社会事务管理以及经济建设服务,万寿桥街道的行政区划再次进行了调整。此次调整中,在万达广场单独设立了社区,并将原红港社区更名为万达社区。

2015 年,万寿桥街道办事处的辖区范围明确为东至杨岔路汽渡路、南临长江、北依鸦官铁路、西以胜利一路中线为界。下辖包括杨岔路社区、胜利一路社区、港务社区、建设社区、万达社区、航运社区、汉宜社区、张家店社区在内的 8 个社区。到了 2020 年,根据区委的要求,万寿桥街道办事处对辖区内社区的范围进行了再次调整,由原先的 8 个社区整合为 5 个社区,并明确了各社区调整后的"四至"管辖范围。具体调整如下:

张家店社区与汉宜社区合并为新的张家店社区,其管辖范围西至胜利三路,东至老医专西侧围墙,南至夷陵大道,北至东山大道。

万达社区和胜利一路社区合并为新的万达社区,其管辖范围西至胜利一路沿江大道龙虾号,东至运河,南至长江中线,北至夷陵大道。

航运社区江海路以西部分、万达社区夷陵大道以北江海路以西部分,以及原建设社区的部分区域合并为新的建设社区,其管辖范围西至胜利三路东山大道老医专路东侧,东至东山大道江海路,南至夷陵路,北至铁路。

港务社区则整合了原港务社区全域、航运社区位于江海路以东的部分、建设社区位于东山大道以南的部分,以及万达社区位于夷陵大道以北江海路以东的部分,其管辖范围西至江海路,东至运河,南至夷陵大道,北至东山大道。

杨岔路社区则由原杨岔路社区全域与宝塔河街道办事处张家坡社区位于东山大道以南、亚栈路以东的部分合并而成,其管辖范围西至运河—夷陵大道—亚栈路,东至杨岔路,北至东山大道,南至长江中线。

胜利二路社区位于九码头核心区域,是大公桥街道办事处下辖的一个居民治理单位,由社区居民委员会负责管辖。九码头区域的良好治理离不开各社区的共同努力。胜利二路社区东起胜利一路,西至妇幼巷,北至夷陵大道,南邻沿江大道,占地面积 0.2 平方公里。社区现有居民住户 3319 户,常住人口 4985 人,由 8 个小区(或片区)组成,是一个典型的老旧小区,居住人群复杂、环境面貌欠佳、矛盾纠纷频发。针对这一现状,社区居民委员会积极探索多种治理模式,力求实现治理与服务的高效融合,最终将社区精神文明建设融入每一项具体工作中,使社区面貌焕然一新。在社区文化建设方面,胜利二路社区致力于诠释和传承码头文化,沿街墙壁上随处可见码头文化的元素。宜昌文史专家罗洪波先生的《九码头记》以简洁精练的笔触,介绍了九码头的地理位置、战时贡献等历史情况,向世人讲述了九码头的前世今生。

图 4-23　胜利二路社区墙上的《九码头记》（李虎 摄）

九码头记

南门吴外青草铺,东山坡下常家溪,曾莺飞草长流水潺潺,渔歌樵唱田园风光。帝国晚清,洪踞金陵。阻淮盐之湖广。敕川盐济楚而设盐局建码头。列强坚船利炮,挟烟台条约,岁次一八七六,宜昌开埠,轮帆接踵,万国辐辏,号子达旦。川汉铁路,称宜夔器材堆栈曰下铁路坝。至民国,天官桥外建新桥,桥名大公,其上首滨江路遂改大公路,下首称复兴路。一九三八年十至十一月,日寇占沪宁逼武汉,我军运物资政要难民西迁川黔涌堵宜昌,斯时斯地。万民合力抢运于中水期四十日,物资人等疏运尽达,史称宜昌大撤退。一九五一年,民主改革,废除封建把头,码头编序,以陶珠路古驿码头一为首起,至九码头,延为十七码头。沿江大道、夷陵大道、横杠大道之次干道称胜利一、二、三、四路。万城商旅汇于斯,千般繁华集一岸。盖宜昌九码头曾马沪上十六铺、渝岸朝天门齐名耳,城南旧事悠远。夷陵长江大桥凭栏,五龙葱茏;和平公园,彩旗高扬;主题城雕,玉帛万丈。楼宇如林,霓虹不夜。共抓大保护,守护一江清水,岸绿景美天地阔。大公桥街办正踏着历史厚重土地,朝着民族复兴之中国梦砥砺奋进!

胜利二路社区在治理方面,构建了以党组织为核心、共驻共建单位共同参与的共建共管模式。社区积极探索高端物业管理、专业物业管理、公益物业管理、零缴费物业管理以及居民自治管理等多种治理方式,旨在完善多元化社会服务体系,形成"党建引领共建,促进多元共治"的治理机制,不断提升居民的责任感和认同感。从小区内核文化的培育到外在形象的塑造,均以社区居民为主导,全心全意致力于将社区打造成为一个内外兼修的优质家园。社区开展了"我为小区来取名""拆除围墙,打开心墙"等一系列活动,成功打造了和平佳苑、聚和苑、丽和苑、仁和苑等一系列以"和"字命名的精品小区,其中和平佳苑小区更是荣获国家老旧小区改造示范小区的称号。同时,社区还积极协调辖区内的夷陵长江大桥引桥修建、长江中心项目建设等工作,搭建起居民、商户、项目三方之间的沟通桥梁,努力做好项目服务,不断优化营商环境。

基层社会组织与政府携手合作,在区域协调发展中扮演着重要角色。九码头的治理与发展,除了政府的精心规划与管理外,也离不开区域内众多社会组织的积极参与。

九码头区域内拥有 20 多个社会组织,包括陈实志愿服务队、"佳邻"先锋服务队、和美工作志愿服务队、"挽梦"义工队、"星空"环保公益队、金云社团、金色阳光艺术团、铁路护路志愿队、理论宣讲志愿服务队、风之舞文艺志愿服务队、廉价韵文化志愿服务队、安全应急志愿服务队、青年之家、福入"葫芦丝"团队、花匠来敲志愿服务队、爱心"义"+"艺"团队、兵邻一家志愿服务队、志汇金家台志愿服务队、朝夕公益组织、万寿桥残疾人服务中心、杨帆志愿者联盟、益航社会工作服务中心以及万寿桥街道社区社会组织联合会等。其中,在民政局正式注册登记的有 7 个组织,分别为陈实志愿服务队、隆康路生活服务中心、朝夕公益、万寿桥残疾人服务中心、杨帆志愿者服务中心、益航社会工作服务中心以及万寿桥街道社区社会组织联合会。在这些组织中,陈实志愿服务队和杨帆志愿者服务中心的服务范围最广,影响力也最为深远。

图 4-24　陈实志愿服务队（陈实 提供）

"一个人带动一群人,温暖一座城"是对"陈实志愿服务队"最贴切的描述。陈实志愿服务队的起源可以追溯到2005年,当时陈实利用工作之余的时间,通过一部小灵通倾听居民的烦恼,为空巢老人带去慰藉。随着群众反响日益热烈,2010年5月,首条"夕阳红"热线正式面向全市开通。通过报纸的广泛宣传以及大量张贴的"陈实热线"公示牌——当时社区共制作了80多块公示牌,张贴在空巢老人、困难家庭等需要帮助的人家门口——陈实热线逐渐走进了市民的视野,成为人们寻求帮助时的首选。到了2012年,随着热线的接听量不断增加,陈实深感仅凭个人力量难以帮助更多的人。在社区的支持下,他成立了陈实志愿服务队,从此不再孤军奋战。陈实还积极广泛地吸纳社区居民、退休党员、高校学生等社会各界人士加入,队伍逐渐发展壮大。截至目前,陈实志愿服务队已经孵化了近60支志愿者小队,成为伍家岗区乃至宜昌市学雷锋志愿服务的重要基地,向全市乃至全国输送了超过3000名高素质的志愿者。他们在宜昌的各个角落留下了温暖的足迹,为宜昌这座宜人之城增添了一抹亮丽的暖红色,成为宜昌打造"好人之城"的一张闪亮名片。

走进陈实志愿服务工作室,首先映入眼帘的是满墙的奖章与荣誉证书,既有个人的荣耀,也有集体的辉煌。这些国家级的荣誉证书,是对他们无私奉献、致力于志愿服务的最高肯定。负责人在谈及这些荣誉时,虽然满脸自豪,但也明确表示,他们投身于志愿服务,是出于爱国爱党的情怀,是为了发挥余热、回馈社会,而非为了这些荣誉。甚至有时候,当有荣誉提名他们时,他们会谦逊地表示,将这些荣誉授予那些年轻的队伍,对他们的激励作用会更大。在工作室的集体"爱心墙"上,贴满了残疾人的"微心愿"。每当完成一个微心愿,陈实都会在上面标注出捐助人,以此鼓励更多人前来认领微心愿,力所能及地帮助困难群众解决"小困难",实现他们的"小心愿"。"爱心墙"已成为一个常态化的爱心传递平台,真正将温暖和关爱送到"心愿人"的心坎上,让他们深切感受到来自社会大家庭的温暖与关怀。继续往里走,便是退役军人服务站。服务站内配备了常见的健身器材,为退役军人提供了一个锻炼身心的空间。除了为退役军人提供必要的服务外,陈实还会积极组织他们参与志愿活动,投身于社区建设之中,从而增强退役军人的归属感与责任感。

五、九码头市民生活特色

市民生活特色是城市文化不可或缺的一部分,它不仅映射出城市的历史底蕴、经济发展水平、社会结构以及文化传统,还深刻体现了城市居民的生活方式、价值观念和精神追求。九码头市民的生活特色与其经济活动紧密相连,衣食住行等方面不仅承载着市民对美好生活的热切向往和对九码头的深厚情感,而且极大地丰富了城市的文化底蕴,促进了社会的和谐与进步。

1. 衣

清末民国时期,九码头区域的人们在服饰上呈现出了鲜明的阶层差异。除了有钱人穿着华丽的绫罗绸缎外,普通老百姓则大多沿用传统的土布(即家织布)制作衣物,脚上则穿着布鞋、布袜,而大部分码头工人则因劳作需要穿草鞋或干脆打赤脚。随着季节的变化,人们的衣着也会有所不同,夏天多穿拖鞋、木屐以求凉爽,冬天则换上棉鞋、趿拉板儿鞋或钉鞋以御寒。当时,宜昌经营土布的商店大致可分为大、中、小三类,其中万昌号、燮昌号、永丰号、长德福号等大户因其规模庞大、资金雄厚、经营有方,被业内尊称为"四大巨头"。它们共同构成了宜昌土布业的中坚力量。

自20世纪中叶以来,随着社会生产力的飞速发展,九码头的服饰品类日益繁多。人们在购买服饰时,除了注重质地外,品牌、功能等因素也逐渐成为重要的考量标准。然而,对于大多数人而言,服装的质地仍然是首要考虑的因素。这一时期,九码头地区的服装市场展现出了蓬勃的生机与多样性。各大商场中不仅汇聚了国内本土的经典品牌,还为消费者带来了国际潮流的最新资讯。与此同时,国风汉服等传统服饰在九码头地区悄然兴起,这种融合了传统元素与现代设计的服饰风格,成为当地时尚潮流的一大亮点。在多元选择的服装市场中,人们不仅可以满足对时尚的追求,还能在服装的选择上展现自己的个性和品位。九码头地区成为本土文化与国际时尚交汇融合的独特地带,形成了独具特色的服饰文化。无论是追求潮流的时尚达人,还是热衷于传统文化的人群,都能在这里找到符合自己喜好和风格的服装。

"海员服"是九码头历史上最为耀眼的服装。作为长江航道的重要中转站之一,九码头吸引了众多从事航运工作的海员,而"海员服"则成为他们最引人注目的标志。这身帅气的制服不仅深受航运从业者的喜爱,也吸引了无数与航运无关的人们的目光。它不仅仅是一种时尚的象征,更是一种经验、成就以及对航运业深厚情感的体现。

九码头的"海员服"与传统海员服有所不同,其板型以中山装为基础进行了改良,采用了四个口袋的设计——胸前和腰两侧各一个,并配有纽扣;前襟有五粒纽扣,衣领紧闭;左右两袖各有两粒扣,后背则是一块完整的布料,没有缝合线。此外,"海员服"还选用了灰色的棉质布料,部分制服上还镶嵌有肩章。这些肩章不仅有助于区分海员的职位,更是他们责任与荣誉的象征。穿上带有肩章的海员制服,意味着承担了更多的责任与更为严格的纪律。制服上闪耀的肩章直观地展示了海员所取得的成就,同时也反映了他们所肩负的责任与义务。

商船船员,特别是机舱或甲板部的海员,通常喜欢穿着连体服作为工作制服,特别是在机舱或甲板作业时。而在船舶驾驶台值班的海员和船长则更倾向于简洁的白衬衫搭配黑裤子。海员制服因其独特的设计以及与海运业相关的象征意义,在九码头上独树一帜。除了时尚元素外,其设计也充分考虑了实用性,满足海员在复杂航海环境下的工作需求。穿上这身制服,不仅是对职业的标识,更是对职业生涯的自豪与荣耀的展示。

以下是作家韩玉洪对父亲海员服装充满自豪的回忆:

我的父亲韩庆楚在长江轮船上奉献了一生的时光,留下了一件夏季短袖海员上衣和一顶海员帽。每当我看到这些遗物,就会想起父亲在船上辛勤工作的点点滴滴。20世纪50年代初,父亲从秭归桄业工会被选拔进入长航重庆轮船分公司,最初在拖轮"长江2005"上担任锅炉工,也就是生火的工作……经过几年的辛勤努力,父亲有幸被选送到长航党校深造,随后被调往"跃进5号"客船,执行宜昌至九江的支农航线任务。1966年,父亲又被调任到"民由"轮担任指导员,负责"三峡巴宜"航线,即宜昌—巴东—宜昌的往返航线,每隔一天出航一次。巴宜班客轮在九码头有固定的停泊位,而我们家也恰好住在九码头附近。自从父亲走上巴宜班后,他便能时常回家团聚了。每当高大威猛的父亲穿着整洁的海员服,戴着帅气的海员帽走进家门时,都让我们作为子女感到无比骄傲与自豪。

长江流域规划办公室(长办)的工作服,是其专属的办公服装,这种服饰体现了专业性与身份认同,融合了实用性与时代元素的设计。该服装以浅色调为主,形式上展现出干练的风格,以凸显员工在水利科研领域的专业身份。通常,工作服上印有长办的标志、职务徽章及其他相关标识,这有助于在工作场合中迅速识别员工的身份和所属机构。长办工作服不仅是一种着装,更是一种文化符号,它体现了长办员工对水利事业的参与和奉献,同时也传递出对企业发展和水利资源管理的责任感。这套工作服的设计充分考虑了员工在实地科研、勘测任务中的需求,注重实用性和舒适度。服饰选用耐磨、透气性好的布料,以适应不同工作环境下的需求。随着时间的推移,长办工作服经历了多次设计变革,服装的变化与机构名称的变迁一同体现了服装与企业历史发展的紧密联系。在员工个体层面,长办工作服承载着他们工作中的个人经历和职业成就。有的工作服曾在某次科研中为员工遮风挡雨,有的员工则穿着它见证了一项重大水利工程的规划和实施,这使得服装本身成为一种记忆的载体。长办工作服不仅仅是员工在工作中的着装,更是一种身份认同、文化传承和历史记忆的象征。

码头工人的服装独具特色。九码头的搬运工和装卸工穿着简朴而实用的服装,这与他们在码头这一特殊环境中工作的需求紧密相连。夏天,码头工人们常常披着一条浸满汗水的毛巾,用以防汗和擦拭。腰间则系着一根宽约20厘米的由尼龙输送带改造的皮带，上面镶嵌着十几个铆钉，这不仅是他们的劳动工具之一，方便挂载各种工具，还成为一种个性化的标志。他们的脚上通常穿着解放鞋或是用布条编织的草鞋，以适应码头上潮湿且光滑的地面。这样简朴而耐穿的装扮，使得码头工人们在繁重的体力劳动中能够行动自如。这些服装不仅具有功能性，更是对传统码头工人形象的一种传承。码头工人们用双肩承担起运输千里货物的重任，尽管他们中有些人可能已年过半百，但仍然勇于扛起沉重的货物，展现出强健的体魄和坚韧的精神，蓬勃的生命力在他们身上熠熠生辉。

此外，码头工人的服装也是他们身份的象征。九码头的搬运工和装卸工在货物转运中曾立下赫赫战功，为宜昌这座城市的发展进步作出了巨大贡献。他们的工作服或许不是时尚的代名词，但却是拼搏、奉献和坚韧精神的象征，是这座城市早期工人阶级的骄傲和荣耀。尽管时光荏苒，码头工人的身影如今已逐渐淡出历史舞台，但他们的奋斗故事仍然激励着成千上万的宜昌人不断拼搏向前。

2. 食

美食是人类生活中不可或缺的一部分，它不仅满足了人们的生理需求，更是文化传承与交流的重要载体。在中国这样一个历史悠久、地域辽阔、人文荟萃的国家，美食文化尤为丰富多彩，博大精深。九码头的美食文化源远流长，汇聚了来自不同地域、不同风格的饮食传统与特色，并在此基础上不断发展。历经漫长岁月的积淀，九码头逐渐形成了独树一帜的码头饮食文化。九码头区域的美食，集中展现了中国美食的地域特色以及兼容并蓄的精髓。

图 4-25　小桃园店面（许俊 摄）

小桃园包子铺是九码头周边一家著名的早餐店,深受顾客喜爱。小桃园包子总店坐落于万寿桥街道的河运新村,拥有超过 30 年的发展历史,全国范围内已开设 20 余家分店。该店曾荣获宜昌市经济贸易协会和市烹饪协会颁发的"宜昌市风味名店"称号。小桃园的包子外观洁白无瑕,纹理清晰。在制作过程中,每个包子都包裹着丰富的汤汁,经过高温蒸煮,汤汁充分融入肉馅和面皮之中,赋予其独特的口感。包子皮薄馅嫩,汁多味美。此外,小桃园还提供多种口味的包子,如牛肉馅、豆沙馅等,满足不同顾客的口味需求。

小桃园的老板名叫万东山,现已 80 多岁高龄。他曾在宜昌国营饮食店小洞天工作。改革开放后,小洞天实行分散经营,万东山便与老伴陶柱云一同向公司承包业务,开设了这家包子店。由于老伴姓陶,包子店的名字便巧妙地取谐音为"小桃园"。

宜昌凉虾是宜昌地区极为常见的一种特色小吃,口感滑糯、清爽柔软且清甜。它是以大米制浆煮熟后,通过漏勺漏入凉水盆中冷凝而成。因其头大尾细、形状酷似河虾而得名。制作完成后,再淋上红糖水或酸梅汤,成为人们在夏日消暑的一道美味甜品。

图 4-26　郑信记凉虾（许俊 摄）

凉虾的制作过程如下。首先,将大米淘洗干净,用水浸泡30分钟,然后磨成米浆倒入盆中。若没有磨具,可使用搅拌器代替。接着,将磨好的米浆用凉水调匀成糊状,注意不能太干。随后,往锅内注入清水,旺火烧开,再将米浆慢慢淋入锅中,边淋边用勺搅动,以防煳锅。待米浆熟后,注入清石灰水,改用微火煮至糊状。接着,在盆中放入冷开水,将米糊趁热慢慢倒入漏勺中,使其落入冷水中,即成了米凉虾。食用时,将米凉虾放入装有水的锅中,开小火煮熟,然后把煮好的凉虾捞出来放入凉白开中,再加上红糖水或冰块即可食用。在九码头,宜昌凉虾已衍生出多种风味,如用玉米浆做的金色小鱼、用荞麦浆做的黛色小虾等,它们一尾尾地漂在清澈的水中,加上造型独特的容器,令人赏心悦目,成为盛夏宜昌一道迷人的风景线。顾客还可以要求店家加入冰镇酸梅汤,享受酸甜爽滑的口感;或者加入龟苓膏,一口下去,软软的、切成块状的龟苓膏滑溜溜地随着糖水一起入喉,别有一番滋味。在九码头及其周边地区,凉虾店铺遍地开花,其中最有名的当属伍家岗区沿海路8号的郑信记和伍家岗万达广场3楼的凉虾铺子。

宜昌肥鱼,学名长吻鮠,俗称鮰鱼、江团,与刀鱼、鲥鱼、银鱼并列为长江四大名鱼。宜昌三峡,作为长江激流与缓流的交汇之地,为肥鱼的繁育提供了得天独厚的环境,因此,宜昌不仅是肥鱼的原产地,也是其繁育的摇篮。据历史文献记载,宜昌虎牙滩至南津关一带所产的肥鱼,以其鲜美无比而著称,历来受到当地文人墨客的赞誉。苏轼曾赋诗赞美肥鱼:"芽姜紫醋炙银鱼,雪碗擎来二尺余,尚有桃花春气在,此中风味胜莼鲈。"

自长江禁渔政策实施以来,人工饲养的肥鱼逐渐成为食用的主流。宜昌人烹制的炖肥鱼,肉质细嫩、甘醇淡雅、味道爽口;鱼肉中无肌间刺,洁白如玉,入口即化;所炖的鱼汤,白如琼浆,润泽爽口,甘美如玉液。"宜昌肥鱼,是外地宾客来宜昌必点的菜肴!"宜昌市桃花岭饭店的顾问、中国烹饪大师杨善全向记者介绍道。在他从事餐饮行业的40余年中,每当接待国家重要领导人及外宾时,宜昌肥鱼作为本地特色菜,总是能赢得诸多赞誉。

宜昌肥鱼非遗传承人、聚翁酒店的掌门人黄大菊在与笔者交谈时表示:

"我们做肥鱼已经有几十年的历史了。自20世纪末接手聚翁以来,宜昌肥鱼就一直是我们店的主打特色。如今,全市已经有十多家分店。人们想吃最正宗的宜昌肥鱼,往往都会选择来我们店。在长江禁渔前,我们的肥鱼都是在三游洞前捕捞的,因为这里是长江入平原的交汇处,河水湍急,肥鱼的品质上乘。捕捞上来后,直接用河水烹煮,滋味无穷。长江禁渔后,我们的原材料也全部采用长江水养殖的肥鱼,品质上并无太大差异。近年来，为了招待全球的游客，我们开发出了多种肥鱼的做法，但人们最爱的还是传统的做法，原汁原味。游客们对宜昌肥鱼赞不绝口：'日喝肥鱼三大碗，此生愿做宜昌人。'"

如今的宜昌肥鱼已成为九码头的一张重要名片。在九码头的大部分餐馆中，这道菜都赫然在列，尽管做法大同小异，但由于取材和烹饪技巧的差异，各店铺之间的口味也各有千秋。

"矮子馅饼"由荆门市的李家兄弟——李延富、李延兵所创。由于他们身材不高，所制作的馅饼被顾客亲切地称为"矮子馅饼"。这款馅饼选用优质面粉作为主料，配以植物油、红糖以及各种果仁等辅料，制作成杯盖大小的饼状，再用烤箱精心烤制而成。馅饼口感酥脆松软，香甜可口，一经推出便深受各地顾客的喜爱，产品供不应求。创始人随后将产品注册为"矮子馅饼"商标，并成立了"矮子馅饼"公司，先后在宜昌、十堰、武汉、上海等地建立了分公司。馅饼采用烤炉烤制，面皮的口感与层层叠叠的苏式月饼相似，既疏松又不油腻。馅料品种多样，口味适中，不会太甜，在新鲜状态下非常美味。馅饼的大小也适中，非常适合作为早餐食用。馅料有芝麻、枣泥、白糖等多种选择，由于是混在一起出售的，只有咬上一口，才能揭晓其内在的丰富口感。馅饼烤得确实酥脆，拿在手里都不敢用力，生怕挤出馅来，尤其是刚出炉的，外皮蓬松，内馅热气腾腾。在九码头万达店门口，每天都有顾客排起长队，争相购买这美味的"矮子馅饼"。

宜昌包面，是宜昌地区独具风味的一种小吃，也被称为"抄手"。在一马路与大公路交会的空地上，常有包面摊摆设。每当夜幕降临，尤其是寒冷的冬夜，夜色中常常会传来悠远的叫卖声："包——面"，声调悠长，随后是清脆的两声竹梆敲击声"哪、哪"，这种声音格外撩人。包面担子的一头是煤炉子，上面坐着陶瓷锅，另一头则是操作台，摆放着包好的包面和各种调料，如葱花、蒜泥、姜丝、辣椒面、胡椒面等。其中，李浩然的包面担子成为九码头人心中最美好的回忆。担子上方悬挂着一个灯笼，上面印着一个"李"字。担子前面是砂锅，后面则是装包面的盒子。他就在那里现场烹煮包面，并用一个竹子做的棒子发出"嘣嘣嘣嘣"的声音，人们一听就知道是李浩然的包面来了。他的包面独具特色，被称为"飞蛾子包面"。每一份包面大约有 15 个，通常已经整齐地放在盒子里。他只需轻轻一擀，由于面皮擀得极薄，下锅时就像飞蛾子一样翩翩起舞，因此得名。那时的包面还会搭配几片菠菜叶子，所以也被称为"带青包面"。汤底是大骨汤，油用的是鸦雀岭的小芝麻油，辣椒则是巫山的七姊妹辣椒，酱油则是老天成的酱油。李浩然的包面因其配料和原材料的精挑细选而格外美味，成为九码头人心中一个重要的美食记忆。

脆皮萝卜饺子是宜昌特有的美食,到了秋冬季节,大街小巷更是随处可见。街边店铺门口支起的两口大炸锅,以及堆成小山似的红皮萝卜丝,更是蔚为壮观。厨师两手翻飞着筷子,将辣椒面、葱花等各种佐料放入萝卜丝中翻拌均匀。在翻拌过程中,还不停地品尝萝卜丝,以确保每一口都味道绝佳。刚炸好的萝卜饺子虽然烫手,但人们也无法抗拒那直蹿鼻尖的诱人油香,惹得人直咽口水。萝卜饺子作为油炸食品,制作过程十分讲究:先在专门的弯月形铁勺中铺上一层用黄豆和大米制成的白浆,然后放上切好并拌好的萝卜丝(萝卜丝事先会用各种调料拌至最佳风味,一般微微偏辣偏麻),接着再在萝卜丝上覆盖一层白浆,最后放入油锅中炸至金黄色捞出,即可食用。因其成品形似一个大饺子,故而得名萝卜饺子。最佳口感是外酥里软,味道鲜美,令人回味无穷。

图 4-27　胡姐脆皮萝卜饺子(许俊 摄)

九码头夹子糕与宜昌著名的发糕可谓同宗兄弟。通常,发糕呈椭圆形,而夹子糕则是长砖形,且中间夹有一层薄薄的红糖面,有"软糯宛若东山雪,夹红犹带西陵秋"之美誉。夹子糕清凉、香甜、洁白如玉,尤其是夏季消暑的佳品,因此也有人称之为宜昌冰凉糕。夹子糕为何要做成长方砖形呢? 这背后隐藏着一段与宜昌旧城墙紧密相连的故事。20世纪20年代中期,宜昌尚有古城墙保留。民国十八年(1929年),沔阳人赵铁公来宜昌担任县长,于1930年12月下令拆墙修路、削岗填湖、修整滨江,这些举措为宜昌城市的拓展作出了一定贡献。然而,赵铁公在部分官吏的吹捧下逐渐腐化,后来被人讥讽为"太贪名、太贪财、太贪色",激起了民愤。当时,九码头靠近盐局的地方有一家卖发糕的铺子,对赵铁公假公济私的丑陋行径早已不满。做发糕的师傅特意将圆形的发糕改做成夹层红糖面的长方砖形,并在出店的小推车上挂出一副谐趣对联,其上联为"爱财,黄金白银全要,拆城旧砖亦可"。商家推车沿街叫卖,这副谐联也随之从九码头传遍全城。长方形夹子糕与谐联形象生动地揭露了赵铁公倒卖古砖从中牟利的丑恶行径。夹子糕中夹的一层红糖,象征着宜昌百姓被搜刮的民脂民膏。这一块块夹红糖的长方砖形发糕,都化作了声讨赵铁公的檄文,在宜昌引起了极大的社会反响。从此,宜昌九码头夹子糕声名鹊起,成为宜昌人民喜爱的小吃!人们喜爱九码头夹子糕,不仅因为它香糯绵甜,更因为它让人常吃常回味,长忆起当年宜昌九码头一个普通商贩的血性和情怀。

"林檎茶"是宜昌街头的一项公益供茶,其具体起源时间已不可考,但至少在清末民初就已存在。据宜昌老一辈人传说,这一善举最初是由部分富贾商人发起的。他们集资在街头巷尾修建茶棚,以满足宜昌行脚客和码头船工的需求。试想在烈日炎炎的夏日,挑脚工、船夫等劳作的人们在烈日暴晒下口干舌燥,如果能有一杯清凉爽口的清茶,不仅能缓解干渴,还能提高工作效率。花费这笔小钱,难道不比求神拜佛更有意义吗?因此,在鼓楼街、二架牌坊、天官牌坊、通惠路以及一马路、大公路等地,茶棚较为常见。这些茶棚内设有木桌、条凳供人小憩,还有水缸(后来改为镔铁桶)储存开水。每个茶棚都雇有专人挑河水烧开,再储存于水缸或镔铁桶中供人饮用。故而,宜昌史上留下了开埠供茶、抗日供茶、解放宜昌供茶等记录,这些公益行动因为急人所难、弘扬良俗留下了许多佳话。

3. 住

宜昌开埠后,逐渐发展成为商品转口的重要基地。英国率先在宜昌设立领事馆,随后,美国、日本、德国、法国也相继在宜昌开辟码头、设立公司,并修建办公大楼、仓库和堆场,带动了建筑业的蓬勃发展,房地产业也随之兴起。民国十九年(1930年),宜昌拆除了城墙,逐渐形成了北起紫云宫、南抵美孚油栈的商埠区,该区域纵长约5千米,横宽约0.5千米,吸引了大量外地商人前来修建会馆和商号。然而,在1938年至1945年间,日军对宜昌进行了大规模的轰炸和烧毁,导致2882栋房屋被毁。到中华人民共和国成立前,宜昌城已满目疮痍,房屋破败不堪,码头工人的居住环境极为恶劣。绝大多数市民只能住在阴暗潮湿的简易棚屋或在江边搭起的吊脚楼里,居住条件极差。即使私营轮船公司的条件相对较好,但工人居住的仍然是简陋的旧平房,总面积仅有 5220 平方米,共 21 栋。据航运新村的一位老船工回忆,那个年代,大多数码头工人一家人只能挤在一个单间里,人均居住面积不足 3 平方米,单身职工则住在集体宿舍中。而码头上的挑夫、车夫等劳动者,则多选择在长江岸边或马路旁搭建的棚屋中居住。

1951 年,宜昌市成立了"工人宿舍建筑委员会",1953 年更名为"搬运工人福利基金委员会"。同年,搬运公司首次投资 53.85 万元,在汉宜公路后山坡建造了 35 栋工人住宅,分配给 660 户装卸工人居住。公私合营的民生宜昌分公司于 1953 年投资 48969 元,新建了 5 栋共 36 间的单身职工宿舍,供过往船员使用。1955 年,民生宜昌分公司在宜昌的船岸职工共有 1400 户,其中宜昌辖区的有 500 户,但分配到住房的仅 90 户。1956 年,民生宜昌分公司新建了 2 栋住宅楼房,共计 6 个单元,解决了 140 户职工的住房问题。此时,民生宜昌分公司在宜昌的职工中,已有 46% 的人解决了住房问题。

1953 年至 1960 年间,先后建设了港务新村等 5 个工人新村,使得 2400 多户职工得以迁入新居。1957 年,宜昌港务局职工的住房条件得到了较大改善,共建造职工宿舍达 105972 平方米,安排了 1808 户住户,其中码头装卸工人 880 户,至此,90%的装卸工人拥有了住房。

1966 年,共建成了港务新村、建设新村、航运新村、邮电新村、长航新村、河运新村、张家店新村等 7 个工人新村,住宅区用地面积约 16 万平方米,修建房屋面积达 62463 平方米,共居住 2396 户,居民约 1 万人。

1978 年以后,随着部、省属大型企业迁入宜昌,大量生产、生活用房得以建设,居民住宅建设的步伐也有所加快。宜昌市在全国率先推行了"统建集资"的建房办法。九码头居民住宅建设发生了巨大变化,住房面积逐年扩大。至 1990 年末,辖区常住人口的人均住宅面积达 17.06 平方米。住房结构也得到了改善,砖混结构成为住宅的主要结构形式,约占 80%。

1991 年,伍家岗区房屋开发公司在万寿桥街道辖区河运新村 126 号正式挂牌成立,全面推行商品房的开发与建设。按照"统一规划、合理布局、综合开发、配套建设"的房地产开发方针,中房集团宜昌公司开发建设了住宅小区式的张家店小区。随着民用建筑标准的颁布实施,城市居民住宅面积标准得到了明确规定:平均每户建设面积为 35 平方米,户室比为一室户占 25%、一室半户占 50%、二室户占 20%、其他户型占 5%。

20 世纪 80 年代的住房设计风格以多层为主，一层通常分为二户或三户，拥有独立的厨房、卫生间和阳台。1986 年，国家颁布了《住宅建筑设计规范》，为住宅设计提供了明确的标准。住宅外墙多采用水泥砂浆抹面，也有使用水砂石、干粘石粉面的，少数则贴瓷砖进行装饰。多层住宅的结构一般为砖混，而临街的房屋底层则采用框架结构，上部仍为砖混结构。住宅建设方式逐渐从各单位利用空置地见缝插针式建房，转变为统一规划、合理布局、综合开发、配套建设的模式。

20 世纪 90 年代后，住宅建设的主导力量从单位转变为房地产开发商，房地产业因此蓬勃兴起。住宅建设从多层住宅为主转变为多层和高层住宅相结合，结构形式也转变为以框架和框筒为主，7 层以上的住宅开始设置电梯。城区住宅建筑开始采用多孔烧结砖、陶粒空心砌块和加气混凝土砌块等新型材料，外墙保温多采用聚苯颗粒砂浆或聚苯板。每套住宅的内部设计以大客厅为核心，组织起各个使用空间，实现了动静功能分区，户型以二室一厅一厨一卫为主，同时内部设计还出现了复式、错层等新颖结构。此外，无障碍设计也受到了重视，高层、中高层住宅中每 50 套住户就设有两套符合乘轮椅者居住需求的无障碍住房套型。小区内绿树成荫，草坪青翠，还设有运动场地以及小桥流水、假山喷泉等景观设施。

2000 年后，万寿桥街道辖区内建成了城昌花园、万寿小区、万寿花园、夷陵花园、铂林晶都、紫林苑、福泰华府、廊桥水岸、南北天城、御景名宅等一批新型高档住宅小区。同时，大公桥街道辖区内也建成了世纪花园、昭君花园、紫光园、长江瑞景、御江一品、银海丽景、滨江国际等高档住宅小区。这些小区的楼群风格多样，房屋设计新颖独特，布局合理且大小适中。小区内部公共绿地、水电气供应、停车位等配套设施完善，健身场所、娱乐场所等公共设施也一应俱全。这些小区实行了专业化、社会化的物业管理，并成立了业主委员会。随着建材产品的不断更新和科技含量的不断提高，住宅内的设备和设施更加齐全，燃气、有线电视、信息网络等已直接接入户内，现代整体厨房和成套洗浴卫生设备也逐渐普及。随着城市综合开发水平的不断提升，房屋开发商成片开发的设施齐全、配套完善、生活便利、环境优美、绿色健康的花园式小区已逐渐成为住宅建设的主流趋势。

4. 行

九码头交通的变化是宜昌城市发展史上的重要篇章，它不仅深刻影响了城市的形态和结构，还在很大程度上改变了市民的生活方式、工作模式以及社会交往形式。从步行、人力车、自行车、摩托车，到城市公共交通车，再到轿车、高铁、飞机，人们的出行方式经历了巨大的变迁。城市交通的效率和覆盖范围得到了大幅提升，这促使城市空间得以迅速扩展。

交通的便捷性直接影响了九码头市民的生活方式和居住选择。同时,交通网络的发展也促进了物流业和快递业的繁荣,使得电子商务、在线服务等新兴产业得以迅速发展。这些变化不仅改变了传统的商业模式,还促进了社会的开放与包容,提升了九码头市民的生活品质。然而,城市交通的变化也对环境和市民健康产生了深远影响。汽车的大量使用带来了空气污染和噪声污染问题,加重了九码头市民的经济负担。虽然汽车的普及提高了出行的便利性,但同时也带来了高昂的购买、保养成本和停车难的问题。随着科技的不断进步,未来的城市交通还将继续演变。我们有理由相信,九码头市民的出行方式和城市的发展将会变得更加美好。

5. 公园休闲娱乐

滨江公园坐落于宜昌市城区中心,原为九码头的所在地,该公园沿江而建,全长约 11.3 千米,平均宽度为 65 米,总占地面积达 35 公顷,其中绿地面积占据了 12.5 公顷。作为一座开放式公园,滨江公园在宜昌市的总体规划中被定位为重要的风景区,是"滨江园林城市"的典范。该公园充分展现了滨江园林的独特韵味和现代文化气息,以绿色植被为主导,通过巧妙的景观设计,实现了开放性、观赏性、游乐性和休闲性的完美融合。滨江公园与长江水位相近,形成了与江面相互映衬的独特景致。其狭长的形态宛如城区边缘的一条绚丽彩带,被誉为"万里长江第一园",成为游客们的必游之地。

滨江公园经历了从曾经的河滩转变为如今的城市绿地的历史变迁。随着葛洲坝工程的兴建,政府对其进行了大规模的投资,修建了长达 800 米的护岸大堤。1984 年,市政府再次出资,建设了一系列景点,如双亭广场和镇江阁,为滨江公园的初步形成奠定了基础。2001 年,为了适应沿江景观的改造,更多的投资被引入,公园的设施得到了进一步的提升,形成了一道引人注目的风景线。滨江公园以绿色为主色调,巧妙地将仿古建筑小品如镇江阁、屈原塑像、双亭广场、南榭盆景园等融入江岸,与沿江大道、沿江护岸以及夷陵长江大桥共同构成了一幅如诗如画的景象。

在滨江公园的怀抱中,每一天都如同一幅流动的画卷,描绘着人们休闲娱乐的欢乐和对美好社会发展的憧憬。漫步于滨江公园,江水静静地流淌,微风轻轻拂过,夜幕下江面泛起点点微光,勾勒出一幅宜人的景致。生态环境的改善使得这里偶尔能见到江豚在水中嬉戏的场景。人们在这里可以尽情欣赏江水的柔情,感受风的轻抚,让身心在自然的怀抱中得到彻底的放松和舒缓。

春天,滨江公园的花草五彩斑斓。长江边的九码头洋溢着勃勃生机。微风轻拂,江水潺潺流淌，将春的气息传递到每个漫步者的心间。滨江绿道两旁的柳树吐露出嫩绿的叶片，微微摇曳，似乎在诉说着春天的轻盈与柔美。沿途的花卉竞相绽放，桃红柳绿，彩蝶翩翩起舞，仿佛是一场穿越花海的心灵之旅，让人沉醉在这生机勃勃的春色之中。

夏天，阳光洒在江面上，倒映出粼粼的波光。蓝天与湛蓝的江水交相辉映，犹如一幅清新透亮的画卷。炽热的阳光照耀在滨江绿道上，漫步其中，微风习习，带来一阵阵清凉。江水泛起微澜，和煦的夏风轻拂脸庞，漫步者仿佛走进了一片清凉的仙境。在夏日的长江边漫步，不仅是一场身体的锻炼，更是一次心灵的洗礼，让炎炎夏日也变得清新惬意。

秋天，滨江公园的绿意逐渐蜕变为丰收的金黄。随着季节的更迭，漫步的景致也随之变化，进入了一片五彩斑斓的秋日画卷。滨江绿道两旁的枫叶渐次染红，如火如荼，仿佛整个江边都沉浸在一片温暖的秋意之中。微凉的秋风掠过，漫步者能够清晰地听到踩在落叶上的沙沙声响。长江水面平静如镜，倒映着深秋的蓝天，让人沉浸在一种宁静而祥和的氛围中。

冬天，滨江公园如同银装素裹的仙境。长江两岸披上了雪白的银装，江水显得更加沉静。寒风凛冽，漫步者裹紧衣物，却依然心旷神怡。滨江绿道上银装素裹，清澈的江水在冬日的阳光下闪烁着耀眼的光芒。远处的山峦若隐若现，仿佛走入了冬日的水墨画中，令人陶醉不已。

漫步于滨江公园，不仅是一种身体上的放松，更是一种心灵上的享受。人们可以尽情沉浸于大自然的美好之中，远离城市的喧嚣，体验那份宁静与宜人。这种简单而纯粹的娱乐方式不需金钱的投入，只需一颗平和的心，去细细品味大自然的馈赠。滨江公园，既是人们娱乐的乐园，也是美好社会的缩影。在这里，人们共同创造欢笑与感动，享受着生活的丰富多彩。那些美丽的风景，正是社会和谐与进步的最佳见证。

2014年3月，宜昌市人民政府遵循"整体协调统一、可持续发展、以人为本"的原则，对滨江公园的人行步道进行了改造与升级。滨江健康步道的建设注重环保与节俭，力求与壮阔的长江、葱郁的园林完美融合，实现天、地、人的和谐共生。健康步道上还设置了以"码头文化"为主题的墙面浮雕和以体育运动项目为主题的地面浮雕计步器，让简单的步行充满了文化内涵与运动乐趣。同年8月，滨江健康步道正式投入使用，为宜昌市民打造了一个集"峡江风光、绿色园林、健身休憩"于一体的健身休闲空间，成为万里长江上一道璀璨的滨江绿色健康文化长廊，令人流连忘返。

　　在九码头区域，人们的衣食住行变迁交织出一幅丰富多彩的城市画卷。这里承载着城市的历史记忆，见证了改革开放以来城市的蓬勃发展。每一座建筑、每一条街巷都诉说着岁月的故事，也记录了人们在这片土地上奋斗与拼搏的足迹。人们在这里为梦想而努力，为城市的繁荣贡献着智慧和汗水。在这片独特的城市空间里，人们追逐梦想，勇往直前，让九码头成为一个充满无限可能的欢乐天地。这不仅是伍家岗人对城市生活的深情表达，更是他们不懈追求与奋斗的真实写照。

Jiumatou · Shehuijuan

第五章

九码头的蝶变

一、以万达广场为核心的商圈

不在万达,就在去万达的路上。——这是许多宜昌人日常休闲生活的真实写照。

图 5-1　万达广场（张亮 摄）

宜昌万达广场建成于 2010 年,位于沿江大道 166 号,地处九码头的核心地段。100 多年前的宜昌开埠时期,这里还是荒无人烟的城市郊区。100 多年来,九码头区域见证了宜昌由普通变得华丽、由荒芜变为繁华的漫长而精彩的过程。作为九码头核心商圈的龙头企业,万达广场有 300 多家单位入驻其 SOHO 写字楼,带动了数千人就业。宜昌万达广场商圈是宜昌市伍家岗区的一个重要商业中心,它位于城市的核心区域,周边交通便利,紧邻多条主要交通干道,路网发达,便于市民和游客的到达。该商圈以宜昌万达广场为中心,辐射周边多个区域,集购物、餐饮、娱乐、休闲、文化等功能于一体,是宜昌市内最具活力和影响力的商业综合体之一。

宜昌万达广场是一个以大型商业综合体为主体,结合了室外精品步行街、五星级酒店、高端写字楼、城市广场、商业服务、酒店商务办公、文化娱乐设施以及餐饮街区和高档精品住宅等多元化群体的城市综合体。项目占地面积 128 亩,总建筑面积约 47 万平方米,于 2010 年 11 月 27 日正式开业运营,是宜昌市内规模最大的综合性商业项目之一。

宜昌万达广场内汇聚了众多国际国内知名品牌,涵盖服装、珠宝、电子产品、家居用品等,满足了不同消费层次的需求。商圈内餐饮选择多样,从高端餐厅到街头小吃,从国际美食到地方特色,一应俱全。娱乐设施则包括电影院、电玩城、健身中心等,为市民和游客提供了丰富多样的休闲娱乐选择。万达广场及周边区域经常举办各类文

化活动,如艺术展览、音乐节、儿童游乐活动等,极大地丰富了市民的文化生活,提升了商圈的文化氛围。

宜昌万达广场商圈的繁荣不仅提升了周边地区的商业价值,促进了当地经济的发展,也为宜昌市的城市形象和市民生活品质带来了积极影响。商圈的兴起吸引了大量人流、物流和资金流,带动了周边区域的房地产、餐饮、零售等相关产业的快速发展,成为宜昌市经济增长的重要引擎。

宜昌万达广场周边交通便利,美食、娱乐、购物设施齐全,常见知名品牌如 H&M、优衣库、星巴克等应有尽有,娱乐设施包括 IMAX 电影院、歌库 KTV、大玩家电玩城等。周末来到这里,可以先在万达影院看场电影,然后挑选一家心仪的美食店铺享用美食,吃饱喝足后再逛逛品牌服装店。下午可在星巴克悠闲地喝个下午茶,稍作休息后,进入沃尔玛超市挑选一周所需的商品。这里方便、快捷、舒适、休闲,所有的购物需求及娱乐体验均可在万达广场得到满足。宜昌万达广场不仅改变了宜昌人的生活方式,也标志着宜昌商业版图中新城市中心的形成。

一个城市商圈的繁荣是经济发展的缩影,一部商业发展史可以说就是见证一座城市经济建设变迁的历史。自 2010 年宜昌首个真正意义上的购物中心——宜昌万达广场开业以来,它打破了宜昌老旧商圈的传统格局。经历过宜昌万达广场开业盛况的人,大概都很难将那天的记忆从脑海中抹去。作为万达集团进驻宜昌的首个作品,宜昌万达广场没有辜负宜昌市民、万达集团以及品牌商户对九码头的期待。多年来,宜昌万达广场的人气和销售额始终保持在行业前列,成为市民热衷的打卡潮流地带。它多次获得政府及市场颁发的殊荣,足见市场对它的充分肯定。而紧跟潮流、跑在时代前面,正是得益于九码头的天时、地利、人和。

二、逶迤不绝的滨江玉带

一座城市的丰盈,关键在于商业的繁荣。九码头区域沿江地段的楼宇拔地而起,尤其是那些商务地标楼宇,由于汇聚了强大的生产要素和企业资源,成为城市经济发展的风向标。

第七次全国人口普查结果显示,2020 年伍家岗区的常住人口已增至 33.63 万人。与 2010 年第六次人口普查相比,十年间净增 12.21 万人,增幅高达 57%。从三线建设时期的工业区,到三峡工程建设时期的城乡巨变,再到城市快速发展时期的飞跃提升,伍家岗区经历了不断的更新迭代,现在正全力打造宜昌的现代都市中心和魅力主城。

伍家岗区以十里滨江商务楼宇经济带、柏临河新经济发展带,以及中南路商圈、九码头商圈、五一广场商圈和共联滨江、南灵、巴陵山、杨岔路、五一广场、九码头等"两带三圈六大片区"为载体，大力发展创新型、服务型、总部型、开放型和流量型经济，积极抢占新赛道、谋划新动能。同时，以国际广场为场景，打造全国智慧楼宇标杆的工作也在紧锣密鼓地进行中。三峡高科负责建设的智慧楼宇平台，将伍家岗区的优质楼宇硬件与智慧楼宇软件相结合，通过数字化手段赋能楼宇经济发展，为宜昌的城市经济发展贡献力量。

伍家岗区楼宇办负责人介绍，目前全区共有重点商务楼宇 24 栋，其中已建成并运营的有 19 栋，楼宇入驻率高达 78%。2022 年前三季度，入驻楼宇的企业数量净增 57 家，总数已达到 915 家。其中，属地注册率从年初的 56% 提升至 68%，增长了 12 个百分点。全区楼宇为全市税收贡献了 4.74 亿元，比 2021 年增加了 2.39 亿元，增幅高达 101.7%。其中，税收超过亿元的楼宇有 1 栋，税收超过 5000 万元的楼宇有 3 栋，税收超过 1000 万元的楼宇有 6 栋，都市"垂直印钞机"的效应初步显现。

在现代服务业蓬勃发展的同时，都市工业也在不断向专业化、智能化、高端化、绿色化方向升级。全区已初步形成了"一区多园、一园多点"的产业承载平台，以生物食品、先进装备制造、绿色建材为主导的先进制造业集群正在加速发展。目前，全区拥有 1 家国家级单项冠军企业、8 家国家级专精特新"小巨人"企业、15 家省级专精特新"小巨人"企业。同时，伍家岗区充分利用其区位交通优势，推动三峡物流园、东站物流中心建成现代物流产业集群，奠定了其作为渝东鄂西重要物资集散地的地位。目前，伍家岗区拥有物流企业 351 家，其中全市 3 家国家 5A 级物流企业中有 2 家位于伍家岗，A 级物流企业达到 24 家，数量位居全市第一，未来发展前景十分广阔。

新兴产业抢先布局，伍家岗区凭借三峡（宜昌）大数据产业园的布局以及宜昌城市大脑建设的先发优势，大力发展以大数据产业为代表的新兴经济。总投资 53 亿元的宜昌产业互联网项目，由腾讯云、微展世、云洲资本携手打造，并已落户伍家岗。该项目计划分三期建设，建成后将携手宜昌积极引入腾讯云生态合作伙伴，精选并引入不少于 50 家大数据生态企业入驻产业园，预计新增就业岗位约 2000 个。三年内，产业园整体市场规模有望超过 10 亿元，实现税收超过 1 亿元。此外，总投资 100 亿元的三峡高科数字经济产业链项目也正式落户伍家岗。该项目将分三期打造完整的数字经济产业链，搭建数字经济产业生态圈，致力于建设以大数据为核心产业的三峡数谷。三峡数谷将集 6G 生活体验馆、大数据存储中心、长江经济带大数据交易所、大数据产业孵化区以及智慧康养、智慧医疗、智慧教育、智慧社区等功能于一体，为宜昌城市经济发展注入强劲动力。

伍家岗区出台了引进人才的"黄金十条"政策；全市独一无二的黄金十字商圈在

中南路商圈傲立,吸引了47.56亿元投资,沃尔玛、中数影城等150家知名企业在此蓬勃发展;全区市场主体总量已达5.9万户,成为宜昌市场环境最为活跃的区域之一。此外,伍家岗区累计投入73.4亿元,用于提升公共服务水平,致力于打造与一线城市相媲美的居住、教育、医疗服务环境,从而吸引了大量人才、资金和资源汇聚于此。九码头已成为招商引资、筑巢引凤的风水宝地。

十里滨江商务楼宇经济带,上游延伸至九码头商圈附近,下游则至柏临河周边。据统计,这一区域已入驻市场主体900余家,涵盖了金融、服务、信息技术咨询、建安房地产、教育培训和酒店业等多个领域。2021年,这些市场主体共实现税收2.6亿多元,其中万达SOHO的税收达到了1.3亿元,外滩领馆的税收也超过了5000万元。这些数据不仅彰显了伍家岗区商务楼宇的全面崛起,也向整个宜昌市场宣告:伍家岗区全新的商务时代已经来临。

周末假期,驱车行驶在宜昌市的沿江大道上,只见道路北侧高楼耸立,街景在现实与历史的交织中不断变换。沿江大道上的十里滨江长廊,不仅是风景秀丽的观光带,也是十里滨江商务楼宇经济带和伍家岗区九码头商圈、五一广场商圈的所在地。这一区域构成了伍家岗区的金融中心。在这里,民生银行信用卡中心、华夏银行宜昌分行、广发银行宜昌分行、太平洋人寿宜昌中心支公司、平安人寿宜昌中心支公司、中国人寿宜昌分公司、宜昌担保集团等金融巨头纷纷入驻,每天,数十亿乃至超百亿的资金如同奔流不息的长江水,在这片区域里滚滚流淌。

伍家岗区三大核心商圈中,九码头与五一广场两大商圈镶嵌于楼宇经济带之中。九码头商圈历经百年沧桑,见证了宜昌的繁华变迁,现已发展成为文旅商融合发展的城市核心商圈。商圈内现有万达广场、宜昌国际广场两大商业综合体,总面积达13.7万平方米,单日客流峰值可达15万人次。未来,该商圈将依托长江绿廊和宜昌夜景点亮工程,进一步打造成为具有开埠文化特色的滨江文化消费聚集区和城区旅游新高地。

沿江大道顺流而下,约5千米处便是五一广场商圈,这里也是伍家岗区人民政府所在地。该商圈凭借交通区位优势,汇聚了中建宜昌之星、福久源商业街、国贸新天地等商贸重点项目。根据伍家岗区(东站、五一广场)双中心发展战略,该区域正逐步发展成为伍家岗区现代都市型商业核心区。

继续沿江而下,便是伍家岗区的柏临河新经济发展带。该区域位于西陵、伍家、夷陵、猇亭、点军等区域构成的天然"钻石中心"。目前,该区域已布局三峡(宜昌)大数据产业园、宜昌生物产业园、伍家岗都市工业园、宜昌职教园等多个园区,未来将成为宜昌市乃至长江中上游区域数字经济等新兴经济的集聚成长新高地。

十里滨江商务楼宇经济带、柏临河新经济发展带与九码头商圈、中南路商圈、五一广场商圈相互补充,共同壮大。站在这里,可以静静感受这座城市的历史沧桑;站在这里,也能深切感受到城市经济发展的强劲脉搏。

回顾过去的风雨兼程,伍家岗区的楼宇经济起步较早,九码头的金江银座便是当时伍家岗区少有的商务楼宇之一。凭借低廉的租金和可自由选择的场地大小等优势,该楼宇吸引了众多本地创业者入驻。2010 年,被誉为宜昌滨江新地标的万达广场建成并投入运营,不仅填补了宜昌在商业生活配套方面的空白,为周边市民提供了真正国际化的商业体验和全新的都市生活方式,同时也推动了伍家岗区楼宇经济的发展和城市价值的提升。如果说金江银座是伍家岗区楼宇经济的起点,那么万达广场商圈的形成则标志着该区楼宇经济的成长。此后十多年间,伍家岗区的楼宇如雨后春笋般不断涌现。不仅如此,伍家岗区的楼宇经济还走出了一条从小到大、从少到多、从散到聚的具有宜昌特色的发展之路。如今,伍家岗区已形成了以沿江大道为轴线的十里滨江商务楼宇经济带,以及以中南路和五一广场商圈为中心的楼宇经济群。

根据规划,伍家岗区将依托万达 SOHO 写字楼、宜昌国际广场 5A 级写字楼、福江铭座、九州方圆等沿江分布的 15 栋重点商务楼宇,重点引进研发中心、结算中心、运营中心等优质企业总部和功能性机构入驻,旨在将这一区域打造成为企业总部集聚、杰出人才会聚、星级酒店完备、优质社区及生活娱乐设施多样的高品质功能组团。同时,伍家岗区还将凭借新兴业态的聚集发展、创新活力的空前迸发以及商务楼宇的各具特色等优势,将此区域打造成为沿江区域赋能示范带和鄂西渝东现代服务业的核心区。

区政府鼓励楼宇招商引资。对于新引进的世界 500 强、中国 500 强、中国民营500 强、央企、大型金融机构及经认定的国内外行业龙头企业在本区投资设立省级以上区域总部,若其区级年纳税总额达到 300 万元(含)以上,将按年度实际租金的100% 给予一次性租房补贴,单个主体补贴上限为 100 万元;对于新引进的区级年纳税总额在 10 万元(含)至 50 万元(不含)之间的企业,将连续五年按其缴纳增值税和企业所得税区级实得财力部分的 50%(上限)给予奖励;对于新引进的区级年纳税总额分别达到 50 万元(含)、100 万元(含)、500 万元(含)、1000 万元(含)、3000 万元(含)以上的企业,将分别给予 5 万元、10 万元、20 万元、50 万元、100 万元的一次性奖励。为支持楼宇安商稳商,对于伍家岗区内年纳税总额达到 1000 万元(含)、3000 万元(含)、5000 万元(含)、1 亿元(含)以上的楼宇,将分别给予楼宇运营主体每年 5 万元、

10万元、20万元、50万元的配套设施奖励。旨在让商务楼宇如"雁阵"般排云直上，翱翔在伍家岗区广袤无垠的天空。

产城融合，人城共进。伍家岗区正全力打造宜昌魅力主城，商务楼宇经济带的崛起，是城市化进程中的一个重要里程碑。它不仅推动了区域经济的快速发展，提升了城市功能和形象，还改善了市民的生活质量和社区环境，促进了社会的和谐与进步。同时，商务楼宇经济带的健康发展对于推动产业升级、优化经济结构、增强城市竞争力具有深远的战略意义。

三、九码头区域的长江大桥

宜昌市区横跨长江两岸，长江北岸分布着伍家岗区、西陵区、夷陵区和猇亭区，而长江南岸则有点军区。由于南北两岸被一条大江横隔，这座城市因此建造了众多长江大桥。其中，九码头区域就坐落着三座大桥：夷陵长江大桥、伍家岗长江大桥以及一座铁路长江大桥。这些大桥不仅是交通的重要连接，更是城市精神的象征，关于它们的故事与遐想交织成一幅幅动人的画面。

图 5-2　夷陵长江大桥李鹏题名（李虎 摄）

作家佟茜洁在一篇散文中这样写道：

"路与桥，阡与陌。在山川之间，蜿蜒伸展的是路，凌空飞架的是桥，路与桥相互交织,构成了宜昌四通八达的大交通网络。对于这座坐落于长江之畔的城市而言,桥不仅是连接水路、公路、铁路的纽带,更是通往幸福生活的康庄大道。"

对此,笔者赵志满深有同感。1996 年的最后一天,清晨时分,他穿行在朦胧的乳白色晨雾中,前往伍家岗区教育局上班。当他走到万寿桥至杨岔路街道时,发现大街上排列着一条望不到尽头的钢铁长龙——各种型号的大小货车、客车鳞次栉比,车牌号来自四川、云南、重庆等地,而更多的是从武汉开往恩施、利川、建始、鹤峰、五峰等地的客运卧铺车。旅客们脸上疲惫而无助的眼神,给他留下了深刻的印象。

办公室的黄老师告诉他:"杨岔路的汽渡口是 318 国道公路轮渡过江的必经之地。每年冬季,长江大雾会影响安全,导致轮渡关闭,四面八方的汽车便在这里排起长队等候过江,拥堵的时间经常长达数日。"黄老师的话引发了赵志满的深思。当日下班后,他漫步至江边天然塔下,在夕阳的余晖中,默默地遥望着长江南岸的绿水青山,吟诵起伟人的诗句:"一桥飞架南北,天堑变通途。"心中默默祈愿,希望宜昌城能早日横跨长江两岸,建起更多的大桥。五年后,他的愿望得以实现。2001 年,宜昌城中心的"夷陵长江大桥"在九码头建成通车,实现了宜昌城市长江两岸天堑变通途的梦想。

夷陵长江大桥是宜昌市境内连接点军区与伍家岗区的过江通道,横跨长江水道,是宜昌市中部城市主干道的重要组成部分。该桥于 1998 年 11 月 28 日在九码头胜利三路动工兴建,2001 年 8 月 22 日完成主桥合龙,实现全线贯通,并于 2001 年 12 月 29 日正式通车运营。夷陵长江大桥南起桥南路,跨越长江水道后北至体育场路,线路全长 3246 米,主桥长度为 936 米。桥面设计为双向四车道城市主干道,设计速度为 60 千米/时,项目总投资达 6.1 亿元人民币。

夷陵长江大桥是长江上独一无二的三塔倒 Y 形单索面混凝土加劲梁斜拉桥,其跨度在同类桥梁中位居世界前列。大桥的建设过程中应用了 20 项新技术、新材料和新工艺。该桥荣获了 2002 年的"鲁班奖"和 2004 年的"詹天佑杯"。作为宜昌市内首座跨越长江的现代化桥梁,自建成以来,它便成为城市的一道亮丽风景线。大桥的雄伟姿态不仅展现了工程技术的奇迹,也见证了宜昌从传统工业城市向现代化都市的转型。每当夜幕降临,大桥上的华灯初上,灯光与江水交相辉映,美不胜收,仿佛是一条连接着历史与未来的时光隧道。

随后,宜昌至喜长江大桥于 2012 年 11 月 18 日动工兴建,2015 年 11 月 23 日全线贯通,2016 年 7 月 18 日正式通车运营。至喜长江大桥,原名"庙嘴长江大桥",是宜昌市境内连接点军区与西陵区的过江通道,位于长江水道之上,是宜昌市的第六座长江大桥,也是构建宜昌市中心城区"内中外"快速路网格局的重要部分。至喜长江大桥西起点军大道,跨越长江水道后东至西陵二路,线路全长 3229.681 米,桥面宽度为 31.5 米。桥面设计为双向六车道城市主干道,设计速度为 60 千米/时。该桥类型为悬索桥、斜拉桥、公路桥和特大桥的结合体。

宜昌至喜长江大桥的设计理念以宜昌的山水风光为背景,其中,大江桥的主塔通过构成手法,围合出山的虚形轮廓,勾勒出"巴山剪影"的意境;而三江桥的塔顶则采用阶梯造型,实体化地呈现出山体的外形。两桥的主塔虚实结合,遥相呼应。这座大桥是继武汉鹦鹉洲长江大桥之后,世界上第二座采用钢混结合梁悬索桥设计的桥梁。它采用一跨过江的方案,不在水中设置桥墩,从而不影响中华鲟的洄游,保证了长江航道的畅通无阻,同时也确保了三峡大坝和葛洲坝的安全,被誉为坚不可摧的"反恐大桥"。

就在宜昌市民还沉浸在至喜长江大桥通车的喜悦之中时,伍家岗长江大桥也宣告破土动工。2014 年,伍家岗长江大桥被列入国务院的《长江经济带综合立体交通走廊规划(2014—2020 年)》,这座意义非凡的桥梁无疑为正在崛起的宜昌新城中心——伍家岗区增添了强劲的动力。以桥为"桥",它将助力构建起梦想中的大交通、大物流、大产业、大商圈体系,让雄踞宜昌东大门的主城区再次展翅高飞,一路高歌猛进。2016年 11 月 16 日,伍家岗长江大桥正式开工建设并举行了奠基仪式;2021 年 1 月 18 日,大桥成功合龙;2021 年 7 月 30 日,伍家岗长江大桥进入通车试运营阶段。

伍家岗长江大桥南起江城大道,跨越长江水道,北至猇亭大道。大桥全长 2813 米,其中主桥长 1852 米,宽 31.5 米。桥面设计为双向六车道城市快速路,设计速度为 60千米/时,项目总投资额达到 33.66 亿元人民币。该桥的类型为悬索桥、公路桥及特大桥。伍家岗长江大桥的设计以"蜜橘橙"为主色调,寓意"吉祥"与"吉利",与宜昌"柑橘之乡"的地方文化特色相契合。桥梁外观融入了金属光泽,旨在呈现"熠熠生辉"的视觉效果。大桥两岸的主塔设计以宜昌市的市花——百合花为灵感,同时巧妙融入了水波的元素,与至喜长江大桥的"山"型桥塔遥相呼应,共同展现了宜昌作为山水之城的独特魅力。伍家岗长江大桥与周边的自然景观和谐共生,共同构成了城市中最美的风景线。

大桥的设计充分考虑了与环境的融合,无论是夷陵长江大桥的雄伟壮观,还是至喜长江大桥的优雅线条,抑或是伍家岗长江大桥熠熠生辉的视觉效果,都与长江的壮丽景色相得益彰。这些大桥不仅为市民提供了便捷的交通通道,更成为欣赏城市美景的绝佳位置,让人们在忙碌的生活中找到片刻的宁静与美好。

作家佟茜洁在《第九座桥的随想》中这样写道:

"'桥'是一种胸怀;一桥高架,万车分流,'桥'亦是一种智慧。如此看来,勇于建桥、善于建桥的宜昌人,何尝不具有气吞山河的胸怀和高瞻远瞩的智慧呢?"

每一座大桥的诞生,都凝聚着无数建设者的辛勤与汗水。他们以自己的智慧和坚韧不拔的精神,克服重重困难,将图纸上的构想变为现实中的壮丽景观。在大桥的每一个细节里,都蕴含着建设者们对卓越品质的不懈追求,对安全性的坚定承诺,以及对这座城市的深厚情感。这些大桥,不仅仅是交通的通道,更是连接人心的纽带,它们见证了宜昌人民的团结与奋斗精神。

宜昌的长江大桥,不仅仅是跨越长江的物理通道,更是这座城市精神的象征。它们连接着过去与未来,承载着宜昌人民的希望与梦想,书写着这座城市的奋斗历史,成为宜昌最动人的风景线。

四、一半山水一半城

翻开宜昌改革开放以来的历史画卷,不少激动人心的高光时刻都与九码头紧密相连。长江干流上的第一座大型水利枢纽——葛洲坝,以及举世闻名的三峡工程,都在九码头上游不远处依次建设并发挥作用。宜昌的重大文旅活动,如中国三峡国际旅游节,也在九码头区域附近的世界和平公园拉开帷幕。

图 5-3　长江夜景（侯艺薇 摄）

2018年4月24日，习近平总书记考察长江、视察湖北，首站来到宜昌，站在长江岸边为长江经济带发展立规定矩。总书记说，我强调长江经济带建设要共抓大保护、不搞大开发，不是说不要大的发展，而是首先立个规矩，把长江生态修复放在首位，保护好中华民族的母亲河，不能搞破坏性开发。

宜昌作为长江中上游的重要节点城市，积极贯彻落实总书记的指示精神，响应国家号召，采取了一系列有力措施，推动长江大保护工作深入实施，并取得了显著成效。一是严格提升了工业废水的处理与排放标准，有效控制了污染物排放，确保排入长江的水质达到标准，显著减少了水体污染。二是实施了退渔还江政策，启动了长江十年禁捕计划，并开展了湿地修复项目，扩大了湖泊面积，积极改善了水质和生态环境。三是加强了长江沿岸的整治与绿化工作，大力整治了非法码头和采砂行为，增强了防洪抗洪能力。四是推动了化工企业的转型升级，大力发展高新技术产业和绿色经济，降低了对自然资源的依赖程度。此外，宜昌还通过媒体宣传、学校教育、社区活动等多种途径，广泛开展生态文明宣传教育，形成了全社会共同参与长江大保护的良好氛围。同时，利用卫星遥感、大数据等现代信息技术手段，建立了长江生态环境动态监测网络。进一步完善了法律制度，出台了地方性法规，加大了对破坏长江生态环境行为的处罚力度。与长江流域其他城市建立了合作机制，实现了信息共享和协同作战，形成了上下游联动的大保护格局。

在"共抓大保护，不搞大开发"理念的引领下，长江这条古老的黄金水道焕发出了新的生机与活力。一江碧水东流，万物蓬勃生长。今日的长江，正以崭新的面貌展现在世人面前，展现出万象更新的美好景象。

在长江九码头区域，经常可以见到一个肩扛"长枪短炮"摄影器材的身影沿河奔跑，他是摄影师杨河，已经连续多年跟踪拍摄江豚。作为土生土长的宜昌人，杨河小时候常在长江里游泳，与小伙伴们打水仗，捞鱼摸虾……追着江豚嬉戏是他难以忘怀的童年回忆。

然而，后来由于长期受到高强度人类活动和水污染的影响，长江中的物种迅速减少，有的甚至濒临灭绝。2012年，长江江豚在世界自然保护联盟濒危物种红色名录中被列为"极危"级别，仅次于"灭绝"和"野外灭绝"。2017年的科学考察显示，长江江豚的数量仅为约1012头，不足大熊猫数量的一半。到了2021年，江豚的保护级别由中国国家二级保护动物提升为国家一级。

经过数年的跟踪拍摄，杨河已经积累了上万张江豚的照片。江豚被誉为长江上的"微笑天使"，其数量也在逐年增多。与此同时，摄影师杨河也在社会上迅速走红，成为拍摄江豚的知名网络红人。杨河表示,这一切都离不开长江流域生态环境的改善。沿江的化工厂被拆除,岸边的绿色护坡得到整治,江水变得清澈,天空也变得更加蔚蓝……就连南北迁徙的鸟群也受到吸引,纷纷在长江边筑巢安家。

这一转变正是从实施"长江大保护行动"开始的。

宜昌市伍家岗区紧邻长江,两岸风光旖旎,江水碧绿,山川秀美。其地理位置优越,旅游资源丰富,具备独特的自然优势,对于促进地方经济发展、提升城市形象及增强市民幸福感具有重要意义。伍家岗区的文旅事业以长江为主轴,遵循"品位高、品质优、品相佳"的原则,致力于保护"一半山水一半城"的城市风貌,旨在建设世界一流、独具魅力的滨江公共空间,打造"万里长江最美滨江",并塑造出"山水一幅画"的国际滨江山水城市意象。该区正积极推进长江岸线和重要河段的景观化改造,将沿线自然与人文景点串联起来,形成一条连通葛洲坝、镇江阁、九码头、天然塔至伍家岗的最美沿江风景带,使江景更加迷人。通过不断努力,伍家岗区正高品质地呈现着"一半山水一半城"的城市风貌。

图 5-4　宜昌长江夜游 8 号 [1]

伍家岗区的自然优势为旅游业的发展提供了得天独厚的条件,而旅游业的发展又

---

[1]　来源:https://www.hysanxia.com/cruise/show.aspx?id=148。

回馈于地方经济、文化、环境等多个方面，形成了良性循环。该区属于亚热带季风气候，四季分明，雨量充沛，气候温和湿润，植被丰富。境内山水相依，自然山形各异，与长江水系交相辉映，共同构成了山、水、城和谐共生的独特景观。区内生态资源丰富，拥有多个自然保护区和生态公园，如运河湿地公园、柏临河湿地公园等，这些地方不仅是市民休闲、健身、科普教育的理想场所，也为游客提供了亲近自然、享受生态之美的绝佳机会。

随着人们生态环境保护意识的提升，绿色旅游、生态旅游得到了大力发展，促进了旅游的可持续发展，对提升区域综合竞争力具有不可估量的价值。

宜昌市提出的打造"六城五中心"战略中，世界旅游名城位居首位。伍家岗区作为宜昌的主城区，是进入宜昌的门户和客运枢纽。东山大道延伸段、伍家岗长江大桥、沿江大道等交通干线及公共交通设施逐步建设完善，与江城大道、至喜大桥、西陵二路、花溪路等共同构成了城市快速路网中环线，形成了宜昌城区由江北环线、跨江环线和高速环线以及12条放射线组成的路网格局。这一格局强化了长江南北两岸的经济联动，促进了城市资源的融合与互通，推动了宜昌文化旅游的高质量发展。此外，一批文旅产业项目的建设也提升了伍家岗区的文化内涵。宜昌博物馆、宜昌规划展览馆等文化基础设施先后落户伍家岗，这些项目的建成在一定程度上弥补了伍家岗区旅游资源的不足，提升了城市旅游产品的供给质量。

宜昌是湖北省域副中心城市、三峡生态经济合作区（三峡城市群）中心城市、长江中上游区域性中心城市及全国区域性中心城市。它深入对接国家"一带一路"战略，战略地位不断提升，为发展城市旅游奠定了坚实基础。伍家岗区作为城市群的核心区域，是城区发展速度最快的行政区之一，拥有依托城市旅游促进文旅深度融合发展的优越条件和显著优势。这主要体现在"中心辐射力、交通集聚力、经济带动力、主客消费力、生态支撑力、品牌承载力"六个方面。

伍家岗区在宜昌市东拓、北联、中优战略中扮演着城区重要组成部分的角色。它经历了城市东拓、产业再造的过程，实现了从近郊区到主城区，再到核心区、示范区的跨越式发展，跃升为宜昌的经济中心、交通轴心、物流核心、城市重心，其战略中心地位日益凸显。随着各种资源、生产要素的不断聚集，产业实力持续增强，城市功能日益完善，城市品质和综合承载能力不断提升，为打造城市客厅提供了强有力的支撑。

作为宜昌的东大门,伍家岗区交通便利,宜万铁路、汉宜铁路、沪蓉高速、318国道穿境而过。宜昌火车东站、宜昌新客运枢纽中心、宜昌水陆客运综合港等交通枢纽布局其间,三峡机场也近在咫尺。围绕"打通大动脉、畅通微循环"的交通布局,伍家岗区新建、续建道路共20条,总里程达48.9千米。伍家岗长江大桥的建成通车进一步完善了宜昌快速路网格局,对拓展城市骨架、完善城市路网布局具有重要意义。通过构建现代化的铁路大动脉、公路大循环、水运大通道、空中大走廊、港站大联运的立体交通网络,伍家岗区已成为湖北省西部乃至长江中上游地区的交通枢纽中心,形成了人流、物流、资金流、信息流汇聚的洼地,具备了发展城市旅游的坚实基础与显著优势。

伍家岗区近年来加速推进新型城镇化建设,不断优化提升城市功能,统筹城乡一体化发展,城镇化率稳步提高。作为宜昌的新中心,伍家岗区以其宜居的环境和日益完善的配套设施,成为城镇化人口落户的理想之地。加之其交通轴心的优势,吸引了大量游客聚集,主客人口红利的叠加效应将激发巨大的城市消费需求,推动伍家岗区城市基础配套和休闲娱乐设施的提档升级。为此,伍家岗区陆续实施了绿化美化系列行动,成功建成了求雨台公园、城东公园、东辰体育公园、柏临河湿地公园等一批生态项目。同时,高标准完成了高速公路、铁路、汉宜路伍家岗区段沿线的环境整治工作。通过制定并实施花园城市建设三年行动方案,完成了城市主干道绿化整治和高速沿线绿化景观的提档升级,覆绿面积达30.7万平方米,花园城市建设的成效初步显现。市容市貌持续改善,城市环境品质显著提升,为发展城市旅游奠定了坚实基础,有力推动了伍家岗区城市旅游的快速发展。与此同时,伍家岗区的专业化旅游服务能力也在不断增强,城市旅游品质大幅提升。在文旅项目的引进和建设方面,长江国际文化广场、巴山金谷、南灵文旅片区等重点项目正在稳步推进。随着这些重点项目的稳步实施和城市旅游空间布局的不断优化,伍家岗区的城市文化名片内容日益丰富,正逐步从"旅游过境地"转变为"旅游目的地",留客能力不断增强。因此,伍家岗区是未来宜昌城市文化旅游品牌建设的优选之地。

九码头文旅集聚地经历了从寂静的江边路到"千灯夜市喧"的华丽转型。2016年4月,宜昌首款夜游产品——"交运长江夜游"在长江三峡宜昌段正式启航。游客们乘坐长江三峡9号游轮,从九码头出发,顺江而下,穿越宜万铁路大桥后折返,途中天然塔、万达广场商圈、夷陵长江大桥、磨基山森林公园、滨江公园、镇江阁、至喜大桥、葛洲坝船闸等景点渐次呈现，让游客尽情领略城市夜晚的美丽风光。夜游项目不仅延长了游客的停留时间，刺激了旅游消费，还活化了商圈，填补了夜晚旅游的空白，有效平衡了淡旺季旅游资源的分配。

　　作为宜昌夜游时代的开创之作，"交运长江夜游"到 2021 年已接待了近百万名来自各地的游客，成为中外游客观赏宜昌夜景的首选。当夜幕降临，游客集散地人潮涌动，而与集散地隔江相望的磨基山上，彩色灯光、音响效果、3D 投影等现代科技手段为游客营造出了场景化、多维度的沉浸式夜游体验空间，提供了丰富而有趣的夜游产品。

　　2024 年，市委宣传部、市文化和旅游局致力于打造城市旅游精品，推动三峡旅游集团高水平运营宜昌银基国际旅游度假区，盘活"仙娜"号游轮，并建设长江生态方舟儿童乐园等旅游项目，以充分发挥九码头作为国家级夜间文化和旅游消费集聚区的效应。

Jiumatou · Shehuijuan

附　录

附录 A　百年人物

任子卿(1886—1950),又名秦子卿,原籍浙江绍兴,后因工作流动至宜昌,成为民国时期的商界名人。任子卿幼年时曾在私塾读书,后来在英国太古轮船公司任职。20世纪20年代初,上海三北轮埠公司被外商排挤在航运公会之外。在"五卅惨案"发生时,该公司经理虞洽卿趁机支持中西船员罢工,并最终取得了胜利。任子卿作为太古轮船船员的代表,会见了虞洽卿,并因此被虞洽卿留任为三北轮埠公司的码头管事。

民国十七年(1928年),任子卿被调任为"三北"宜昌分公司的经理,负责经营长江航运业务,这一职务他担任了长达22年之久。民国三十六年(1947年)四月,他当选为宜昌商会的会长。在此前后,他还担任过湖北省旅宜同乡会的会长,以及益世小学和哀欧拿女子小学的董事长等职务。

1950年2月,任子卿因病去世。

张剑秋(1890—1957),宜昌城区人士,被誉为宜昌民族实业的先驱。他少年时曾读过3年私塾和几年的中学,但因家境贫寒,不得不外出谋生。起初,他在武昌做劳工,以代笔书写为生,后来凭借优异的成绩考入了武昌师范学堂。毕业后,张剑秋放弃了留校受聘的机会,游历四方,先后在鄂州、长沙、南昌、赣州等地谋求生计。大约在民国四年(1915年),他受同乡江西省宜春县县长吴耀南之邀,前往该县担任民政科长。吴耀南离职后,张剑秋又代理了3年的县长职务。

民国十年(1921年),张剑秋毅然放弃了仕途升迁的机会,回到了家乡。他与弟弟张彤云、张绍怡等人在鼓楼街共同创办了泰升百货店。经过一年多的经营,他们积累了可观的资金,将泰升广货号扩建成了鄂西地区最大的百货商店,并在上海和汉口分别设立了申庄和汉庄。商店经营的许多商品都是独家代理,其批发业务覆盖了宜昌周边的各个邻县以及鄂西南、川东地区的十多个县,涉及一百多家百货店。民国十四年,张剑秋又开设了志成化妆印染作坊,首次在鄂西地区生产香水和雪花膏。同年,他还与阮吉安、张彤云等人合资创办了同利打磨电镀厂。民国十七年(1928年),他再次集资创办了益丰碾米厂,成为当年宜昌规模最大的一家米厂和粮店。该厂还自备了小型发电机,除了碾米外,还为附近的街巷提供照明用电。同时,他还创办了清新电话公司,首次在宜昌市内开通了电话服务。之后,张剑秋与朱大顺合资兴办了祥大碾米厂,其规模与益丰相当。在此期间,他被推选为宜昌商会的主席。民国十九年(1930年),张剑秋代表商会与县长赵铁公就强行摊派、搜刮民财等问题进行了据理力争,甚至将此事上诉到了省里。此后,他愤然辞去了商会主席的职务。

张剑秋一生致力于经商办实业,为本地碾米、电镀、印染、化工以及电灯、电话等行业的发展做出了重要贡献。然而,在民国二十七年(1938年),宜昌频繁遭受日机的轰炸,张剑秋的资产也在战火中付之一炬。在宜昌沦陷前,他前往茅坪开办了一家棉花行。宜昌收复后,张剑秋已年近花甲,且体弱多病,于是他以著书立说为乐。他学识渊博,喜欢吟咏诗歌,擅长书写魏碑,精于绘制梅桩。他著有《了绿诗草》《游学随录》《史料考证》《魏晋书法探源》等作品,但遗憾的是这些作品都未能付梓印刷。中华人民共和国成立后,张剑秋加入了宜昌市政协老人组。1957年,在他临终之际,他推开了药碗,拿起笔写下了这样一首诗:"强食引为苦,个食倒安逸。儿曹跟党走,吾今跨鹤去。"

林卓午(1889—1957),字叔卿,福建省福安县人,曾任宜昌一等邮局局长,被誉为国共通邮的先驱。林卓午早年就读于北平交通部传习所,毕业后在福建省三都澳、马尾、惠安、厦门、福州等地的邮局工作,后来调至上海邮政第三支局。他见多识广,中英文功底深厚,且书法造诣颇高。不久,他便升任上海邮政管理局副邮务长兼人寿保险处主任、视察之职。他曾参与发起组织全国邮政促进会(后更名为邮务职工会),并被选为常务理事。后来,他积极参与收回邮权和护邮运动,但因触怒当局,被调离上海,贬至西川邮政管理局。民国二十五年(1936年)四月,他调任宜昌一等邮局局长。

在宜昌邮局工作期间,林卓午恪尽职守,深受邮工的尊重。他平易近人,关心邮政员工的工作和生活。宜昌邮局作为沟通大西南邮件的枢纽,业务繁忙,但设备简陋,运邮工具匮乏,经常导致邮件积压、滞运,多时可达万件以上。为解决这一问题,林卓午力主购买大马力船只转运港内邮件。在他的任期内,邮政总局为宜昌局配置了220马力的"鸿逵"邮轮,从而解决了港内邮件转运的难题。抗战胜利后的几年间,这艘邮轮在疏通宜渝长距离邮运方面也发挥了重要作用。

自民国元年宜昌邮局迁出海关后,一直租房办公和营业,沉重的经济负担持续了20余年未得到解决。林卓午到任时,恰逢邮政总局决定为湖北的三个一等局——武昌、沙市、宜昌兴建邮政局楼。他积极参与其中,并担任湖北邮政管理局组建的邮政楼建筑委员会的委员,负责宜昌邮政局楼的兴建工作。民国二十六年(1937年)初开始施工,耗资10万银洋,翌年落成。在当时的宜昌城,这座新式建筑十分气派,也是当时全国一流的邮局建筑。

抗战爆发时,林卓午积极参与发起成立宜昌各界民众抗敌后援会,带头募捐支援抗战,并向邮政总局申请奔赴抗日前线担任军邮工作。民国二十六年(1937年)秋,他被国民政府军委会后勤部以"同少将"军衔任命为设在西安的中华邮政第三军邮总视察段总视察。他经常与八路军驻西安办事处主任林伯渠接触,并受托利用军邮之便,

暗中封发转运边区军民急需的医药和书籍等物品。民国二十九年(1940年)五月,周恩来副主席接见了林卓午,并挥笔题写"传邮万里,国脉所系"的条幅相赠。翌年十二月,林卓午积极响应中共提议,在林伯渠的安排下,毅然率员访问延安,磋商陕、甘、宁边区通邮事宜。到达延安后,他受到毛泽东主席、朱德总司令等中共领导的亲切接见,边区政府还为他开了一个盛大的欢迎会。经过多次会商和交换意见,双方顺利达成了协议,由朱德和林卓午在协议上签字,从而实现了历史上国共两区的首次通邮。

林卓午热心奔走于国共两区通邮之间,却因此招来国民党当局的反感。不久,他被免去军邮总视察的职务。然而,由于他精通邮政业务,擅长企业管理,邮政总局于民国三十一年(1942年)十月又任命他为安徽邮政管理局办事处主任。抗战胜利后,林卓午于民国三十五年(1946年)调回福建原籍工作。

彭兰轩(1909—1964),名树钰,湖北省秭归县人,是宜昌工商界的知名人士。彭兰轩少年时家境贫寒,只读了几年私塾,十几岁便到秭归窑湾溪的表亲吴友三的店里当了三年学徒。之后,他在秭归聚鱼坊与人合伙经营起聚源杂货店。积累了百余银圆后,他离开了这家店,携妻前往巴东县城开设了彭钰记杂货店。民国二十九年(1940年),他们搬迁到窑湾溪,生意兴隆,资金逐渐增多。民国三十二年(1943年),他们再次迁至秭归县城,转行做起了行商生意,并逐渐成为县城的富商,被推选为秭归县银行的经理。

民国三十四年(1945年)十月,彭兰轩迁居至宜昌环城西路,购地置房。他预见到宜昌的桐油将成为大宗出口商品,于是在沿江码头挂起了"复和油行"的招牌,开始经营桐油生意。同时,他还组织了"鼎兴合"字号,自购自销,在重庆、巴东、万县、秭归等地设立收购点,在上海、长沙、武汉等地设立销售点。此外,他还从上海等地购进布匹、棉纱,在宜昌、重庆等地销售。短短几年间,他就成为宜昌商业的首户。

中华人民共和国成立后,彭兰轩积极投身经济建设,组织创办了开元织布厂。1951年,他牵头组织了包括"农昌油行""惠吉油行""万昌土布号"等在内的9名资金合伙人,总投资18万多元,共同创办了"宜昌市峡江造纸厂",并担任总经理。1954年公私合营后,他担任副厂长,负责供应和销售工作,为宜昌市造纸工业的发展作出了重要贡献。

然而,1959年,彭兰轩在湖北省物资处大量购买造纸用铜丝布,导致省内铜丝布供应紧张,影响了生产。翌年,他因此被捕入狱。1964年,他因患高血压在狱中不幸病逝。

龙云华(1902—1965),武昌人,自幼聋哑,随父迁居宜昌谋生。他凭借小木雕刻技艺为人所雇,专门刻制玩船,是民间著名的艺人。民国二十三年(1934年),龙云华自办了民生玩船厂,专注于木雕技艺,专门制作木刻船。他不仅运用圆雕、浮雕、镂空雕等技法,还擅长精棱与制模工艺,能够特制棱弓镂刻各种花纹,作品工整精细,独具特色。他根据民间传说创作的古代龙舟、凤船、梁红玉战船等作品,造型古朴,深受外国商人、水手、传教士的喜爱。

20 世纪 30 年代末,龙云华曾为法国军舰制作过模型;他还为英国商船"嘉和"号制作了长约一米的模型,酷似原型,备受赞誉。他的作品远传海外,以"聋哑艺人"的身份名扬四海。

1949 年后,龙云华曾一度务农。1955 年,宜昌市手工业管理局邀请他复出,恢复船雕生产。翌年,湖北省人民委员会授予他"老艺人"的称号。1959 年底,龙云华被调至武汉市百花雕刻厂,为北京人民大会堂湖北厅制作陈列品。此后,他留在武汉授徒传艺,推动了武汉木刻船工艺的发展。1963 年,中央新闻电影制片厂为龙云华的木刻船技艺摄制了纪录片。1965 年 10 月,龙云华遭遇车祸,不幸离世。

程德荣(1913—1965),女,艺名喜枝,湖北省天门县人,是宜昌著名的艺人。孩提时代,程德荣便对唱歌产生了浓厚的兴趣,她向幺姑学习了数十首汉滩小曲,并常在田间地头为当地人表演,以此消遣时光,深受大家的称赞。20 岁时,她离开了天门,来到宜昌城定居,开始在茶园、街头、码头演唱湖北小曲。她的嗓音清亮、吐字清晰、韵味醇厚,与著名女艺人冬枝、春枝、香枝一同被誉为湖北小曲的"四大天王"之一,在当时红极一时,享誉鄂湘地区。在宜昌市区,程德荣不仅自己表演,还传授技艺给徒弟。

民国三十七年(1948 年),程德荣与丈夫一同流动到四川、贵州等地,边卖唱边传授技艺。她待人诚恳,传授技艺时毫无保留,因此吸引了许多慕名前来学艺的人。

1958 年 7 月,湖北省举行了首届曲艺会演,程德荣代表宜昌市曲艺队参加了会演,并凭借演唱的湖北小曲《独臂英雄》获得了演唱奖。翌年,她受聘前往武汉,先后在湖北省群众艺术辅导团、民间歌舞曲艺队、武昌曲艺队等单位传授小曲艺术。1964 年,湖北艺术学院又聘请她到学院为声乐专业的学生传授小曲演唱技艺,直至 1965 年因脑溢血病逝。

程德荣以曲牌丰富、段子众多而著称,她主要演唱汉滩小曲,常唱的段子有《八音图》《放风筝》《绣荷包》《断桥》《水漫金山》《张生跳墙》等,其中《抢伞》《双下山》《九连环》《麻雀歌》等段子深受听众的喜爱。

邱开明(1954—1965),四川省简阳县人,是少年模范。邱开明年幼时丧母,随父亲生活,就读于宜昌市大公桥小学。他学习勤奋,热爱劳动,乐于助人,是学校的"三好学生"。1965 年,学校深入开展了学习雷锋的活动,并结合活动进行了阶级教育。邱开明在听完家史后,在一篇作文中写道:"新社会和旧社会相比,一个如同在天上过日子,一个则如同在地上过日子。现在有这样美好的生活,我就要拥护新社会,反对旧社会。我要好好学习,争做红色的接班人。"他立下誓言:"要做雷锋未竟的事业。"

同年7月的一个休假日上午,邱开明和同学张仕洪相约外出。两人走到大公桥河边时,张仕洪的裤子沾上了泥巴,于是下河去洗。不料,淤沙突然崩塌,张仕洪失足落水。邱开明见状,连忙甩掉鞋子,跳入水中抢救。他奋力将张仕洪顶出水面,被岸上过往的人救了起来,但邱开明自己却被江水卷走,献出了宝贵的生命。

邱开明因舍己救人的事迹被团市委追认为全市优秀少先队员。宜昌市文教局举办了邱开明事迹展览,全市各学校纷纷掀起了向邱开明学习的热潮。

赵惠林(1920—1966),原名赵林雪,河北省清苑县人,曾任宜昌市副市长。赵惠林少年时在家务农,民国二十八年(1939年)加入清苑县区游击队。翌年十月,他进入晋察冀边区警卫队,十二月被调至延安中央教导队学习,随后成为中央警卫团战士。民国三十四年(1945年)二月,他加入中国共产党,并在延安大生产运动中被评选为甲等模范党员。民国三十五年(1946年),赵惠林调至中共中央书记处,担任刘少奇副主席的卫士,次年又调至中央工委工作团工作。1949年1月,他南下工作,后历任中原职工学校政治协理员、宜昌职工学校副队长、宜昌行政干部学校指导员以及宜昌市财经总支副书记。1950年7月,赵惠林调入中共宜昌市委纪律检查委员会担任干事。1952年8月,他转任鄂西染织厂经理,1955年担任永耀发电厂书记兼厂长,次年2月出任宜昌市人民委员会副市长,此后还曾兼任宜昌市计委主任、科委主任以及市财贸党委书记、财贸办公室主任等职务。

曹光海(1906—1968),宜昌市人,是九码头彝陵帮一位著名的烧烤厨师。他精通墩炉烹饪技术,同时旁通了广东的挂炉烧烤技艺,既能烤制乳猪,也能烤制重达百余斤的整猪。他曾在广和利、小洞天等餐馆帮工,1964年被商业部授予"特级厨师"的技术职称。

李明坤(1927—1979),宜昌市人,是宜昌市劳动模范。他于1954年参加工作,先后参与了修建汉宜公路、荆江分洪等工程,并荣获甲等劳动模范称号。1956年,他加入了中国共产党,曾先后担任宜昌市搬运公司运输队长、业务股长,以及市汽车站党支部副书记。1972年,他调任市汽车装卸运输公司党支部副书记,带领职工在极其艰苦的条件下,边生产、边建设,仅用短短三年的时间,就在荒凉的市郊王家河创建了一个初具规模的汽车运输企业。1975年6月,他担任支部书记后,又积极组织修建王家河码头,并建成了皮带机砂石装卸作业线,当年码头的吞吐能力达到了17万吨。他还与市水运公司联合经营,实现了砂石的开挖、装卸、运输、过磅、销售一条龙作业。他同职工一道,试制出了抛砂机、少先吊、船载活动皮带机等一批装卸机械,极大地减轻了工人的体力劳动强度。1977年,他所在的公司被命名为"大庆式企业"。1979年6月25日,李明坤因心肌梗死不幸去世。

方才兴(1933—1986),江苏省武进县人,是宜昌市科技工作的杰出领导者。他出身于农民家庭,初中毕业。民国三十六年(1947年),他在上海安泰铁工厂做工,随后转到上海经纬修理厂工作。1952年,他加入中国新民主主义青年团,翌年6月加入中国共产党。之后,他响应国家支援内地建设的号召,前往山西省国营经纬纺机厂工作,历任厂部秘书、党委宣传部长等职。1968年,他被调至宜昌市负责筹建宜昌纺机厂,他率领干部群众,艰苦创业,成功建立了纺织部在宜昌市的骨干企业。后来,他担任了纺机厂副厂长、厂长等职务。1976年,他任市科委副主任,次年升任科委主任、党委书记。

1982年冬,方才兴深入调查了国内外金属回收科技工作的发展状况,提出了在宜昌市建立我国第一个金属回收机械研究所的建议,并亲自前往北京国家科委申报计划和经费。五年后,金属回收机械已成为宜昌市的拳头产品,不仅覆盖全国,还远销国外。他还多次奔波于各级主管部门之间,为全市医药科研项目氨基酸的研制和投产寻求物力、财力的支持。同时,他还帮助扶持了市内一家民政企业开发低压可塑霓虹灯产品,填补了国内该产品的空白。在他任职期间,宜昌市科技工作从"建队伍,打基础"抓起,持续开展科技攻关,实现了300多项科技成果。

方才兴积极组织科技工作为经济建设服务,主动关心科技工作者,帮助他们解决实际问题,尽力为科技人员施展才智创造条件。他对科技人员的来信来访逐件细心答复,并耐心听取他们的建议和要求。他主持修建了科技劳模楼,解决了科技人员两地分居的问题,积极为蒙冤的科技人员平反,是科技人员尊敬的领导干部和亲密朋友。

方才兴还领导和参与了宜昌市科协的恢复工作,并当选为市科协第三届副主任、主任。1980年3月,他出席了中国科协第三次全国代表大会,并受到了邓小平等中央领导的接见。在科技体制改革中,他积极探索改革措施,与其他同志合作撰写的《我国地方科委工作改革初探》论文在《中国科技报》上发表,并被省里推荐到全国首届科技进步学术研讨会上进行交流。1986年12月26日,他因车祸不幸去世。

刘梅森(1900—1990),祖籍湖北麻城,于清末随做生意的父亲迁居宜昌,成为宜昌工商界的知名人士。他曾就读于北京平民大学,创办过地方小报《宜昌商报》,参与社会活动较早,怀有实业救国的强烈愿望。民国十八年(1929年),宜昌开辟了城外新区,市面日渐繁荣。尽管当时已有18家工厂、商号、公司、洋行自备发电设备,但这些设备大多仅供自用或向小范围居民供电。此时,刘梅森已是宜昌商会常务理事,他遂向姻亲黄耀基求助办电,并邀约多位至交入股。民国二十年(1931年)八月,筹备处成立,刘梅森任主任。他前往湖北省政府建设厅立案注册,将电厂定名为"宜昌永耀电灯厂"。由于股金筹集困难,遂由第二十一军驻宜军需处长冷开泰担任经理,刘梅森则退任工务主任。他们筹款 20 万元,在东门外四新路建设电厂,于民国二十一年(1932年)9月1日正式发电,宜昌城区大范围亮起了电灯。永耀电灯厂发电后,业务日渐发展。次年 2 月,更名为"商办宜昌永耀电气股份有限公司",扩建新厂,进一步扩大了城区供电范围。

民国二十七年(1938 年),日军飞机频繁轰炸宜昌。刘梅森担任宜昌防空指挥部副组长,主要负责空袭报警工作。民国二十九年(1940 年)六月,日军入侵宜昌前夕,刘梅森与职工一起将电厂的机器设备抢运到资源委员会派来的轮船上。船刚行至黄陵庙时,宜昌即告沦陷。刘梅森在指挥抢运机器时不幸被压伤脚骨,但他仍坚持押运机器到重庆。在机器设备验收移交岷江电厂使用后,他被安排为兵工署 20 福利处专员。民国三十四年(1945 年)九月,刘梅森带领经济部安排的少数职工赶回宜昌接收并重建永耀公司和电厂。翌年 3 月 1 日,电厂正式发电,市区恢复照明。

1949 年国民党军溃败之际,中共襄西地委派人会见刘梅森,阐明共产党在解放城市中的有关政策,鼓励他勇于担当风险,为宜昌解放作出贡献。刘梅森明确表示:"我会尽一切力量保护电厂设备,确保安全供电。"同年春,国民党川鄂边区绥靖公署主任孙震强迫市民疏散西迁的同时,勒令永耀公司拆机运往四川,并以炸毁电厂相威胁。刘梅森一面与其周旋拖延时间,一面组织公司职工护机保厂,坚决拒绝西迁。至 7 月16 日凌晨解放军进入宜昌时,宜昌最大的企业——永耀电气股份有限公司及电厂设备完好无损。全市灯火通明,迎接解放的到来。

中华人民共和国成立后,刘梅森继续担任永耀电气公司经理。中共宜昌市委在给永耀公司定性时认为:永耀不是官僚资本,刘梅森也不是官僚资本家,而是民族资本家、实业家。公私合营时期,刘梅森乐意接受社会主义改造并主动申请公私合营。于是,永耀公司于 1951 年元旦正式实行了公私合营,并被命名为"公私合营宜昌永耀电气公司",成为宜昌首家公私合营的企业。刘梅森被推选担任市工商联筹委会主任、市各界人民代表会议代表及协商委员会委员、市劝募公债委员会副主任、市教养院院长等职务。

附录 B　大事记

1853 年（咸丰三年）

五月，太平军攻占武昌后，淮盐西运路线被截断，导致"片引不至"。同月，署理湖广总督张亮基上奏并获准，"借销川盐"以解湖北之需，并决定无论商运还是私贩，均允许在宜昌"要隘设局抽税"销售。这标志着"川盐济楚"政策的开始。

1877 年（光绪三年）

二月二十八日，依据丧权辱国的《烟台条约》，宜昌被辟为对外通商口岸。随后，清政府在城内朱家巷设立了负责水上客货运输的招商局。不久，英国"太古"商船抵达宜昌，并将其泊岸处确定为太古洋行码头（现为宜昌港九码头）。

四月一日，宜昌海关成立，关署设在南门外滨江区域，首任宜昌海关税务司为英国人狄妥玛。同时，英国在宜昌设立领事馆，起初在英舰上办公，两年后迁至怀远路新址。

同年，宜昌海关修建了修船亭，这标志着宜昌机械修理行业的开端。

1878 年（光绪四年）

宜昌洋码头搬运组织应运而生，由宜昌人郭家典（郭老黑）招募工人成立。

此外，轮船招商局在宜昌设立了分局，其"江平"轮开通了汉口至宜昌的客货运输航线，这是宜昌港第一艘正式运营的商轮航线。

1891 年（光绪十七年）

至此时，外国商人在宜昌设立了立德乐、查顿（即"怡和"）、太古、詹金斯和邓恩五家洋行，其中查顿和太古两家洋行还建有货栈和码头。

1895 年（光绪二十一年）

宜昌港埠全年从宜昌驶往重庆的挂旗（悬挂英、美、中三国国旗）木船共计 1200 艘，载货量达 36881 吨。

1898 年（光绪二十四年）

英商太古洋行在宜昌继续扩建仓库、堆栈和码头。

武穴人陈耀峰受雇于太古洋行，在宜昌组织劳动力进行水上装卸作业，为太古洋行等轮船公司提供服务。

同时，英商降茂洋行在宜昌建设了码头、仓库和办公楼，开展长江船运业务，并成立了降茂煤业公司，运销煤炭。

1901 年（光绪二十七年）

十月，英商太古洋行的"洞庭""沙市"和"昌和"三艘轮船开始定期航行于汉宜线。

1902 年（光绪二十八年）

宜昌港埠全年进出口轮船达 366 艘次，其中中国 108 艘次，英国 118 艘次，德国 24 艘次，日本 116 艘次，船舶总吨位共计 37.02 万吨。

1903 年（光绪二十九年）

三月，德国人孔林、孔尼兄弟来到宜昌，购买了英国在伍家岗白沙垴建造的砖瓦厂，从事烧砖业务。

同年，宜昌港埠全年进出口轮船为 358 艘次，其中中国 105 艘次，英国 112 艘次，德国 14 艘次，日本 127 艘次，船舶总吨位共计 36.71 万吨。

1907 年（光绪三十三年）

九月二十五日，经宜昌海关批准，宜昌至沙市间的短途客货班轮正式开航，沿途停靠宜都、枝城、董市、江口等城镇。

同年，宜昌港埠全年进出口轮船达到 404 艘次，其中中国 112 艘次，美国 4 艘次，英国 145 艘次，日本 143 艘次，船舶总吨位共计 38.86 万吨。

1911 年（宣统三年）

宜昌港埠全年进出口轮船增至 461 艘次，其中中国 153 艘次，美国 18 艘次，德国 10 艘次，日本 150 艘次，其他 130 艘次，船舶总吨位为 38.54 万吨。

同时，英商怡和洋行在宜昌再建一座码头和办公楼，除经营航运外，还开展了水火保险和报关等业务。

1912 年（民国元年）

英商亚细亚火油公司宜昌支公司宣告成立。该公司在宝塔河地区建造了办公楼，同时在万寿桥江边区域修建了油库和油船码头，总建筑面积超过 2400 平方米，主要经营煤油、柴油、汽油以及矿烛等产品。其拥有的 5 艘油船，在长江中上游地区航行，总载重量达到 2100 吨。

宜昌港埠全年进出口轮船数量为 441 艘次。具体分布为中国 96 艘次，美国 42 艘次，英国 142 艘次，法国 2 艘次，德国 2 艘次，日本 157 艘次，船舶总吨位合计为 36.88 万吨。

1913 年（民国二年）

美商美孚石油公司在宜昌三北巷地区修建了两栋办公楼，同时在万寿桥江边上游区域修建了油库，并开辟了油轮码头，主要经营鹰牌煤油、汽油、机油、柴油以及美孚油灯等产品。1918 年，该公司再次扩建，新增三栋办公楼，总面积达到 1200 多平方米。

1914 年（民国三年）

宜昌港埠全年进出口轮船数量增至 670 艘次。具体分布为中国 211 艘次，美国 74 艘次，英国 187 艘次，日本 182 艘次，其他国家 16 艘次，船舶总吨位合计为 48.58 万吨。

尊记轮船局的"尊庆"轮以及川路轮船公司的"裕大""顺大"等 5 艘轮船开始运营汉宜线。

1922 年（民国十一年）

渝昌兴机器厂正式开业。该厂位于宜昌三道巷江边区域，配备了车、铣、刨、钻等齐全的设备，拥有工人百余名。以修理轮船为主业，1925 年成功组装了一艘名为"江渝"的轮船，这标志着宜昌地区造船业的开端。

1925 年（民国十四年）

宜昌港埠全年进出口轮船数量大幅增长至 3425 艘次。具体分布为中国 741 艘次，美国 652 艘次，英国 985 艘次，法国 334 艘次，意大利 272 艘次，日本 395 艘次，瑞典 36 艘次，其他国家 10 艘次，轮船总吨位合计为 146.5 万吨。

由德国人孔林、孔尼两兄弟于 1903 年创办的宜昌白沙垴砖瓦厂，引进了英国制造的砖机和轮窑煤砖技术，生产机制砖。其生产技术在湖北省处于领先地位。

1927 年(民国十六年)

1 月下旬,宜昌码头的装卸工人为争取工资补助,向英商太古、怡和两家公司提出了 10 条要求,但遭到拒绝。轮栈理货工会随后向英驻宜领事提出抗议,并宣布罢工。

2 月 19 日,在宜昌太古和怡和两家公司码头工人罢工期间,英驻宜领事以英舰需煤为借口,唆使数十名英水兵于当日 6 时持械登岸挑衅。各团体、工会经过决议,一致决定对英实行罢工。

2 月 25 日,宜昌商界组织了"对英不卖同盟"。27 日,英人的粮食供应被切断。

2 月 28 日,宜昌县总工会响应全国总工会的号召,为反对英军来华和抗议驻宜英兵持械挑衅,于当日上午 10 时至 11 时,所属 56 个工会的 3 万余名工人进行了 1 小时的罢工。同时,宜昌的学生和商民也进行了 1 小时的罢课和罢市以示声援。省总工会也来电表示声援。最终,英驻宜领事会同太古和怡和的大班承认了工会提出的条件,并正式签字。这场历时 20 余天的码头装卸工人罢工斗争取得了胜利。宜昌总工会下令于 3 月 1 日复工。

1928 年(民国十七年)

宜昌港埠全年进出口轮船数量为 2878 艘次。具体分布为中国 490 艘次,美国 622 艘次,英国 1141 艘次,芬兰 22 艘次,法国 105 艘次,德国 88 艘次,意大利 14 艘次,日本 371 艘次,瑞典 25 艘次,船舶总吨位合计为 115.89 万吨。

美商德士古洋行在大公桥江边下游区域修建了油栈和油池。

1931 年(民国二十年)

3 月 30 日,中国航空公司的"汉口"号水陆两用飞机从上海出发,经过武汉,于 31 日抵达宜昌。沪宜线(上海—宜昌)正式通航。该航线每周二、四、六从上海飞往宜昌,一、三、五则从宜昌飞回上海。此前,中国航空公司在宜昌设立了"中航宜昌事务所",地址位于滨江路。同时,飞机场被选定在宜昌美孚油栈附近的长江水面,供水陆两用飞机起降。当时,该公司拥有 5 架飞机,每架可搭载 6 名乘客,并另载 400 磅的邮件。

1932 年(民国二十一年)

9 月 1 日,装有两台 120 千瓦机组的宜昌永耀电灯厂建成并投入发电。从 10 月 14 日起,该厂委托普耀、裕生、国光、光华四家装灯事务所安装了电灯达 12000 盏。

1935 年(民国二十四年)

2月6日,宜昌永耀电灯厂增资集股共40万元,并将厂址迁移至一马路。随后,该厂购买了英国制造的生发炉一座、美国制造的220马力蒸汽涡轮机一座和140千瓦发电机一座,以及英国制造的700马力蒸汽涡轮机和500千瓦发电机各一座。1936年3月完成安装并投入使用,供电灯数量达到2.5万盏。

1936 年(民国二十五年)

10月5日,宜昌市区南湖镇发生火灾,火势中南湖横堤蔓延至大公镇,导致510户(共计1118人)灾民受灾。

民间工艺美术艺人龙云华在宜昌隆中路创办了"民生玩具厂",专门制作木雕模型船,包括川江歪把船、江浙船、盐船、湖南倒把子船,以及古龙凤船、梁红玉战船等模型。这些木雕模型船的买主多为外国商人、水手和传教士。龙云华还为法国兵舰"小钢箭"号及"柏年""都大"两艘炮舰制作了模型,同时也为英国商船"嘉和"号制作了模型。20世纪30年代的志书称赞其"制工精细,帆樯栩栩如生",是享誉内外的手工特产。

1937 年(民国二十六年)

9月15日,宜昌英商太古轮船公司的万通、万流、康定轮(行驶宜渝线)和长沙轮(行驶宜汉线)开始直接售票给乘客。

10月7日至月底,4.1万人的出川抗日部队由万县运抵宜昌,随后被送往前线。

11月28日,空军英雄烈士高志航上校在周家口被日机击中,英勇牺牲。武汉为烈士举行了祭奠仪式后,由其弟弟护送灵柩至宜昌。

1938 年(民国二十七年)

2月28日,国民政府工矿调整处统计显示,该处协助上海各工厂迁往湖北各地,其中3家迁往宜昌,分别是三北造船厂(迁移物资150吨,负责修理船舶)、建设委员会电机制造厂(随迁工人100人,迁移物资278吨)和中国铅笔厂(随迁工人53人,迁移物资245吨)。

5月1日,在沪、宁、汉等地机关、团体和工商实业界的西迁行动中,招商局和民生公司商定,汉宜线主要由招商局负责装运,宜渝线主要由民生公司负责装运,并在宜昌进行交接等合作事宜。当日,第一艘装载器材的招商局大型货轮"裕平"号抵达宜昌,标志着西撤"联合抢运"的开始。

5月2日,民生实业公司总经理卢作孚以交通部次长的身份,在宜昌主持召开了抢运军公物资的紧急会议,并成立了军用物资迁建委员会宜昌转运处,制定了集中船只、增设码头等措施。

6月21日,上午6架日机轰炸宜昌,炸死11人;下午日机又投下硫黄弹,导致大公路、力行四街一带的房屋几乎全部被烧毁,江边几十只木船被烧毁,死伤人数超过200人。

宜昌滞留旅客达到33650人,其中包括数千名难民。当时有数百名难童请愿要求迅速西运。经过宜昌妇女抗敌后援会的交涉,民生公司、招商局以及怡和、太古两家洋行在10天内将1400名难童运送完毕。

10月25日,民生实业公司总经理卢作孚再次乘飞机抵达宜昌,以军事委员会水陆运输委员会主任的身份召集紧急会议,解决宜昌滞留的3万余名待运人员和9万余吨军公器材的问题。他提出了以40天为限,在三峡内分三段航行,使用24艘轮船和850余只木船,将滞留人员和器材抢运入川的方案。

1940年(民国二十九年)

5月23日,张自忠将军的灵柩由汽车运抵宜昌。湖北省政府代主席严立三、长江上游江防司令部郭忏以及各界代表在杨岔路迎接灵柩,并在东山公园的东山草堂举行了公祭仪式。之后,宜昌军民夹道送别灵柩至二马路码头,登上"民风"轮驶往重庆。

6月12日,日军侵占宜昌后进行了大规模的奸淫掳掠和烧杀抢掠。他们将抢掠的物资用30余辆卡车和百余匹骡马连续5天运至大公路、杨岔路等地集中;放火焚烧房屋,火势三日不熄。日军还奸淫妇女、杀害民众,行为惨无人道。

1945年(民国三十四年)

9月2日,日本正式签字投降。民生公司的首次复员行动中,返宜客货轮"民来"于当日下午5时抵达宜昌。随后,民生公司宜昌分公司迁至滨江路怡和仓库内办公。

1946年(民国三十五年)

国民政府交通事业管理处设立宜昌航务处。扬子江水利委员会设立宜昌水文站。

1947年(民国三十六年)

湖北省航业局设立宜沙营业处,宜昌与沙市之间的班轮每日对开。翌年改为宜沙航务处,拥有 9 艘轮船从事宜昌、沙市、汉口之间的客货运输业务,班轮停靠枝江、宜都等码头。

永兴轮船公司、四川合众公司、协大轮船公司、正丰公司、中南轮船公司先后在宜昌设立办事处或分公司,从事长江航运业务。

1949 年(新中国成立前)

川鄂绥署强令永耀公司电厂拆机西迁,并以炸毁电厂相威胁。公司经理刘梅森据理力争,坚决反对搬迁。孙震向第六十师师长兼宜昌守备司令易瑾下令破坏电厂,但电厂员工奋起护厂,最终电厂免遭破坏。

7 月 16 日凌晨,宜昌码头的划驳业船工从镇川门沿江而下,从各码头运送中国人民解放军第四十七军、三十八军的 2 万余名指战员渡江追歼逃敌。18 个码头工会组织轮船、木船 400 余艘和海员 3700 余人投入支前运输工作,为支援中国人民解放军主力部队渡江进军大西南作出了贡献。

7 月,宜昌市人民政府接管了原招商局宜昌分公司、湖北省宜沙航务处及其所属的船舶和港口设施。

9 月,宜昌市人民政府航政科成立,负责全市的港务管理工作。

中华人民共和国成立后

1949 年

11 月 18 日,宜昌市政府召开了各界代表会议,专题研究码头问题,并作出了四项决议:全市码头工人需团结一致,废除封建剥削制度;实行劳资两利政策,废除一切不合理的旧规;严格规定统一且合理的力资标准,并采用折实单位进行计算;整顿码头各类组织,并设立码头问题研究委员会。

12 月 13 日,中共宜昌市委、宜昌市总工会联合召开了有 1000 多人参加的大会,批斗封建把头郭正福、郭正明。此次大会也标志着辖区码头工人反封建斗争的民主改革运动正式开始。

1950 年

4 月 13 日,宜昌港成立了川粮运输小组。12 月 1 日,宜昌市召开了第三次全市搬运工人代表大会,并成立了宜昌市搬运公司。

1951 年

1月,长江航务管理局宜昌分公司宣告成立。2月,公司更名为中国人民轮船公司宜昌分公司。6月,宜昌分公司与宜昌航务办事处合并,共同组建了长江航务管理局宜昌分局。

6月15日,宜昌市各界人民群众代表协商委员会召开会议,积极响应宜昌市总工会的号召,支援抗美援朝,并协商捐款事宜。截至21日,辖区九码头的搬运工人已捐款5600元。

1952 年

9月1日,长航宜昌分局更名为宜昌港务局,同时,民生公司也开始实行公私合营。

1954 年

7月3日至8月7日,长江发生了特大洪水。三次洪峰经过宜昌,最高水位达到了55.73米,流量更是高达66800立方米/秒。市区大公河坡、复兴路、滨江路等地被淹,而隆中路、小南湖、长康路等地的内渍也超过了1米。农作物受灾面积达到1749亩,其中785亩更是绝收。此外,还有119间房屋倒塌,4772户家庭受灾。市委迅速组织了防汛委员会指挥抗灾工作,为确保荆江大堤的安全,宜昌市还调运了40余万条草袋和3万立方米的蛮石至监利等地支援防汛。3月7日,为了完成省下达的任务,宜昌市在10小时内撬取了城内街道的1000立方米青石板运往沙南。

1956 年

宜昌城区第一家公私合营餐馆——"江峡餐馆"在九码头正式开业,为旅客提供服务。

1958 年

5月,工人诗人黄声笑的首部诗集《装卸工人现场鼓动快板》正式出版。

8月8日,宜昌医学专科学校在胜利路口创办成立。学校设有医疗和中医两个专业,学制分别为3年和2年。

8月15日,宜昌港务局的码头工人诗人黄声笑受邀前往北京,参加了中国民间文学工作者大会。在会议期间,他还受到了毛泽东主席的亲切接见。

1960 年

4 月 22 日,宜昌城区成立了 3 个人民公社,其中胜利人民公社下辖原复兴路、滨江路两个街道办事处区域。

1961 年

8 月 10 日,长航发出通知,全国十大重点港(包括宜昌港)将改为以部为主的双重领导体制。

1966 年

9 月 27 日,经纺织部批准,宜昌纺织机械厂开始在宜昌市区伍家岗筹建。该厂于 1970 年 4 月投产,1971 年初全面建成。

9 月 28 日,同样经纺织部批准,宜昌棉纺织厂也开始在伍家岗筹建。该厂于 1967 年 4 月破土动工,1970 年 6 月正式投产。

10 月,武汉综合电机厂的开关车间迁至宜昌,并在市区艾家嘴建厂,定名为"湖北开关厂"。

同时,经国家计委、化工部批准,重点橡胶制品加工企业/中南橡胶厂(137 厂)开始在宜昌市区中南路筹建。该厂于 1968 年 10 月动工兴建,1972 年正式投产。

1967 年

6 月 23 日,宜昌港务局征用了宜昌市郊区东湖人民公社的 3.59 公顷国有土地,用于修建仓库码头。

1968 年

6 月 13 日,宜昌港务局制定并出台了宜昌港码头区域规划,对九、十一、十二码头进行了改造。其中,十一码头工程于当年竣工,十二码头工程于 1969 年竣工,而九码头工程则于 1978 年竣工。

1970 年

12 月 17 日,全市动员义务劳动修筑东山大道。宜昌市为此成立了工程会战指挥部,各系统也设立了分指挥部,广泛发动群众参与义务劳动。机关团体、工矿企业、学校医院、街道居民等纷纷响应,分段包干,从北边的葛洲坝工区镇境山下,沿着东山西麓,一直到东南的伍家岗白马山下,劈山填塘,筑路建桥。令人惊叹的是,这条道路仅用 45 天就建成通车了。整个工程土石方量达到了 420104 立方米。从 1972 年开始,该道路逐步铺设了水泥混凝土路面。这条道路全长 12.2 千米,路面宽度在 30~50 米之间,其中车行道宽度为 18 米,是纵贯市区的主干道之一。

12 月 30 日,葛洲坝水利枢纽工程的开工典礼在宜昌工地隆重举行。工程建设者和宜昌军民共计 7 万余人参加了典礼,三三零工程指挥部指挥长张体学亲自主持了开工典礼,并亲自开挖了第一锹土。

1973 年

7 月 16 日,为纪念毛泽东主席 1966 年在武汉畅游长江的壮举,宜昌市从 1973 年至 1979 年,每年都举办了盛大的渡江活动。活动吸引了由解放军、民兵、工人、学生、妇女等组成的方队参与,数万名游泳健儿在江面上劈波斩浪,彩旗飘扬、标语醒目、气球升空,场面蔚为壮观。

1975 年

长航宜昌分局更名为宜昌港务管理局。

1978 年

7 月 5 日,国家交通部授予宜昌港务局 "大庆式企业" 的荣誉称号。

1980 年

5 月 18 日,我国成功发射了第一批远程运载火箭。宜昌市半导体厂(宜品电工仪器厂)、宜昌八一钢厂等单位因此受到了中共中央、国务院、中央军委的致电祝贺。

1982 年

12 月,位于九码头胜利一路与沿江大道交会处的宜港汽车客运总站正式建成。该客运总站占地面积 15600 平方米,建筑面积达到 8704 平方米,形成了九码头水陆联运的完整体系。

1983 年

1 月 2 日,市委、市政府对参加及支援修建沿江护岸、扩建云集路等五项工程的有关单位和人员进行了通报表扬。从 1979 年 8 月开始,宜昌市利用葛洲坝工程开挖的弃土,在镇川门至九码头沿江区域进行了填滩护岸工程。该工程长达 3.8 千米,填土石方量达到了 190 万立方米,拓宽了江岸 17 公顷。为此,宜昌市投资了 1200 万元,修建了三级平台护坡 11 万平方米,并砌筑了 3000 余米长的花岗岩岸顶防洪护栏。这些措施不仅提高了防洪能力,还美化了城市环境。同时,宜昌市还修建了滨江公园,种植了各种花木,建造了亭台楼榭。结合护岸造园工程,宜昌市还打通了沿江大道沿长江至宜昌港九码头的主干道。

1986 年

12 月 13 日,国务院批准设立西陵、伍家岗、点军三个区。国务院以国函〔1986〕188 号文件批复了湖北省政府《关于宜昌市设立三个辖区的请示》,同意宜昌市设立西陵区、伍家岗区、点军区。

1987 年

4 月 29 日,伍家岗区的"五一广场"破土动工兴建。1988 年 1 月 1 日,"五一广场"正式对外开放。彭真为"五一广场"题名,并刻石立于广场门口。五一广场长 170 余米,宽 110 余米,总面积约 2 万平方米。广场中心面积 1385 平方米,设有微机控制的音乐彩色喷泉和高达 26 米的"峡口明珠"主景雕塑。这是一个具有地方特色的开放型街头休息绿地,成为宜昌市的一大景观。1999 年,"五一广场"进行了扩建,总面积达到了 4.85 万平方米。

6 月 8 日,经宜昌市政府批准,设立了大公桥街道办事处、万寿桥街道办事处、伍家岗街道办事处。

12 月,宜昌港务局客运大楼正式动工兴建。这是国家"七五"期间的重点投资建设项目,位于九码头,建筑面积为 8704 平方米,包括售票厅、候船厅以及附楼的各种服务设施。总投资达到了 1527.5 万元。1989 年 6 月 28 日,客运大楼竣工并投入使用。新建的客运大楼面积比 1956 年修建的客运站面积(1126 平方米)增加了 6 倍,是当时长江沿岸最大的客运站。

1990 年

10 月 20 日,"猴王牌"焊条荣获国家质量金奖。在北京举行的国家质量奖颁奖会上,宜昌市电焊条厂生产的"猴王牌"E5018 低氢铁粉焊条为宜昌市夺得了第一块国家质量奖金牌。

1991 年

12 月 9 日,宜昌市民用炉灶厂生产的西陵牌 F 型二次进风节煤炉荣获全国星火计划优质奖。此外,该产品还曾在 1987 年获得国家科委、农业部一等奖,1989 年获得农业部优质产品奖,1992 年获得全国第三届民用炉灶产品行业评比二等奖和湖北省星火科技成果二等奖。

1993 年

9 月 29 日,国家证监会、湖北省证券委分别发文批准猴王股份有限公司公开发行股票。该公司成为宜昌市第一家上市公司,也是当时全国焊材行业的唯一上市公司。

1994 年

8 月 8 日,副食品、小百货综合批发市场——金山市场建成并开业。该市场由市食品糖果总厂与大公桥工商所联办,占地面积 1.4 万平方米,营业面积(包括仓储)达到 5000 平方米,拥有 188 个门面。市场经营品种多达 400 余类 5000 余种。

1995 年

8 月 29 日,伍家岗区人民政府与宜昌港务局签订了宜昌港务局子弟小学移交伍家岗区政府办学的协议书。该校更名为万寿桥小学,成为伍家岗区人民政府接收的第一所企业办子弟学校。同时,中学部移交给了宜昌市政府,并更名为宜昌市第十中学。

1998 年

3 月 18 日,宜昌国际大酒店顺利竣工。

7 月 3 日,由于长江洪水迅猛上涨,三峡工程大坝的临时船闸被迫封航,导致 2 万多名中外游客滞留在宜昌港,亟须转运疏散。对此,湖北省人民政府副省长张洪祥迅速赶赴现场指挥疏散工作。

7 月 5 日,宜昌港二类水运口岸正式对外开放。湖北省、宜昌市的相关部门以及长航宜昌港务局等单位的领导出席了开放庆典,同时,宜昌港口岸联检中心也正式挂牌成立。

11 月 28 日,宜昌夷陵长江大桥工程在长江两岸同时启动。该大桥从 1994 年 8 月就开始筹建,设计全长为 2460 米,设有 4 车道。

2000 年

4 月,恒昌建筑材料批发市场在九码头正式开市,销售范围涵盖装修业的所有品种,产品远销至全国 10 多个省市。同年,江海装饰材料市场也于 3 月开市,拥有 500 多个门面。

2002 年

4 月 20 日,宜昌世界和平公园在九码头江边建成。22 日,出席亚洲和平会议协会(AAPP)第三届年会的 18 个国家议会议长及代表来到世界和平公园,共同开展了植树活动。18 国贵宾亲手栽种了 18 株三峡杉,这些树木象征着和平、发展和友谊,同时也是中国国家一级珍稀保护植物。

2003 年

宜昌港与枝城港合并,组建了宜昌港务集团公司,并实行了政企分开的管理体制。2008 年 9 月,宜昌港务集团进一步发展为中外合资企业。

2005 年

12 月 31 日,沿江大道从九码头胜利一路至白沙路的路段竣工通车,沿江大道成为贯通城区东西的主要交通干道。

2007 年

1 月 9 日,宜昌市图书馆新馆在万寿桥街道夷陵大道 225 号破土动工。新馆于 2008 年 9 月落成并对外开放。

2010 年

11 月 27 日,宜昌万达广场正式开业。全国政协常委、全国工商联副主席、万达集团董事长王健林以及中共宜昌市委、宜昌市政府的相关领导出席了开业庆典。

2014 年

位于九码头商圈沿江大道的福江铭座 43 层地标写字楼落成并开业。该楼宇总投资约 4 亿元,是宜昌市的重点工程建设项目。149.7 米高的大楼作为宜昌市的标志性建筑之一,具有极高的辨识度。

2016 年

宜昌国际广场项目在九码头商务区中心开工建设。该项目旨在打造新型商务汇集地,集办公、酒店等功能于一体。其布局罕见的 230 米超高综合型高端写字楼采用纯 LOW-E 玻璃幕墙设计,建成后将成为宜昌市的新地标。

2023 年

10 月,兴发大厦在伍家岗滨江区域举行落成典礼。大厦总建筑面积达到 12.3 万平方米,高度为 198 米,是兴发集团宜昌总部的办公区域,可同时容纳 1500 余人在此办公。

2024 年

1 月 25 日,国家文化和旅游部发布了第三批国家级夜间文化和旅游消费集聚区名单,宜昌市九码头文商旅综合体成功入选该名单。

[1] 李明义.宜昌开埠[M].宜昌:三峡电子音像出版社,2019.

[2] 宜昌文史资料委员会.宜昌市文史资料.

[3] 湖北省宜昌市地方志编纂委员会.宜昌市志[M].合肥:黄山书社,1999.

[4] 宜昌市伍家岗区地方志编纂委员会.伍家岗区志[M].武汉:武汉出版社,2012.

[5] 宜昌市水运志编纂委员会.宜昌市水运志.

[6] 宜昌市交通志编纂委员会.宜昌市交通志.

[7] 宜昌市商业局.宜昌市贸易史料选辑.

[8] 宜昌市炎黄文化研究会.图说宜昌两千年[M].武汉:长江出版社,2012.

[9] 宜昌市商业志编纂编委会.宜昌市商业志.

[10] 刘宏友,徐诚.湖北航运史[M].北京:人民交通出版社,1995.

[11] 时代追踪:宜昌市伍家岗区文史资料.

[12] 库爽生.宜昌市伍家岗区文史资料.

[13] 李华章.九码头,刻骨铭心的记忆.

[14] 访谈对象:韩玉洪.中国作协会员、宜昌知名作家,曾就职于港务局.

[15] 访谈对象:吴承喜.老宜昌人,曾就职于伍家岗区宣传部.

[16] 田忠祚.九码头,一个不能遗忘的宜昌符号.

[17] 向东.三峡美食的传说故事.

[18] 彭定新.工会主导下的宜昌码头民主改革.

[19] 佟茜洁.第九座桥的随想.

后记
Epilogue

　　《九码头·社会卷》从社会经济角度对九码头区域的历史与现状进行了系统梳理，以独特的艺术视角和文学语言，叙述了伍家岗区地域近百年来的社会经济发展历程。该书挖掘了九码头近现代的社会经济形态史，以及九码头的雏形与宜昌港的新生史。重点记述了国家三线建设、工业黄金时代对伍家岗区崛起产生的影响。同时，研究了九码头社会经济在不同时期对市民生活产生的影响及其规律。

　　在编写过程中，三峡大学民族学院的教授李虎带着学生深入九码头区域的港口码头、社区单位、市图书馆、市文史资料档案馆等处，查阅了大量历史档案，走访了原住地居民，搜集了丰富的口述历史资料，历时一年有余。最后由赵志满老师几易其稿编撰成书，经主编张永久老师认真审阅修改定稿。

　　本书编撰工作，要感谢伍家岗区政协、区委宣传部、三峡大学民族学院的精心组织，感谢宜昌市文联副主席李扬、伍家岗区文联主席佟茜洁提出的认真审读意见。感谢宜昌市作家韩玉洪、李华章，宜昌文史专家库爽生、罗洪波等人提供的资料。感谢老宜昌人吴承喜、田忠祚、向东等人的访谈支持，感谢三峡大学民族学院收集拍摄的图片资料。